「──乗るんでしょう?」
「え……?」

「……お久しぶりですね」
「『災禍の心臓』を御身に宿せし、我らが女神よ」

自分が、その時、
そう呟いたことを、彼女は知らない。
彼女が彼女でいられた時間は
すでに終わっているのだから。

カラミティナイト

—オルタナティブ—

高瀬彼方

GA文庫

カバー・口絵　本文イラスト
ひびき玲音

目次

災厄《さいやく》の夜に踊れ、騎士たちよ。

災厄の中心に集《つど》いて、我を守れ。

しからば、我はその働きに報いるであろう。


我を我たらしめたる所以《ゆえん》、魔の力を以て。


汝ら「災禍《さいか》の騎士」たちに力を授けよう。

願わくば、汝《なんじ》らが我が期待に応《こた》えんことを。

漲《みなぎ》る狂気と、それを御する理性。

忘れるな。

それこそが、これから始まるすべての災いに立ち向かうための、力になるのだということを。

我が授《さず》けし力のみが、これから辿《たど》る悪夢の物語における、希望になるのだということを——。

序章

もしも、願いが叶《かな》うなら。

薄れゆく意識の中で、彼女は想《おも》う。

もしも、願いが叶うなら。

きっと彼女は、いまの自分とは全く別の存在になりたかったのだ。

己の信条を貫く強さを持ち、その強さでかけがえのない存在を守る。

己が信ずるもののために戦い、そのために傷つき、血を流すことさえ厭《いと》わない――。

そんな、強さを持った人物になりたかった。無理な話だ。そんな人物は、現代においてお伽《とぎ》話《ばなし》の中にしか存在しない。分かっている。そんな事は誰よりも良く分かっている。だからそれは、願望でありながら夢物語。叶わないと知りつつ――いや、ある意味では叶わないと分かっていたからこそ願い、祈り、その夢物語を育《はぐく》んできた。

そして、その想いの結果、祈りの終着点として。

――今日、彼女は、その願いを叶えることができたのだろう。

願いという言葉はどこか優しい。たとえそれが、人に誇れるようなものではない――例えば、妄執《もうしゅう》や執念や未練などの、突き詰めれば狂気に至るような心の暗部に根ざす感情であろうとも、それらを「願い」という言葉に置き換えた途端、誰もがある程度は持っていて当たり前の、切なる想いであるかのように印象を変える。

だが願うという行為は同時に残酷だ。願うということは、それが現状では叶えられないか、あるいは現時点では叶っていても、今後維持していくことが出来るかどうか不安な状態であることを意味するのだから。

言葉自体の優しさとは裏腹な、行為としての無情。願いとは、人の心に巣くう希望と不安の二重螺旋《にじゅうらせん》。

そこから、彼女は解き放たれたのだ。

いま、願いは叶えられた。いま、願いは形になった。彼女は、かつての自分とは違う自分に生まれ変わった。

叶うはずのない願いが叶った瞬間。

彼女は、現実を否定し、現実を浸蝕《しんしょく》し、現実を凌駕《りょうが》し、現実を変革してゆく存在と化した。

※

もしも、願いが叶うなら――。

ふと、自分がそのような事を考えていたような気がして、「騎士」としてこの地に受肉《じゅにく》したその人物は、自分が両足で踏みしめている、見慣れぬ光景に視線を凝らした。

そこは、自分がかつて存在していた、悲しく、不完全で、それゆえに安定していた世界とはまるで違う場所だった。

しかし、同時に分かっていた。

ここは、本来ならば自分の居るべき場所ではないのだと。だがそれでも、事実として自分がこの場所に存在する以上、この世界には自分が必要とされているのだろう。「騎士」である自分でしか防げぬ危機、「騎士」である自分だけが守れる何かが、この世界に待ち受けているのだ。

ならば――自分はただ、「騎士」としての責務を全うするのみ。

ここがどこであろうと。

敵が何であり、誰であろうと。

自分はただ、「騎士」として、己の信ずるもの、守るべきもののために戦うだけだ。

※

狂おしい願いが現実のものとなり、「彼女」が「騎士」となったその日の夜。
東京都の西部、多摩川の河川敷で、一人の人間が、死んだ。
破壊と暴力の激突。その結果として、人が、死んだ。
夜空に浮かぶ月と、恐怖に震える彷徨者《ほうこうしゃ》とが見守る夜の闇《やみ》の中で。
――「彼女」が生み出した「騎士」が、人を、殺した。

第一章

1

毎月の第二週目に感じるベッドとの別れのつらさ――それは、人に訊《たず》ねられて真っ先に挙げる趣味を「読書」に選んだ人間が背負った宿命なのかもしれない。各出版社が「今月の新刊」を刊行するのがこの週に集中しているせいで、睡眠時間と財布の中身はこの期間、どうしても不足がちになってしまう。目覚まし時計に一度起こされ、その三十分後に今度は母の声で再び起こされて、沢村智美《さわむらともみ》はようやく朝の訪れを知った。

(うーん……全然寝足りない……)

枕元《まくらもと》に置かれた分厚い本をちょっぴり恨めしげに見つめて、智美は小さく欠伸《あくび》をする。好きな作家が二年ぶりに新刊を出してくれたのは嬉しかったし、それが上下二分冊のハードカバー、一〇〇〇ページを越える超大作だったのも嬉《うれ》しかった。だが、あんまり嬉しかったので、土日を待ち切れず、週も半ばの水曜日に読み始めてしまったのは迂闊《うかつ》だった。夕食後に読み始めて、上巻を読み終わったのが午前0時。そこで寝れば良かったのだが、上巻のラストがあまりにも衝撃的であったため、どうにも堪《こら》え切《き》れずに下巻へと手を伸ばしてしまい、のみならず物語に引き込まれるようにして下巻も一気に読破してしまい、ふと気がつけば夜中の三時。一応、それからすぐに寝たのだが……当然のように寝不足だ。

まだ眠い、もうちょっと布団の中に居たい、などと未練たらしく考えつつ、何気なくベッドの横に視線を向けると、テーブルの上に置かれた目覚まし時計の表示は、七時十五分。六時四十五分にはアラームが鳴るようにセットしておいた筈《はず》なのに、何故《なぜ》か時刻は七時を回っている。

ということは、

(うわわ、わたし、二度寝しちゃったんだ……！)

睡魔は一瞬で吹き飛んだ。どうやら寝ぼけた状態で一度起き、アラームを止めた後、また眠ってしまったらしい。朝の三十分という、一日の明暗を分ける貴重な時間がすでに失われてしまった事に気付き、智美は大慌てでベッドから跳ね起きた。そして目覚ましの横に置いてあった度の強い眼鏡をかけると、寝起きの頭をフル回転させる。

(え、ええと、家から駅まで走れば七分、電車に乗って学校の最寄り駅までがだいたい二十分、それで最寄り駅から学校まで走って十分。校門が閉まるのが八時三十分で、いまは七時十五分だから……)

辛うじて、遅刻が確定するのだけは免れているようだ。お母さん、ナイス──クロゼットから制服を取り出しながら、内心で感謝の呟《つぶや》きを洩《も》らす智美。だが、シビアな状況であることには変わりがない。同年代の平均よりは身だしなみに時間をかけない方だとは思うが、それでも智美は高校一年生になったばかりの女の子なので、髪の手入れくらいはちゃんとしてから家を出たかったし、学校の最寄り駅では仲の良い友達と待ち合わせをしているため、あまりギリギリの時間で家を出る訳にもいかない。智美はどちらかと言うと人見知りをする内気な性格であり、それが何を意味するかと言えば、要するに仲の良い友達が少ないという事だったりする。数少ない貴重な友人を、朝から待たせたりしたくなかった。

(い、急がなきゃ!)

制服を小脇に抱えて慌ただしく二階の自室を飛び出し、転げ落ちるような勢いで階段を駆け下りて洗面所に向かうと、人には絶対見せられない高速モードで身支度を完了。母からお弁当を受け取り、牛乳とトーストという「とりあえず感」全開な朝食を済ませると、猛烈なダッシュで家を後にする。

身長一四二cm、体重三十四kgの小柄な身体で駅までの道を懸命に走りながら、ちらりと腕時計に目を向けると、時刻は七時四十分。これならば、とりあえず遅刻にはならずに済むだろう。寝坊した朝における、時間との戦い——その第一ラウンドは、辛くも智美が勝利したようだ。

思わず、走りながらさりげなく拳《こぶし》を固めて、「やったね」とガッツポーズをしてしまう智美であった。

智美の通う私立棒名学園《しりつはるながくえん》は、東京都多摩市《とうきょうとたまし》の西部、神奈川県との県境に近い丘陵地帯に建てられている。都心から離れた、いわゆるベッドタウンの中に建つ高校だけに、朝の通学ラッシュはそれほど酷《ひど》くはない。もちろんいつでも楽に座れるほど空いている訳ではないが、乗客同士が不本意な密着を強いられるような状況は滅多になかった。聞くところによると、電車の混み具合と痴漢の発生率は正比例するらしいので、ほどほどに空いた通学電車に乗り込む度に、智美は苦しかった受験勉強の成果をしみじみと噛《か》みしめるのだった。もし榛名学園に受からなければ、窓ガラスに顔をへばりつけ、痴漢に身体を撫《な》でられながら電車に揺られ、もう少し都心寄りの高校に通わなければならなかったのである。毎朝、駅のホームの反対側に視線を向け、殺人的な乗車率で運行している上り電車を見ながらその事を考えると、智美は思わず身震いしてしまう。

……が、いくら通学が楽な環境だと言っても、寝坊してしまった今朝のような場合、その有り難みを噛みしめている余裕など皆無である。家から全力疾走で駅へと辿《たど》り着《つ》くと、自動改札機にICカードをかざす僅かな動作すらもどかしげに改札をくぐる智美。ラッシュアワーで混雑している駅の構内、人混みの中を右へ左へと小刻みに移動しつつ、さながら森林を疾走する小動物のように軽快な動作で駆け抜けて行く。

（次の電車に乗り遅れたら、その次は急行でこの駅通過しちゃうし……急がないと！）

携帯電話の時刻表示と駅の時計を交互に見比べながらそんな事を考えつつ、周囲を行き交う人達が心配そうな表情を浮かべるほどに猛烈な勢いで駅の階段を駆け下り、肩で息をしながら智美はホームに降り立った。

だが、そんな彼女の視界に飛び込んできたのは無情にも、いま、まさにドアを閉じようとする電車の姿だった。

（ま、間に合わなかった……？）

急ぎに急いで、走りに走ってやってきたというのに、今一歩及ばなかったようだ。仕方がないから次の電車を待とうかな——などと一瞬暢気《のんき》な事を考えかけ——ああダメダメ、次の電車は急行なんだから——と、すぐに重要な事を思い出した智美は、彼女にとってはかなり思い切った行動に出ることに決めた。すなわち、駅構内に流れる「危ないですから駆け込み乗車はおやめください」というアナウンスを、思いっきり無視する事にしたのだった。

（お願い、まだ閉じないで……！）

心の中で懸命に祈りながら、閉じてゆく電車のドアに慌てて駆け寄ろうとする。だが、運悪く——と言っていいかどうかは微妙な問題だが——近くに立っていた駅員にその行動を大声で注意されてしまった。智美はびくっとして足を止めると、力無く肩を落として、白線の内側で立ち止まる。あとたった二歩踏み出せば電車に乗れるという、目と鼻の先の距離でゆっくりと閉じてゆく電車のドアを、智美は切ない気持ちで見つめた。

その時だった。

不意に、車両の中から一人の少女がすっと腕を差し出し、閉じようとしていたドアにそのまま挟み込ませた。

そして、人が挟まっているのを感知した車両が、再びドアを開く。

「え……？」

びっくりして顔を上げた智美の視線の先には、智美と同じ榛名学園の制服に身を包んだ、絹糸のような繊細さを感じさせる蜂蜜色の頭髪を一本の太い三つ編みにして肩から胸元へと垂《た》らしている、神々しいまでの美少女の姿があったのだ。予期せぬ出来事に思わず硬直してしまって立ちすくむ智美を冷めた視線で見下ろしながら、その美少女は素っ気ない口調で、

「――乗るんでしょう？」

とだけ告げる。それでも咄嗟《とっさ》に、何と応《こた》えればいいのか分からない智美であったが、せっかくドアを開いてくれたのに乗らない手はないので、慌てて車内に飛び込む。その背後で今度こそ本当にドアが閉まり、電車はゆっくりと動き出した。

（……よ、よかった……。ちょっとびっくりしたけど、とにかく乗れて……）

ガタンゴトンと電車の振動が刻むリズムが次第に早まってゆき、とくんとくんと大きく弾む智美の心臓は次第に大人しくなってくる。閉じたドアに背を預けてゆっくりと呼吸を整えつつ、智美はちらりとドアを開いてくれた先ほどの美少女へと視線を向けた。

に乗れれば、遅刻の心配はほぼ消えたも同然、待ち合わせしている友達を待たせることもないだろう。

もっとも、智美も友人も、お互いに携帯電話を持っているので、最悪の場合は相手にメールして「先に行ってて！」と言えばいい。だが、完全に遅刻、という状況ならばともかく、走って駆け込めば間に合いそう、という今日のような場合は、ちょっと微妙なのだ。たぶん、あの友人なら智美が「先に行って」と言っても、ぎりぎりまで待って、一緒に全力疾走することを選んでくれるような、そんな気がする。基本的には物凄《ものすご》く大雑把な性格をしているのに、そういう事だけは妙に律儀な友人なのだ。

（…………）

座席に浅く腰掛けて、膝《ひざ》の上で抱えた鞄《かばん》を持つ手にぎゅっと力を込めると、智美は少し翳《かげ》りのある表情を浮かべて、窓の外に視線を向ける。友人、という存在に思いを馳《は》せると、どうしても中学時代を思い出してしまう。

中学時代、智美には友達と呼べる存在が学校内に一人もいなかった。

きっかけは、些細《ささい》な事だった。身長が低いことをクラスメイトにからかわれて、落ち込んだ智美は学校を数日間休んだ——という、ただそれだけの事だった。しかしながら、それが一度で終わらず、何度も何度も、執拗《しつよう》に繰り返された時、「ただそれだけの事」は「イジメ」と「不登校」の問題へと変化していた。

身長のことをからかわれて学校を休めば、次に登校したときには学校をサボッた事をネタにしてからかわれ、それを苦にしてまた学校を休む。クラスメイトとの溝はどんどん深まり、結局、智美は中学時代の大半を自宅で過ごした。言葉にすると短いが、そうして過ごした三年間の長さを、智美は生涯忘れないだろう。

それだけに、高校に進学する時、智美は決心したのだ。

もう、身長のことで必要以上に悩んだりするのはやめようと。自分の身体的特徴を嘲笑《ちょうしょう》の対象にした当時のクラスメイトを容認する気は毛頭ないが、そうした連中に屈して家に閉じこもっていた自分にも、いま思い返すと問題があったのだと思う。身長に関するコンプレックスはそう簡単には克服できなかったが、みじめで孤独な中学時代の影を高校でも引きずるくらいなら、少しくらいの悪口や嘲笑なんかに負けたりしない、耐えてみせる——。

窓の外を流れる景色を見つめながら、智美はきゅっと唇を引き締めて、暗い過去の思い出と内心で対峙《たいじ》していた。その時だった。

マナーモードにしておいた携帯にぶるぶるっとメールの着信を感じた。それに気づいて慌ててブレザーのポケットから携帯を取り出すと、やはり友人からのメール着信だった。

メール受信　1件

4月　23日（木）　7時　56分

送信者:櫻井優子《さくらいゆうこ》
今起きた　少し遅れる　待っててね

「…………」

智美は、携帯の液晶画面を眺めたまま、しばらく硬直してしまう。

今起きた
簡潔にして、深刻な内容のメッセージだ。切迫した事態を伝えている割には、さりげなく七五調になっているところがそこはかとなく脱力感を誘う。そして何よりも重大なのは、このメールを送ってきた友人も、通学には智美と同程度の時間を要するところに住んでいるという事だ。すなわち「今起きた」というメッセージが本当にその通りの意味なら、「少し遅れる」というより、「遅刻はほぼ確定」という状況のような気がして仕方がないのだが、それは智美の考え過ぎなのだろうか。

智美は小さくため息をつくと、返信のメッセージを入力しにかかった。

メール送信
4月　23日（木）　7時　57分
送信者:沢村智美

待ってるよ　いつもの場所で　急いでね

最後の五文字に熱い祈りを込めつつ智美が送信を終えた時、電車が最初の停車駅に着く。近くの座席に座っていた乗客がここで何人か下りたので、車両の中にはちらほらと空席が目立つようになった。だが、先ほどの少女は相変わらずドアの近くにもたれたまま動こうとせず、文庫のページに目を走らせている。智美としては、もしも彼女が自分の近くに座ったら、さり気なくお礼を言おうと思っていたのだが……どうやら、席に着くつもりはないらしい。

(座った方が、落ち着いて読めると思うんだけどな……)

そんな、典型的「大きなお世話」な事を考えて、智美はちょっぴり苦笑してしまう。そして自分も鞄から本を取り出すと、しおりを挟んでおいたページを開くのだった。仮にも本好きを自認する智美にとって、通学電車で読むための文庫を鞄にキープしておくのは基本中の基本だ。同じ電車に乗り、同じように本を読み、同じ学校に向かう二人。

それでもこの時、二人の距離はまだ遠かった。

2

電車から下りて、智美が友人との待ち合わせ場所である、改札口近くの売店前に到着したのは八時十二分ジャストだった。が、予想通り友人の姿はそこにはなく、智美は小さく肩を落とした。

（やっぱりまだ来てないか……。あんな時間に目を覚ましたんじゃ、仕方ないけど……）

神奈川県側から通ってくる智美の友人、櫻井優子はバス通学である。バスで通学すると「榛名学園正門前」という学校の真正面の停留所まで乗っていけるのだが、優子は智美と一緒に学校まで歩いて通うため、わざわざ駅で下りて待っていてくれる。普段のそうした心遣いが嬉しいから、今日は智美が時間ぎりぎりまで彼女を待つつもりだった。

とはいえ、仮にさっきのメールを送信したのと同時に家を飛び出したとしても、遅刻しないように待ち合わせ場所に到着するのは困難なはずで、ましてや本当にあのメールの内容通りに「今起きた」状態だったとしたら、遅刻はほぼ免れない。

とりあえず、八時二十分までは待とう、同じ学校の制服に身を包んだ生徒たちが次々に目の前を通り過ぎて行くのを見送りながら、智美はそう思った。

そして、腕時計の秒針と睨《にら》めっこをしながら焦りを募らせつつ、待つこと六分。

「――おはよー、智美！　待たせてゴメーン！」

背後から息を切らしながら自分の名前を呼ぶ声が聞こえてきて、智美はほっと息をつきながら振り返った。どうやら、間一髪のところで間に合ってくれたらしい。今時の少女にしては長めのポニーテールがふさふさ揺れながら近づいてくるのを見て、智美は小さく手を振る。

智美の友人、櫻井優子。榛名学園で智美と同じ一年B組に在籍し、「櫻井」「沢村」と出席番号順で並んだときに席が前後になる、というごく単純な理由がきっかけで仲良くなった。身長一六六cm、スレンダーな体型だけどそれでも体重は秘密。ポニーテールに赤い髪留め《シュシュ》、小さい顔に大きい瞳、細い手足にでかい態度、強いぞギャンブル、タフだぜ肝臓——というのが本人の主張するチャームポイント。後半がやや怪しくなるものの、とりあえずは快活な美少女、という形容をしても差し支えないであろう容姿の持ち主である。とにかく全身から「元気者オーラ」とでも呼びたくなるような独特の雰囲気を放っている少女で、初対面の相手からは必ずと言っていいほど、「何かスポーツをやってる？」と訊《き》かれるという。実際、智美も初対面時にそれを訊ねたところ、中学ではバスケットボールをやっていたそうだ。「もち、高校でもバスケ続けるつもりだよん」とは本人の談。

明るく、元気——簡単に言うとそんな個性の持ち主である優子と、背が低く、眼鏡をかけていていつも教室の隅で静かに本を読んでいたりする地味で内気な智美。出席番号が近くなかったら、同じクラスとはいえ仲良くはならなかったタイプじゃないかな、と智美は今でも思う。基本的な個性が違い過ぎるから、お互いに話しかけるきっかけを持たなかっただろうし、実際、趣味もあまり合わない。何しろ智美の趣味は読書、手芸、インターネットと、地味ながらもそこそこ普通なのに対し、優子の趣味はと言えばスポーツ、飲酒、ギャンブルなのである。スポーツはともかく、残りのふたつは女子高生の趣味として適切ではない、というより違法だ。

が、何はともあれ時間ぎりぎりで待ち合わせ場所に現れた優子は、智美の側に駆け寄ると、申し訳なさそうに手を合わせた。

「だいぶ待たせちゃったね、済まぬー！」

「いいよー、まだギリギリ間に合うし。でも、あの時間に起きてよく間に合ったね」

「そりゃ、いくら寝坊したからって智美を道連れに遅刻させる訳にはいかないからさ、マイダディに頼み込んでこの近くまで車で送ってもらったのよ。ほんで車の中で速攻着替えて、これでも超ダッシュで来たんだよー！　でも、マジでゴメンね。何か、目覚ましの電池切れてるの忘れて寝ちゃってたの。そんですっかり爆睡しちゃって、起きたらもう、テレビじゃ『占いカウントダウン』やってる時間でしょ？　おいおい遅刻が秒読みの段階で、占いをカウントダウンしてる場合じゃねー！　っていうか」

とても三十分少々前に起きたばかりとは思えないテンションで一気にしゃべると、優子はふと真顔になる。

「にしても、このままじゃちょい時間ヤバイよね。ちょっと対策練ってくるわ。智美、あと二分待って」

「……え？　対策って……学校まで走るんじゃないの？」

きょとんとして問い返す智美。だが、優子はきょろきょろと辺りを見渡すと、何か目当てのモノを発見したらしく、にやりと笑う。

「それ、今日はパス。何故なら、あそこにカモがいるから」

そう言って、優子は道路の方を指差す。すると、そこには榛名学園の制服を着た一人の男子生徒が、自転車を懸命にこいで通り過ぎようとする姿があった。ちなみに、智美はその男子生徒の事を全然知らない。だが、どうやら優子の方は顔見知りであるらしく、戸惑いの表情を浮かべる智美を後目《しりめ》に、自転車少年へ親しげな様子で声をかけた。

「――はぁーい、植松《うえまつ》くーん！　グッドモーニング！」

優子の声に気付いたのか、その自転車通学の男子生徒――どうやら植松という名字らしい――は、優子たちの方を振り向く。

「……なんだ、櫻井じゃん。何か用か？」

唐突に呼び止められたにも関わらず、そんな風に応じるところを見ると、やはり、優子と植松少年は旧知の間柄のようだ。優子は植松少年ににっこり微笑みかけると、

「うん、ちょっとその自転車貸して」

いきなり、横で聴いている智美の方が絶句してしまうような要求を突きつける。

「げ、何だよそれ」

「だって私たち、このまま歩いてったら遅刻しちゃうもん」

「何だそりゃ……だからって、何で俺が自転車貸さないといけないんだよ。走れ、気合入れて」

植松少年の言い分はもっともだ。しかし優子は不満の声を上げて食い下がる。

「えー、だって植松くん、走るの速いじゃん。自転車じゃなくても間に合うじゃーん。今日だけでいいから貸してよお。あ、ちなみにこの子、沢村智美。私のクラスメイトなんだけど、ちょっと貧血気味で身体弱いのよね。無理に走らせたりしたら倒れちゃうかもしんない。マジで」

優子は智美の両肩に手を置くと、植松少年の方にずいっと押し出しながら、そんな事まで言い出す。智美は内心で「そんな事ないです、私は人並みに健康なんです」と呟いたが、何分にも内気な性格をしているため、口に出しては言えなかった。

「あのなあ……ていうか櫻井、おまえ『自転車貸せ』って、それ、シャレじゃねーだろ、本気で言ってるだろ?」

「うん、当たり前じゃん」

「……超信じらんねえ……。お前、相変わらずタチ悪ぃな……」

そう言って再度ため息をつくと、植松少年は優子と智美を交互に見比べる。そして智美が驚いた事に、彼は観念したかのような表情を浮かべると、自転車から降りたのだった。

「――ったく、分かったよ。ほれ」

「きゃー!　さっすが植松くん!　ステキ!」

「黙れ、このバカ。ちゃんと自転車置き場に入れて、鍵かけておけよな」

「オッケー！　ほら、智美！　早く後ろ乗って乗って！」

言うが早いか、鞄を肩に担いで颯爽《さっそう》と自転車に飛び乗る優子。事の成り行きを茫然《ぼうぜん》と見守っていた智美だが、さすがに気が引けて、

「あ、あの……本当に――」

いいんですか、と植松少年に問いかけようとして口をもごもごさせる。そんな智美を見て、植松少年は少しだけ表情を和らげてこう言った。

「……いいよ。ていうか俺、朝からこれ以上櫻井の毒電波、浴びたくない……。それに沢村さん、身体弱いんだろ？」

「ど、どうもすみません……」

身体が弱い、という優子の嘘《うそ》をあっさり彼が信じてくれたのは恐らく、平均を大きく下回る智美の身長のせいだろう。それを思うと、少しだけ複雑な心境だったが、智美はともかくぺこりと頭を下げる。少なくとも、彼の口調は身長のことを揶揄《やゆ》しているのではなく、本当に智美を心配している事が感じられたからだ。中学の頃の自分だったら、この程度の言葉にも深く傷ついていたのかも知れない――ふとそんな事を思い、智美は何だか気恥ずかしい感じがした。あの頃は、子供だったのだ。今よりずっと。

「ほんじゃ、智美。しっかり摑《つか》まってね」

「う、うん」

後ろの座席に腰掛け、智美はおずおずと優子の肩に手をかける。いくら同性とはいえ、ぎゅっと背中にしがみつくのは何となく照れくさかった。だが、そんな智美の心中を知ってか知らずか、優子は肩越しに振り向くと、不満の声を洩らす。

「こーらー、だめだめ。もっとひっついてくんなきゃ！　例えるならそう、智美の胸の感触がブレザー越しにも濃密に感じられてしまい、朝っぱらから妖しい官能ワールドが広がってしまうくらいに密着を希望！」

駅前で、植松少年や周囲の人が振り返るほどの音量でそのような事を言われてしまい、智美は恥ずかしさのあまり石化してしまう。それに気付いたのか、優子は少し声を落として真面目な口調で付け足した。

「……あー、ていうか、坂道の多いところを超スピードで突っ切る予定だから、もっとしっかり掴まっててくれないと、危ないわけよ」

そう言われては仕方がないので、智美はさきほどよりも少しだけ体重を優子の背中に預ける姿勢をとる。

「は、早く行こうよ。遅れちゃうし……恥ずかしいし……」

「りょーかい、そんじゃ行くからね」

その言葉と同時に、優子はゆっくりとペダルを漕ぎ出した。そして、自転車は見る間にスピードを上げてゆく。超スピードで突っ切る、という優子の言葉に偽りはなく、上り坂でもひ

たすらペダル全開で速度を上げ続ける優子の走法は、辛うじて二人を遅刻の危機から救ってくれそうだった。

「――いやー、助かったね。植松はさー、中二の時に同じクラスだったのよ」

「――そうなんだ、そっか、それで植松くんとは仲良しだったんだね」

「――は？　何それ。別に仲良しってほどでもないよ。普通って感じ？　単なる元クラスメイトだし」

「――普通って……？　え、どういうこと？」

「――どういうことって？　だから、普通だったんだってば。そりゃ同じクラスだった頃には時々しゃべったりしたけど、中三の時はクラス違ったし。いまの学校入ってからも、あいつE組だから滅多《めった》に会わないしさ。入学式の時には久しぶりにしゃべったけど、そんくらいかなあ……」

「――えええええ⁉　そ、それなのに、あんな強引に自転車を借りたりしたの⁉」

「――えー？　そんな強引だったかなあ？　でもまあ、ダメモトで頼んでみたら本当に貸してくれたから、ラッキーだったよね」

「――ダメモトって……ゆうちゃんの口調は、全然そんな風に聞こえなかったよ……」

自転車に揺られてそんな会話を交わしながら、智美はふと考える。

（……何だか、友達がいるって……楽しいけど、でも、ちょっと疲れるかも……）

優子の背中にすっかり体重を預けながら、深々とため息をつく智美であった。

多摩丘陵地帯の無慈悲な坂道をものともせず、豪快な速度で通学路を駆け抜けると、優子と智美を乗せた自転車は、かろうじて校門が閉まる前に榛名学園に辿り着いた。

「――ほんじゃ、智美。私この自転車置いてくるから、先教室行ってて」

「ん、分かった。ゆうちゃんも急いでね」

「当たり前ー、超速攻で行くから心配無用なり」

そう言いながらウィンクすると、優子は自転車置き場へ向かってペダルを漕ぎ始める。その背中をちょっとだけ見送ってから、智美は上履きに履き替え、いそいそと一年B組の教室へと向かった。

すでにホームルームの予鈴が鳴っているため、廊下にはほとんど生徒の姿がない。ということは、クラスメイトのほとんどが着席して、担任が入ってくるのを待っている状態という事である。要するに、遅れて教室に入るのが少しばかり恥ずかしい状況だ。

かといってもちろん教室に入らない訳にはいかないので、自分のクラスに辿り着いた智美は、ドアの前で大きく深呼吸してから、そろそろとドアを開けようと――したのだが、

「――何やってんの？　智美」

……少し遅れてやってきた優子が、さも不思議そうにそう訊ねながら、ガラガラと無造作に

ドアを開いてしまった。その瞬間、クラスメイトの視線が一斉にドアの方に立つ二人に集中する。それだけでもう、気の弱い智美などは逃げ出したいような気持ちで一杯になってしまう。別に、クラスメイト達は単にドアが開く音に気付いて、何気なく視線を向けただけに違いないのだが、そうと分かっていてもやはりダメだ。生来の気の弱さに加え、身長に関して根深いコンプレックスのある智美は、周囲の視線を集めるような状況がとにかく苦手なのだ。自分に注がれる視線から逃れるようにうつむきながら、智美はそそくさと自分の席へと向かう。

だが、優子の方はといえば、クラスメイトの視線など少しも気にならないようだ。教室内を素早く見回し、担任がまだ到着していない事を確認すると、余裕の表情を浮かべて自分の席に着く。智美からすれば羨《うらや》ましいほどのマイペースぶりだ。

ともかく、智美も自分の席につく。なお、この一年B組では「少しでも早くクラスの雰囲気に馴《な》れるように」という担任の配慮からすでに席替えが実施されているため、生徒達はもう出席番号順には並んでいない。そのため智美は窓際の一番前の席に、優子は同じ列の一番後ろの席に、それぞれ離れてしまっている。本当は、優子の近くの席に座りたかったのだが、背が低い上に視力も悪い智美は、どうしても前の席に座るしかなかったのだ。

「おはよ、沢村さんがこんな時間に来るなんて、珍しいね」

「う、うん。今朝はちょっと、私もゆうちゃんも寝坊しちゃって」

智美の後ろの席に座る、遠野恭子《とおのきょうこ》に声をかけられ、智美は苦笑交じりに応える。それを聞いて、恭子は少し声をひそめた。

「——あ、櫻井さんって言えば……ねえ、ちょっとその後ろの席、見てみて？」

言われて、智美は何気なく後ろを振り向き、優子の方へ視線を向ける。そしてその後ろの席に視線を向けると、

「——え⁉」

智美は思わず目を瞠《みは》ってしまった。

何故ならそこには、今朝電車で会ったばかりの、あの天使のような金髪の少女が座っていたのだ。電車の中で見た時と同じく、周囲の様子にまるで気を配ろうともせず、黙々と文庫本を読《よ》み耽《ふけ》っている。

だが、昨日まではその場所には机など無かったし、もちろんあの少女もこのクラスには居なかった。クラス名簿にも、いままで彼女に該当する生徒の名前は存在しなかったはずだ。

「何で……？　ひょっとして、転校生……？」

「それがさ、違うみたい。ていうか、何だかちょっと訳ありみたいな感じなのよね、あの子。ま、先生が来たら説明あると思うんだけど」

そんな会話をしていると、教室のドアが開いてクラス担任が姿を現した。智美と優子が教室に入ってから一分も経っていないので、時間的にはギリギリだったという事だろう。

智美のクラス担任、雪村和彦《ゆきむらかずひこ》。教科は英語、年齢は二八歳、縁なしの眼鏡が似合ういかにも

インテリ然とした彫りの深い顔立ちに、身長一八二ｃｍという長身の持ち主であり、一部の女生徒の間で人気があるらしい。だが、「授業中には一切の私語を禁止、違反したら即減点」という厳しい授業方針のせいか、彼が授業を受け持つクラスの生徒からはあまり人気がないようだ。授業を離れれば意外と優しく、面倒見もいいので、クラス担任を勤める智美のクラスではそんなに嫌われてもいないが、かといって特に好かれている様子もない。ルックスの割に地味な雰囲気の教師だ。

「――きりーつ、れーい、ちゃくせーき」

クラス委員の号令が済むと、雪村はクラスを見渡して簡単に出欠状況を確認してから、生徒たちに告げた。

「……さて、みんなも既に気付いてるとは思うけど、今日からこのクラスに一人、新しい仲間が増えることになった」

教室内は静かだったが、多くの生徒がちらりと、教室の後ろの席に座る金髪の少女へと視線を向ける。視線を集めている当の本人は、教師の手前か先程まで読んでいた本は閉じていたが、まるで自分に関係のない話を聴いているかのように関心がなさそうな表情を浮かべていた。そんな少女の態度に気付いてか、雪村は少しわざとらしく困ったような表情を浮かべてから、話を続ける。

「彼女はホリィ・ブローニング君といってね、本当ならば君たちよりもひとつ上の学年に在籍している筈だったんだが、心臓の方に先天的な疾患を持っていたため、昨年は入退院を繰り返していてね、出席日数が足りなくなってしまったんだ。それに加えて……」

雪村はそこで一瞬、何か言いづらそうに、言葉を捜すような間を挟んだ。

「……夏休みに心臓の手術が終わった直後に、彼女のご両親が亡くなられた事などもあって、まあ、要するに昨年はほとんど学校に通っていられる状況ではなかったんだな。それでも今年になってようやく、色々と身辺の状況が整理できた事もあって学校に復帰してくれたんだ。そんな事情で、一年のクラスに編入する事になってしまった訳なんだが、みんなも彼女と仲良くしてやってほしい。見ての通りアメリカ人のお嬢さんだが、小さい頃から日本で暮らしていたから日本語はとても流暢《りゅうちょう》だよ」

雪村のその言葉に、クラスの空気が一瞬ざわっと沸き立った。同級生のほとんどが困惑の表情を浮かべ、歓迎ムードとはかけ離れた重苦しい雰囲気がクラスを包む。

だが、それはある意味当然の反応だろう。心臓の病気による長期休学、両親の死、そしてその結果として留年、さらにはいかに日本語が喋《しゃべ》れるとはいえ外国人――同級生にしてみれば「気軽に話しかけられない要素」の塊のような存在だ。もちろんいずれも本人に責任はない不幸なのだろうし、本人が一番苦しい状況に違いないが、だからこそ周囲は気まずさを感じずにはいられない。彼女の前ではうかうかと年齢や家族の事を話題に出来ないかもしれないし、意識してそうした話題を避けて話すにしても、気を遣ってよそよそしくなってしまいそうだ。同級生達が困惑の表情を浮かべているのは、何も彼女を邪魔者にしたい気持ちが最初にあるのではなく、彼女をごく当たり前に気遣うがゆえに、その結果として彼女が疎《うと》ましくなってしまいそうな、気まずい予感がするからに違いなかった。

もっとも、中にはごくごく素直に彼女の境遇に同情して、気遣うような視線を向ける者も何人かいた。

沢村智美も、その中の一人だった。

（……何だか、想像しただけでも胸が痛くなりそう……。私だったら耐えられないかも……）

そんな事を考えながら、智美は改めて、後ろの方に座るホリィ・ブローニングという美少女の姿を見つめる。ところが、そのホリィはと言えば、周囲から注がれる同情や困惑の入り交じった視線を、まるで他人事のような表情で平然と無視しつつ、退屈な時間を持て余しているかのように小さくため息を洩らしてさえいた。好意的に見れば気丈な態度かもしれないが、ふてぶてしい態度と形容した方がより正確かもしれない。自身の重い過去について言及されたにも拘《かか》わらず、それに対して動揺しているような素振りは、少しも感じられないのだ。精神的にタフなのか、ただ単に無関心なのかは分からないが。

「……なんか、大変な境遇なのね、あの人」

智美の後ろで、遠野恭子が小さく呟く。だが、言ってる内容に反して、恭子の口調にはあまり親身さが感じられなかった。ホリィの態度や、教師の口から語られたあまりに重い境遇などに、少し引いているのかもしれない。

「……そうだね、何だか可哀想《かわいそう》だね」

曖昧《あいまい》に返しつつ、智美はクラスの様子をちらりと窺《うかが》う。クラスのそこかしこで、何やら小声で話し合う姿が目に付くが、あまり好意的な雰囲気は感じられない。

そうした生徒たちの困惑を半ば予想していたのか、教室内がざわついても雪村はしばらく様子を見守っていた。が、やがて出席簿で軽く教卓を叩《たた》いて皆を黙らせると、

「——それじゃホリィ君、簡単にでいいから、そこで立って自己紹介してくれるかな」

そう言って、ホリィに促すような視線を向ける。クラス中の好奇心と困惑の入り交じった視線を一身に集めながら、ホリィは実に落ち着いた態度でゆっくりと立ち上がる。そして、面倒くさそうに、大きくため息をついてから口を開いた。

「……ホリィ・ブローニングです」

愛想の欠片《かけら》もない、素っ気ない口調。それだけならばまだしも、ホリィは自分の名を名乗ると、他には何も言う事はないとでも言わんばかりに、さっさと席に着いてしまう。

（……ぜ、全然自己紹介になってない……）

内心で、思わず突っ込みを入れてしまう智美。果たして何人のクラスメイトが同じ突っ込みをしているところだろうか。

絶句。いまクラスを包む空気を一言で言い表すならば、そうとしか形容し得なかった。ただ

でさえ話しかけづらい境遇にいる人物なのに、自分からクラスに打ち解けようとする友好的な雰囲気が微塵《みじん》も感じられない。逆に、何だか気まずい人が編入してきたな、と思わせるには充分すぎるほどの自己演出だった。

雪村は教壇の上から、ホリィの態度を見つめながら苦笑している。その場の雰囲気を取り繕おうとして苦笑しているのではなく、本当に困ったのを必死に誤魔化《ごまか》そうとしているかのような表情だった。

「あ、あのなあ、ホリィ君……いくら簡単にって言っても、限度ってものがあるだろう？」

雪村はそんな風に言葉をかけるが、それに対するホリィの返事はない。雪村は深々とため息をついた。

「……困ったもんだな。まあいい、なるべく早く、クラスに馴染《なじ》めるようにな。ところで、みんなもそろそろ入部するクラブは決めた頃だと思うが――」

やれやれ、とでも言いたげに頭を掻《か》くと、雪村は気を取り直したように話題を転じた。まだ新学期が始まって一月足らずなので、朝のＨＲで話さなければならない連絡事項はひとつではないのだ。

雪村が次に話し出したのはクラブ活動に関するものだったので、智美はどこか上の空で話を聞いていた。彼女は家で本を読む時間をキープするために、帰宅部に決定済みなのだ。入学当初は文芸部や手芸部に入ろうかな、などと考えてみたりもしたのだが、どちらも集団でやるよりは、一人で気ままにする方が楽しい趣味のような気がしたので結局やめた。

（ゆうちゃんは、やっぱバスケ部に入るんだろうな……。そうなると、これからはあんまし一緒に帰れなくなっちゃうかも……）

そんな事を考えて、智美は何気なく後ろを振り向く。

すると、思いもかけず、優子の後ろに座るホリィと、ばっちり目が合ってしまった。

「…………！」

智美の座る席は、ホリィの座る席と同じ列。しかもその一番前の席なので、ホリィが普通に前を向いて座っていれば、振り向いた智美と視線が合うのは別に不思議でもなんでもない。だが、優子のことを考えながら後ろを振り向いた智美は、このとき彼女と視線が合う可能性を全然考慮していなかったので、何だか妙に気まずい感じがして思わず赤面してしまう。しかも、どうやらホリィの方も智美と今朝電車で会っている事に気付いたらしく、少し意外そうな表情を浮かべて彼女を見つめ返していたりしているので、その事も動揺に拍車をかけるのだった。

ひょっとして彼女は今「あっ、あそこに座ってる背の低い子は、今朝電車に飛び乗ろうとして駅員に注意されてた人だわ。彼女はいわゆる『ジャパニーズ眼鏡ドジッ娘』に違いないわね」というような事を思っているのかもしれない。そんな事を考えると今朝の出会いが何やら異常に恥ずかしい出来事のような気がしてきてしまい、智美は思わず机の上に突っ伏してしまいたいような衝動に駆られる。かといって本当に突っ伏したりすると周りから変な目で見られそうなので、実行に移すのは思い止まったのだが、行き場のない内心の動揺はなかなか収まろうとしてくれない。

（……う、うわあ……どうしよう、どうしようどうしよう……）

どうしようも何も、ただクラスメイトの一人と視線が合っただけで、しかも相手が何か言ってきた訳でもないのだが——智美の内心においては、暴雨風が吹き荒れる大海原で翻弄《ほんろう》される小舟、といった情景が思い描かれていた。暴風雨がホリィの視線で、それに翻弄される小舟が智美。かなり大げさな構図だ。

やがて、ＨＲが終わり、一時間目の授業が始まっても、智美は後ろの席を振り向くことはなかった。じっと前を見つめ、黙々と黒板を写し、一切の私語を発しなかった。

だが、その割に、授業にはさっぱり集中できなかった。

3

『——へぇーえ、そんな事があったんだ。どうりで。なーんか、智美の様子おかしいと思ったよ』

その日の夜、自室でパソコンに向かう智美。彼女の見つめるディスプレイに、鳥の鳴き声を思わせる着信音と共に、優子からのメッセージが届く。

『──そうなの。それで学校行ったら、ホリィさん、同じクラスにいるんだもん……。もうびっくりだよ。心臓止まるかと思った』

智美は馴れた手つきでキーボードを叩いて返事を書くと、返信のアイコンをマウスでクリックする。

彼女がいま使用しているのは「メッセンジャー」という、インターネットを利用した簡易メールソフトで、智美と優子は自宅にいるときはほとんどこれで会話のやりとりをしている。いわゆるEメールよりレスポンスが速く、登録した友人がネットに接続しているかどうかを報せてくれるなどの機能も充実しているため、インターネット利用者の間では定番と化している一品だ。

そして、基本的には趣味も性格もまるで違う智美と優子が、入学してからすぐに仲良くなった最大の理由がこのメッセンジャーだった。このソフト無くして、智美と優子が友達になる事はなかっただろう。

何しろ入学当初、智美が優子に対して抱いていたイメージは最悪に近かった。智美から見た優子の第一印象は、

●異常なまでにマイペース。

●「黙っていると死んでしまう病」に冒されているかのようによく喋る。

●そのうえ趣味や嗜好《しこう》が何だか妙にオヤジ臭い。

という具合だったのだ。実に正確な観察ぶりであり、仲良くなった今でもこのイメージは揺るがないどころか、むしろ定着している。桜の舞い散る入学式の日、前の席に座る新しいクラスメイトと簡単な挨拶《あいさつ》をかわした後、ごく自然な口調で「ねえ、沢村さんって競馬とか好き？」と聞かれた時の衝撃を、智美は今でも忘れられない。控えめに表現しても「ちょっとこの人とはお友達にはなれないんじゃないかしら」、という感想を抱いた事を昨日の事のように思い出す。

それだけに、その後も困惑気味の智美にはお構いなしに話しかけてくる優子から、

「ねえ、沢村さんの趣味って何？」

と訊かれた時、

「本を読んだりとか……インターネットをやったりとか……」

と口ごもりながらも応えたのは、智美なりに精一杯の意志表示だった。

本当のところは、インターネットが趣味であることは、あまり人には言いたくなかった。「我ながら、何だかオタク臭い趣味よね」という、やや後ろ暗い自覚が、智美にはある。それでも、敢《あ》えてその事を優子に告げたのは「何だか、私たちって趣味合わないですよね？」と、遠回しに主張して、一定の距離を置こうと試みたからだった。

人付き合いを避けたかった訳ではない。むしろ、友達は人一倍欲しかった。中学時代は孤独で寂しくてつらい思いをしただけに、高校では友達が出来たらいいな、と密かに期待を募らせ

「誰でもいいからとりあえず手当たり次第に」——などという風に、タチの悪いナンパ師のような心境にまではなれない智美なのだった。

それを思えば、気さくに話しかけてくれるクラスメイトがいたことは喜ぶべきことなのかもしれないのだが……いくら友達が欲しいからといって、

誰でもいいから友達になって欲しい訳ではない。友達として仲良く付き合っていきたいと思えばこそ、相手は選びたいと思う。全然趣味が合わない相手に一方的にしゃべりまくられるのでは、何だか疲れてしまう。

……と、初対面のとき、優子と話しながら智美は、そんな事を思っていた。見るからに快活そうでアウトドア派に見える優子は、内気でインドア派の智美にとって、接点となる話題が何もない相手に見えたのである。

そして、それだけに、

「うそ、インターネットなら私も超やってるよー。そんじゃ、メッセンジャーとか使ってる？」

という反応が優子から返ってきた時、智美は心底驚いてしまった。もちろんメッセンジャーはある程度インターネットに馴れた人にとって定番のコミュニケーションツールなのだが、逆に言えば「とりあえずネットに繋《つな》ぐだけは繋いでます」という程度のネット利用者では、その存在すら知らないのが普通だろう。少なくとも、ネットと聞いていきなりメッセンジャーの事を言い出す女子高生というのは、比率から言えばかなりの少数派のハズだ。

そしてそのことが、智美と優子の会話の突破口となったのだった。智美の場合は主に面白い本の情報を調べたり、好きな作家のホームページを見るのにネットを利用していたのだが、優子の場合はネット上の雀荘《じゃんそう》で人と対戦したり、競馬予想関連のホームページを馬券購入の参考にしていたりと、それぞれかなり違う方向ではあるが、ネットにどっぷりとハマっていたことが判明。

『――だ、だけど櫻井さん、高校生は馬券を買っちゃいけないんだよ……？』

『――大丈夫だよー、その点はバッチリ抜かりないんだな。何故なら、買ってくるのは大学生の兄貴だから』

『――そうなの……って、ちょっと待って、櫻井さんのお兄さんって、何歳？』

『――ん？　三つ上だから、もうすぐ一九だけど、なんで？』

『――な、何でって……！　だ、大学生でも、未成年は馬券を買っちゃダメなの！』

などというやり取りが、学校から帰ると連日のようにネット上で交わされるようになるのに、そう時間はかからなかった。

こうなってくると、お互いの個性の違いが逆に楽しくなるのが不思議だ。最初のうちは趣味が合わないと感じていた部分が、会話を重ねていくと自分にはない新鮮な話題に思えてくる。

また、普段は割と内気で大人しい智美が、ネットだと意外におしゃべりで、ボケに対するツッコミも容赦がなかったりするのも、優子から見ると何だか面白いらしい。どうやら面と向かってしゃべるのと違い、相手との間に確固とした距離があるネットだと、気が弱い智美でも相手の顔色を窺《うかが》わずに済む分、言いたいことが言えるようだ。そして、お互いに色々と話し、夜毎とりとめのない雑談に興じているうちに……。

——いつしか、二人はすっかり親友になっていた。

毎日学校でも顔を合わせているのに、夜になると毎晩のようにネットに繋ぎ、メッセンジャーの接続者リストにお互いの名前が点灯するのを待ち、いざ点灯したらそのまま深夜まで雑談モードに突入。そんな日々が半月以上も続いていたが、お互いに全く「飽きた」という感覚がない。それどころか、いくら話しても全然話し足りない気がした。仕方がないので話し足りない分はまた翌日に深夜まで……という具合に、智美と優子のネット雑談生活はひたすら続くのだった。電話と違い、常時接続のインターネットを経由しての会話なので、良くも悪くも時間を気にせず、二人は睡魔に負けるまで延々と語り合う日々が続いていた。

そしてこの日。帰宅した智美がパソコンを立ち上げ、優子から最初に受け取ったメッセージの文面が、

『——あーあ、いったい何だっつーの、あのホリィってヤツは！　なんであんなのが私の後ろなわけ？　あーもう、超ついてねー！』

……というものだった事から、雑談の主な話題は当然のように愛想の欠片《かけら》もない編入生、ホリィ・ブローニングの事になっていった。

何でも、優子は彼女の前の席ということもあり、新しいクラスに編入したばかりのホリィを気遣う意図もあって、何度か話しかけてみたそうなのだ。

が、そのほとんどを無視され、挙げ句の果てには「あなたって、うるさい人ね」と、思いっきり嫌そうな口調で呟かれてしまったらしい。その時の心境を、優子はしっかり送信してきた。

『――いやー、あの時はマジでキレそうだったわ！　相手が編入初日で、やたらと不幸な身の上だっていうから我慢したけどさあ。そうじゃなかったら蹴《け》ってたね！　このスラリと引き締まった黄金の脚で！』

学校にいる時にもこの事で相当苛立《いらだ》っていた優子なのだが、帰宅後も不機嫌エンジンは全開の模様だ。ホリィの悪口なら永遠に書き続けられるんじゃないかと思われるほどの熱い怒りが、パソコンの画面越しにひしひしと伝わってくる。

『――だけどさあ智美、ホリィの奴がわざわざ自分の身体挟んで電車のドア開けてくれたって、それ本当？』

智美の眼前に置かれたパソコンのディスプレイに、優子からの疑わしげなメッセージが浮かぶ。

今朝、偶然にもホリィと出会い、電車に乗りそびれそうだったところを救われたことを、智美は優子にだけ打ち明けていた。本当は話すかどうかは少し迷ったのだが、今のところ、智美にはそれくらいしかホリィに関する話題が思い浮かばなかったのだ。

『——本当だよ。私も、びっくりしちゃった』

『——うわあ、くさッ！　偽善くさッ！　普通そういうことする？　信じられねー！』

『——そうだよね。でも私、だからホリィさんって凄く優しい人なのかと思ってたよ。そしたら、クラスではなんだか無愛想だから……それもびっくりしちゃった』

『——つーかさあ、ぶっちゃけた話、それ人違いじゃないの？　今日半日、ホリィの間近で過ごした私としては、どう考えても他人のために何かしてくれるキャラじゃないと思うよ、あいつは』

『——そ、それはないと思うよ。あんな特徴的な容姿の持ち主、どう考えても見間違えられないから……』

『——そうとは言い切れないじゃん。智美、視力悪いし。性格も天然だし』

『——わ、私は天然じゃないですっ！　それに、視力だって眼鏡をかけてればゆうちゃんよりいいくらいなんだから』

　返信のメッセージを書きながら、思わずぷうっと頬を膨らませてしまう智美。視力のことはともかくとして、「天然」と言われるのはどうにも納得がいかない智美なのだった。純粋とか、素直とか言われるのと違って、天然という評価はどうにも喜んで受け取れない響きが含まれているような気がしてならない。それでいて、優子に「まったくもう、智美は天然なんだから」みたいな感じで言われると、反発したい気持ちと同時に何とも言い難い心地よさというか、親しみを感じてしまうのも事実であり、智美としては少々複雑なところだ。

そんな他愛もない思いにしばし智美が考え込んでいると、PCの画面上には優子からの返信が届いている。

『――だったらアレだね、双子の姉だか妹がいるのかもしれないね。もしくはえーと、ドッペルなんとかいう、そっくりさんお化けとかさ。ホリィって、なんか人間離れしたオーラ出してるから、お化けだとしても私は全然驚かないね。むしろ納得するね。智美、取《と》り憑《つ》かれないように気を付けなよー？』

『――あ、あのね、ゆうちゃん、ドッペルゲンガーって、本人を含めてそれを見た人が死んじゃうって幽霊だから、もしそうだったら、私、もう目撃しちゃったから、気をつけても遅いかもしれないんだけど……』

『うげげげ！　まじ!?　だったら却下！　『ホリィ幽霊説』は却下！　今後は『ホリィ双子説』を有力視する方向で調査を進めよう！』

『――ど、どっちにしても調査とかはしないけど……。もしかしたら、まだクラスに馴染めてないだけで、本当はいい人なのかもしれないじゃない。初日から打ち解けた態度で人と接するのって、難しいと思うし……』

『――あの女の無愛想っぷりはそういうレベルを超えてると思うけど……ま、智美がそういうなら少し割り引いて考えるとしますか。ところでさ、今ちょっと麻雀《マージャン》のお誘い入っちゃった。

一勝負してきていいかな？』

　優子から、そんなメッセージが届く。優子は、もともとネット上の麻雀仲間と連絡を取るためにメッセンジャーを使用していたため、こういう理由で智美との雑談が中断されることはよくある事だった。優子には智美以外にも、ネット上で大勢の付き合いがある。そもそもメッセンジャーは、ネット上で仲の良い友達が複数いるのでなければ、あまり使う価値はないソフトなのだ。内気な智美にしても、優子以外に数人のネット知人がいるためにメッセンジャーを使っている。

『──ん、わかった。じゃあ、私もそろそろ自分の事やろうかな』

『──OK。そんじゃ、今日はグチ聞いてくれてありがとね。本当はまだまだ言い足りなかったりするんだけど、次回に取っておくわ。さらば！』

　そのメッセージを最後に、智美のパソコンに映るメッセンジャーのリストから、優子の名前が消えた。

（……それにしても、今日はホリィさんの話ばっかりだったな……。ゆうちゃんはよっぽどホリィさんと相性が悪いんだね……）

　先程までのやり取りを思い出しながら、パソコンの前で智美はくすっと笑う。編入初日で、しかもたった一言でここまで嫌われるなんて、ある意味凄いかもしれない。智美としては、やっぱり今朝電車に乗り損ねそうだったところを助けてもらった印象が強いので、彼女に対して悪意を抱くような事は今のところないのだが……教室での態度や、優子の怒り方を見ていると、どうも関わり合いにならずに済めばそれに越したことはなさそうな雰囲気の持ち主のような気もする。

ともあれ、今の智美にはあまり関係のない人物であることは間違いない。教室でも、一度目が合っただけで、結局その後は何事もなかったのだし。

「――さて」

気を取り直すように、小さく呟くと、智美はマウスを操作して画面上に「創作」と表示されているフォルダをダブルクリックする。

(最近は、ゆうちゃんと喋ってばっかりで、あんまし更新してなかったから……。少し頑張らないと)

少し真剣な表情でそんな事を考えながら、智美は机の上で滑らかにマウスを操ると、パソコンの画面上でＨＴＭＬエディタ（ホームページを作成するための、専用ソフト）を起動した――。

※

黒騎士の物語をお伝えしましょう

それは、「悪夢の浮島カダス」の地にて紡がれし物語。彼の地に住まう人々が不死王ラスカリオンの支配から解放されて以来、二六七回目の四季が巡った時に生まれ落ちた物語。

創魔の時代に始まり、消魔の時代を経て、神具の時代と獣魔の時代とが慌ただしく過ぎ去り、カダスの大地は、後に霊破の時代と呼ばれる争乱の最中にありました。

太平を求める王が戦乱を呼び、豊国を望む人々が焦土《しょうど》を拓《ひら》く。それが人の世の慣《なら》わしとはいえ、それがカダスの大地を「悪夢の浮島」と呼ばしめたる所以とはいえ、絶える事なく繰り返される戦乱は人々の心を疲れさせてゆきます。

誰もが、戦いの終わりを望んでおりました。ある者は業火に焼かれ息絶えた、幼い我が子の亡骸《なきがら》を胸に抱きながら。ある者は敵兵に切り落とされた自分の腕を、血煙の彼方に見つめながら。

誰もが、安らぎを求めておりました。

禁断の力を手にしてでも、戦乱を終わらせようとするものが現れるほどに。

そして——

黒騎士の物語をお伝えしましょう。

別れるために、出会った二人。

黒騎士ランスロットと、剣精シャリエラの物語を——。

黒騎士物語
第二部・戦雲の章
「剣精」

さながら、深緑の夜だった。

幾重にも生い茂った木々の梢《こずえ》が、降りそそぐ陽射《ひざ》しを染め、周囲の情景は否応《いやおう》なしに緑色のヴェールを纏《まと》わされていた。視線を上げれば、どこまでも続くかと思われる樹木の天蓋《てんがい》。頭上に輝いているはずの太陽はその存在を誇示することが叶《かな》わず、かろうじて木々の切れ間から微《かす》かな光を届けるだけ。薄暗く、それでいて微かな光が奇妙に存在感を誇示しているようなその情景は、もはや星空を思わせる。

日中においてさえ、夜の如《ごと》く。ならば真の夜が訪れる時、このシャルウィックの森を満たす闇《やみ》の深さは、恐らく視界の全てを覆い隠してしまうほどだろう。獣ならいざ知らず、人間が踏み入るには相応の覚悟を要求される場所である。だがそれでも、この森には狩猟や採集のために訪れる者や、他者に見つかっては困るようなモノを投棄するために人目を忍んでやって来るような者が後を絶たない。実際、いまこの森を行くふたつの人影が踏みしめている道は、明らかに人間が行き交い踏みならした末に「道」と化したものだった。

森の奥に進むにつれ細く、頼りなくなるその道を、ふたつの人影が進む。

深緑に包まれた景色の中に在ってさえ、なお己の存在を誇示するかのように、その二人は共に黒色の衣装を身に纏っていた。一人は艶《つや》やかな漆黒《しっこく》の生地で袖の長い上着と丈の長いスカートに身を包んだ少女。もう一人は黒色の外套《がいとう》の上からもその存在が窺えるほどにいかつい、闇色の鎧《よろい》を身につけている騎士。人影――そう、まさにそれは人の形をした影だっただろう。僅《わず》かに顔や手からのぞく肌の色が、健康的な白さを誇示していなければ。

その影の片割れ、鎧を着込んだ黒騎士・ランスロットは腐葉土の上に重々しい足跡を刻みながら、黙々と歩き続けていた。湿った地面に、鎧の重さを受けて踏み出される足が深く食い込むため、必要以上に大きく足を振り上げて歩かなければならないせいだろう、黒騎士の端正な顔立ちには疲労の色が濃かった。だが、ランスロットの前を行く少女はほとんど足跡を残さず、疲れを微塵も感じさせない軽快な足取りで歩き続けている。体重という概念を感じさせない、文字通り軽やかな足取りだった。

（……身軽などという言葉で形容できる領域を遙《はる》かに越えている……。これが、剣精の剣精たる所以《ゆえん》、というものか）

少女の背中を見つめながら、ランスロットはそんな事を思う。この少女と出会ってからまだ三日目、ただでさえ女性の扱いを苦手とするランスロットにとって、通常の意味での女性ですらない眼前の少女は、まさに神秘の塊だ。

「──それにしても、あんたってほんっとに喋らないんだね、ランスロット」

不意に、前を行く少女が沈黙を破った。わざとらしく、ランスロットに聞こえるようにため息をついてから。

いきなり声をかけられたランスロットが返答に窮していると、少女はさらに苛立ったように甲高い声を張り上げる。

「あああああ、もう！　少しは喋りなよー！　退屈すぎて死にそう！　こんなの耐えられない！　私は剣精なのに！　何よりも喧噪《けんそう》を愛する剣の妖精《ようせい》なのにっ！　その私に沈黙を強いるなんてどういう了見!?　年頃の乙女が空気が綺麗《きれい》な森の中、二人で一緒に歩いてるんだよ!?　そうなれば当然、乙女同士で仲良くかしましい会話が弾んで弾んで弾みまくるべきじゃない？　黙ってる方がしんどい状況じゃない!?　それなのに何ですかこの重苦しい沈黙は!?　もう信じられないよ！」

ランスロットを振り返り、そのまま後ろ向きに歩きながら、その少女は赤い髪留めで結わえた長い髪をゆさゆさと揺らして喚《わめ》き散《ち》らす。

（……この騒々しい気性も、剣精の剣精たる所以、なんだろうな……）

内心で深々とため息をついてから、ランスロットは目の前の少女──自分に仕える剣精・シャリエラに応えた。

「済まない、シャリエラ。これといって話しかけるような事を思いつかなかったんだ。それに……」

ランスロットは、自らが着装している漆黒の重甲冑《じゅうかっちゅう》に、憂いを帯びた視線を落とす。

「……剣の道に身を捧げ、〈騎士の中の騎士《ランスロット》〉の名を授かったその時から、私は女であることを捨てている。済まないが剣精よ、君の求める乙女の会話とやらを、私には期待しないで欲しい」

黒一色で統一された、鎧、兜《かぶと》、具足にマント。少女らしさを武装で覆い尽くした出《い》で立《た》ちで、ランスロットは何かを諦めたかのような表情でそう言った。その横顔で絹糸のような金髪がさらりと揺れる様などは、何をどう言い繕おうとも、美貌の少女以外の何者でもないのだが――その碧眼に宿りし揺るぎない闘志の輝きは、彼女の内に宿る武人の意気を雄弁に物語っていた。

だが、そんなランスロットの姿を真っ正面から見つめながら、シャリエラは一向にお構いなしといった感で自分の欲求をまくし立ててくる。

「だーかーらー！　その辺りからして間違ってるの！　そんな可愛い顔して、女を捨てるなんて言っても無駄無駄無駄！　捨てるとか捨てないとかいうこだわり自体が、貴女《あなた》が乙女であることの証明じゃないの！　だいいち、乙女的な会話じゃなくても、二人しかいない状況なんだから、長時間一緒に歩いていれば、何気ない会話のひとつやふたつ、生まれてもいいでしょ？

これから運命を共にする相手との間に、ちょっとした会話くらい存在したっていいでしょ？

それって自然な欲求でしょ？　ごくささやかな願いでしょ？　そんなの、別にワガママでもないでしょ⁉　話題なんて何でもいいのよ、『緑が綺麗ね、だけど貴女はもっと素敵《すてき》よ』、とかその程度で」

その程度、という割にはかなり恥ずかしい台詞《せりふ》を要求されたような気がして、ランスロットは思わず沈黙してしまう。シャリエラが例として述べたセリフは、もはや乙女同士の会話を通り越した領域に踏み込んではいないだろうか。生来の真面目さで、ランスロットはしばしの間、そんな事を真剣に考え込んでしまった。

そんなランスロットを見て、シャリエラは地団駄《じだんだ》を踏む。

「あー、また黙る！　だめ、しゃべりなさい。というより、お願い。喋って。構って。仲良くしようよー！」

しまいには哀願調になるシャリエラの言葉に、ランスロットはうんざり気味な表情を浮かべた。

「そうは言っても、私とてさすがに疲れている。いったい何処《どこ》まで歩けばいいんだ？」

「疲れたですって？　そんなの嘘だよ。私と一緒に歩いてるんだから、ちょっと歩いたくらいで疲れる筈ないじゃない」

「それは逆だ、むしろ疲れない筈がない。私は鎧一式着込んだ上に、君の荷物まで背負っているのだぞ」

そう言って、ランスロットは顔面を除いてほぼ全身を覆う黒色の重甲冑を親指で示す。鎧の内側には申し訳程度に軽量化の呪力《じゅりょく》を封じた魔晶球が加工してあるのだが、それでも背嚢《はいのう》を含めた荷物全体の重量は三十kg以上にもなる。そんな装備で湿った地面の上を三時間以上も歩き、じっと黙って弱音のひとつも吐かなかった事は、ランスロットにしてみればむしろ褒めてもらいたいくらいだ。

「そんなの見れば分かるけど――って、ええっ⁉　それじゃ何？　もしかしてあなたってば、そんな荷物背負ってるくせに、ずっと自力で歩いてきたの⁉」

「……当たり前だろう。それとも、頼めば君が背負ってくれたのか？」

「………………」

シャリエラは大仰に肩をすくめ、憂いに満ちた表情で天を仰ぐ。

「信じられない……。あなたねえ、それじゃ私の立場は何なのよ……。そういう時こそ『浮身』を使わなきゃ、騎士が剣精を連れて歩く意味なんて無いじゃない……。こ、こんなの悲しすぎる……。私の存在意義はどこ？　どこなのよー⁉」

「……少しは落ち着いて欲しい、シャリエラ。それに言ってることが無茶苦茶だ。『霊破』も発動してないのに『浮身』なんて……出来るわけがない」

「だからあ、それを可能にするのが剣精なのっ！　出来るわけないことを実現させるからこそ、剣精には存在意義があるのっ！　そうじゃなかったら私なんてただの美少女じゃないのっ！」

「………………」

「いやー！　そこで黙らないでー！　いまのは会話を弾ませようとして言ってみた軽めの冗談なのに！『シャリエラはただの美少女じゃないさ、何故ならとびっきりの美少女だからね』くらいの甘い突っ込みを期待して、わざわざちょっぴり照れくさい台詞を言ってみたのにー！」

ランスロットは深々とため息をついた。そして、内心にこみ上げる様々な思いを押し殺して、精一杯の冗談――或いは皮肉――を口にする。

「……そうだな、シャリエラはとびきりの美少女だ。だから私が、君に話しかけるのが少し照れくさく感じてしまう心情を、どうか理解して欲しい」

その一言は、怒りと失望とで荒れ狂っていたシャリエラの表情を、一瞬で満面の笑みへと変えた。

「そう！　ひょっとしてそうじゃないかと思ってたんだけど、やっぱりそうだったのねー。それじゃ、正直者のランスロットにはご褒美をあげちゃう」

そう言って人差し指をランスロットに向けると、シャリエラはその指でくるっと小さな輪を描いた。

――その瞬間、ランスロットにまとわりつく「重量」の概念が霧散する。

「え……？」

急激な身体感覚の変化に、ランスロットは思わず立ちすくんでしまった。突如身体が軽くなった――という程度の話ではない、自分の身体の存在が、自分でもほとんど認識出来ないほどに重さというものが感じられない。うっかり動くと身体が宙に浮かび上がってしまいそうで、噛みしめる口の中の感覚すらいつもとは違って異様に軽く感じられる。重さという鎖から解き放たれた開放感よりも、人間が元来持っていた基本的な感覚のひとつが消失してしまった、その喪失感のあまりの大きさにランスロットは戸惑いを隠せなかった。

だが、そんなランスロットにシャリエラは楽しそうに話しかけてくる。

「どう? 少しは軽くなった?」

「軽くはなったが、これでは……なり過ぎだ……。ま、まともに歩けない、却って歩きにくいぞ、これでは……」

「あははは、そのうち馴れるよ。重さ自体は消えたわけじゃないんだから。何て言うのかな、別の場所に置いて、感じられないようにしてるだけなの。もし歩きづらいんだったら、自分の身体の重さを頭の中でしっかりと意識してみて。本当はこれくらい、最初っから体得してて欲しかったけど」

さりげない皮肉を込めたアドバイスを受け、ランスロットは必死にさっきまでの自分の重さを思い出そうとする。だが、なかなか思い通りには重さが戻らない。必死に念じ続けてやっと少しずつ重さが戻ってきたかと思えば、今度は右腕だけが妙に重く感じたり、右足と左足の重さに妙な違和感を覚えたりしてなかなか落ち着かない。それでも、数分後にはどうにか普通に歩けるくらいには重さが安定し、しかもかなり身軽になった感覚も味わえたのだが、精神的な疲労のため、喜びを感じている余裕はなかった。

その様子を横で見ていたシャリエラは不満げに鼻を鳴らす。

「たかだか自分の身体ひとつ御するくらいで、時間かかり過ぎだよ。もうちょっと素早く感覚を切り替えられないと、実戦で役に立たないじゃない」

「無茶を言わないで欲しい。あまりにも突然過ぎた上に、未知の感覚だったんだ。まだ全然感覚が摑めていない……。『霊破』による『浮身』とは、だいぶ感覚が違うんだな……」

「あ、原理的には同じなんだよー。単に、中か外かの違いだけだから。『霊破』は術者が、つまりランスロットが自分の身体の中で呪力を発動させるでしょ？　だけど、それだと疲れるでしょう？　だから長時間の『浮身』とか出来ないじゃない？　ちなみにランスロットは自力だとどれくらい『浮身』を持続できるの？」

「そうだな……自力だと、意識して使っていられるのは五分くらいかもしれない。それ以上は……自信がない」

「……ずいぶん短いんだね……」

哀れむような口調で呟くシャリエラ。台詞と表情とが、微妙に嫌な感じである。

「でもまあ、そこで私が重要になってくるわけなのよ。妖精は、自分が仕える相手に呪力を提供する存在なんだもの。中でも私の場合、騎士に仕える剣の妖精だから、近接戦闘で重要になる、『浮身』とか、『翔身』とか、『飛身』は得意なんだよー。間合いを無視した踏み込みとか、高低差を無視した移動とか、全体重を一点に凝縮した攻撃を繰り出したりとか、やりたい放題なわけですよ」

「なるほど……」

腕や膝を動かして、身体の感覚を確認しながら応えつつ、ランスロットはふと思う。

「飛身」と、シャリエラは言った。ということは、彼女の力を使いこなせれば、空を飛ぶことも出来るのだろうか。一瞬、そう考えてシャリエラに質問をしようとしたが、説明が止まらなくなりそうな予感がしたため、思い止まった。

「それにしても、まさかあなたが『浮身』の恩恵を受けてないとは思わなかったわ……。普通、剣精を従える騎士は、嫌でもその影響を受けてしまうものなんだけど」

シャリエラの言葉に、ランスロットは陰りのある笑みを浮かべる。

「……そうなのか。だとすると、私には剣精を活かせるだけの才覚がないのかもしれないな」

「その逆かもしれないよ。ランスロットの場合、無意識にあたしの呪力を制御していたんだと思う。というか、そうとしか思えないなー。剣精の発する呪力って遠慮がないから、大抵は相手の都合なんかお構いなしに作用しちゃうんだよ」

「遠慮がない上に、相手の都合はお構いなし、か……」

「そうそう」

ランスロットの言葉に込められたさり気ない皮肉を、シャリエラは天然で回避し、二人は再び歩き出す。

「――とりあえず、もうちょい先……そうだね、湖の畔《ほとり》まで行ったらキャンプ張って、修行を始めようね。ランスロットが私の呪力を一通り制御出来るようになってくれないと、困るもの。近い内に、また戦争あるんでしょ？」

「……ああ」

一瞬の間を置いて、ランスロットは短く応える。その表情に、僅かな翳《かげ》りが生じたがシャリエラは気づかなかったようだ。

「頑張らないといけないよねー。私は、ランスロットに仕える剣精なんだから、ランスロットには生き残って欲しいし。あ、そうそう、私の指導はめちゃくちゃ厳しいから、覚悟しといてね」

それからしばらく、二人はまた黙々と歩いた。シャリエラは何か喋りたそうにしていたが、ランスロットは口を開こうとしない。やがて、再び沈黙に耐えきれなくなったシャリエラが、ヒステリーを起こしかけた、その時、

「シャリエラ、少し訊きたいことがある」

ランスロットが、微妙にトーンを落とした口調で話しかけてきた。

「ん、なに？」

立ち止まり、振り返るシャリエラを、ランスロットは正面からじっと見つめる。

「君の力を……剣精の力を完全に使いこなせるようになれば、私はセレファイスの五鬼将にも勝てるだろうか」

その言葉に、シャリエラは胸を抉《えぐ》られるほどの悲しみを感じ、思わず言葉を詰まらせた。唐突過ぎる感情の奔流であり、シャリエラにはその悲しみが何に起因するのか分からない。

何故ならそれは、ランスロットから伝わってくるものだったからだ。

剣精と騎士とは、互いの意識を深層部分で共有する存在だ。そのため、心に強く想う事ほど、お互いに隠すことが出来なくなってしまう。ランスロットが放った質問には、沈黙を厭《いと》う剣精をして言葉に詰まらせるほどの悲しみが秘められていた。

「あいつらにも勝てるようになるだろうか、私は」

再度、ランスロットは問いかけてきた。

「……当たり前でしょ。無敵だよ」

シャリエラは、内心の動揺を押し殺して、不敵に笑う。

「相手が誰かなんて関係ないの。剣精を得た騎士は、誰にも負けない。何故なら、剣精は契約した騎士に、圧倒的な魔力を付与し、かつそれを制御する能力を授ける、戦霊としては最高格の存在なんだから」

己の能力を誇示するかのようにそう言うと、シャリエラはランスロットの眼前まで無遠慮に歩み寄り、彼女の身につけた漆黒の重甲冑を指さした。

「それに、貴方の身につけてる、その『黒魔の鎧』。かの《始まりの魔道士》たる不死王ラスカリオンが自ら施術し、身につけていたっていう、封印指定の《超級神具》じゃない。地、水、火、風の四大元素は言うに及ばず、ありとあらゆる攻勢魔術に対する完璧な防御呪装が恒常機能してる上に、着装者の身体能力を劇的に向上させ、戦闘能力を増大させる……。不死王と畏《い》怖《ふ》されたラスカリオンの象徴、魔道神具としては至高の存在じゃない。それを着装できてる時点で、私がいなくても貴方って大陸最強じゃないの？　もしかしたら、ランスロットがさっきまで私の呪力を受け付けてなかったのも、そのせいかもね」

「……残念ながら、その《超級神具》とやらも、私にとっては単に軽量化の魔力を付与されただけの重甲冑だ。この鎧が本来備えているはずの性能を、私はほとんど引き出すことが出来ずにいる……」

「これまでの貴方は、そうだったかもしれないね。……でも、今の貴方には、私がいる」

シャリエラは、ランスロットの頬にそっと手を添え、優しくも力強く、彼女を叱咤《しった》する。

「大丈夫。剣精の名にかけて、騎士たるランスロットに、この私、シャリエラが誓約するわ。貴方は、絶対に強くなる。剣精たる私の能力と、『黒魔の鎧』の両方の力を、いずれ完全に自分のものに出来る日が来る。もっと自信を持ちなさいって」

「…………」

至近距離で、今までのふざけた態度を一変させ、真摯《しんし》に自分を見つめるシャリエラの眼差《まなざ》しを受け止め切れず、ランスロットは思わず視線を伏せてしまう。そんなランスロットの態度を見てくすっと笑うと、シャリエラはくるりと身を翻して前を向き、再び歩き出す。

「ま、そのせいでさー、修行するのにもこんな人里離れた場所を選ばなきゃいけないんだけどね。私たちの力が暴発したら、街のひとつやふたつ、簡単に滅びちゃうし。これは比喩《ひゆ》じゃないんだからね？」

「……そうか」

「そうだよ。だからしっかり修行して、力を使いこなせるようにならなきゃね」

「了解だ。最善を尽くす」

「うん、良いお返事です」

……そして、時に沈黙を挟みながらも、他愛のない会話を交わしつつ、ふたつの影は森の奥へと進んで行く。

人界歴二六七年、詩の月。第三週、五日目。

黒騎士ランスロットは剣精シャリエラを従え、修行のためにシャルウィックの森へと赴いていた。

自分の裡《うち》に潜む、悲しみを越えるために。

そのための力を、得るために。

——それが、さらなる悲劇に至るとも知らずに。

※　※　※

『沢村智美の 近況&小説執筆記録報告ブログ 《幻想の梢》』


こんばんは～、沢村智美です。

久しぶりの更新になってしまいました（汗）。新学期でちょっぴり忙しかったり、最近面白い本が立て続けに刊行されてたりして、小説を書く暇どころか、睡眠時間さえなかなか確保できなかったりしてます。実を言うと、今朝も寝坊しちゃって、遅刻寸前だったし……（爆）。

さて、去年からずっと書き続けてるこの「黒騎士物語」も、ようやく第二部に突入しました。新キャラのシャリエラも登場して、第一部とはちょっと違ったノリになりそうかな……？　ちなみにこのシャリエラは、最近知り合った友達がモデルなんだけど、本人はもっと強烈です（核爆）。本当は、もっともっと本人に似せた口調にしたいところなんだけど（その方が面白いから！）……そんな事したら作品世界が破壊されてしまうので……（笑）。

第二部でイチオシのキャラは彼女なので、これからどんどん彼女のシーンを書いていきたいんだけど、何だか作者の思い通りに動いてくれなさそうで、いまからちょっと不安（汗）。第一部では後先考えずに伏線張りまくってしまったので、この先どうやって収拾つければいいのか迷ってたりするんですが（笑）、やっと本格的に戦争が始まりそうな気配なので気合い入れますね。でも、私が気合い入れると、ランスロットはどんどん不幸になっちゃう……（汗）。逆境に負けない芯《しん》の強い女性に憧《あこが》れる自分の願望がもろに反映されてて我ながらハズカシス……。

あ、それから、何だか今日、私のクラスに編入してきた子がいるんだけど、その人が!!　その人が私の小説のヒロイン「ランスロット」にとっっっってもかぶってる感じなのです！　蜂蜜色の綺麗な金髪、凛々《りり》しい表情、澄んだ声、ちょっと近寄りがたいけれど、それがまた孤高な雰囲気を醸しだしていて、その上何だか重い過去を背負ってる人みたいで――ね？　ね!?　まるっきり私の小説の主人公、ランスロットそのままではありませんか！　どうしようどうしよ!?　きゃーきゃーきゃー！（萌《も》え萌《も》え身悶《みもだ》え大爆裂）。しかもその人、シャリエラのモデルの後ろの席（爆）。何だか、小説を書いてる最中も二人の姿をキャラに重ねちゃって、書きながら現実の二人の姿を思い浮かべて思わず笑ってしまったり……。

……実際にはこの二人、あんまり仲良くないんだけど（汗）。

それでは、次回の更新はなるべく早めに出来るようにしますね。小説の感想とか、メールもらえると嬉しいです。

新しい学校にもようやく馴れてきた、智美でした。

第二章

1

「――ふう……」

智美《ともみ》は眼鏡を外し、眉根の辺りを指でマッサージしながら大きく息をついた。長時間パソコンの画面と睨《にら》めっこしていたせいで、目の周りが異様にだるい。ぐてっとだらしなく椅子《いす》に背を預けると、智美はそれからしばらくの間、すっかり脱力した様子でぼんやりと天井を見つめる。一心不乱に作業に没頭した後に訪れる虚脱状態。全身を包む心地よい倦怠感《けんたいかん》の中、智美はゆっくりと、自分が造り出した幻想の世界から、実際に自分が生活する現実の世界へと意識を切り替え向けつつあった。

そして、椅子の上でゆっくりと姿勢を直すと、智美は目の前に据えられたパソコンのディスプレイに視線を向ける。その画面上には、たったいま彼女が書き上げた文章が表示されていた。

――『黒騎士物語』。

それは、智美が中学時代から書き続け、インターネット上のホームページで公開している、オリジナル小説のタイトルである。物語の内容は、いわゆる「剣と魔法のファンタジー」で、智美が今まで読んできた小説や、小学生の頃に遊んだテレビゲームなどのストーリーがごちゃ混ぜに織り込まれている。

魔法の力が失われつつある異世界「カダス」。旧《ふる》き時代より戦乱が渦巻くその世界で、物語の主人公は、ある事件がきっかけで太古に失われた強大な魔力を得る事になったごく平凡な少女。その少女の潜在的な能力が、とある国の女王によって見出された。そして少女は武人として「騎士の中の騎士《ランスロット》」の名を与えられ、本人の意思とは裏腹に激戦の渦中へと身を投じる事になる——。

……というのが「黒騎士物語」のごくごく大雑把なあらすじである。良く言えば「王道的」な、身《み》も蓋《ふた》もない言い方をすれば「ありがち」な物語なのだが、すでに原稿用紙に換算して一〇〇〇枚を越える分量が書き上がっているため、ボリュームだけならプロの作品も顔負けだ。

いや、ボリュームだけではない。はっきり言ってしまえば物語の内容も、智美としては結構自信を持っていたりする。智美はインターネット上で同じようにオリジナルの小説を発表している人達が主催している「いつかプロ作家になろう同盟」という、ストレートな看板を掲げたwebリング（ネット上でのサークル活動のようなもの）に所属しており、その会員同士でお互いの作品の批評や感想を言い合ったりするのだが、その中でも「黒騎士物語」は特に評判がいい。「キャラが生き生きしてる」、「文章がしっかりしてる」、「こういうファンタジーが読みたかった」etc……。今まで智美の許《もと》に仲間たちからメールやブログで寄せられた小説の感想は一〇〇件以上になるが、そのほとんどが好意的な内容なのだ。もちろん内容について否定的な意見を述べられた事も幾度かあるが、それはいずれも「こうすればもっと面白くなったと思います」といった感じの、書き手としては耳が痛くもありがたい批判だった。少なくとも、「つまらない」と斬《き》って捨てるような感想を寄せられた事は一度もない。

それだけに、

(――私の書いた小説は、他の人が読んでも面白いように仕上がってたんだわ！　自惚《うぬぼ》れじゃない、だってみんな認めてくれてるもの……！)

という結論が智美の中で導き出されたのは、ごく自然な事だっただろう。

それは涙が出るほど、嬉しい実感だった。

不登校で家に引きこもって、孤独で惨《みじ》めな日々を過ごしていた彼女にとって、それは天上から差し込む救いの光に等しかった。自分の小説に寄せられた感想の数々を読み返すと、今でもこみ上げる感動に身体が震えてしまう。最初の頃は、感想のメールがひとつ届く度に感極まってしまい、その都度嬉し涙を流してしまうほどだった。小説を書いている最中は「これ、本当に面白いかしら」、「つまんないって言われたらどうしよう?」などと自分でも不安でいっぱいだっただけに、なおさら嬉しい。

――以来、智美は自宅での受験勉強の合間をぬって、小説を書いて書いて書きまくるようになった。小説だけではなく、物語のイメージに合わせて自分で挿し絵も描いた。のみならず、メインキャラクター達のうち何人かは、フェルト生地を縫ってデフォルメ化した人形を作り、その姿をデジカメで撮影してブログに掲載したりもした。

勉強と執筆に時間を取られ、あまり眠れない日々が続いたが、辛《つら》いとは思わなかった。自分に出来る、あらゆる手段を駆使して、自分の作品を表現していく――それが物凄《ものすご》く楽しかったのである。webリングの仲間たちからは、「沢村さんのホームページは、なんか気合いが違いますね」と褒められてるのだか呆《あき》れられてるのだか分からないようなコメントを寄せられてしまい、ちょっぴり恥ずかしかったりもしたが、とりあえず褒められてるのだと解釈してあまり気にしないことにした。仮にただ呆れられてるだけだとしても、やる気や情熱といった、実力以前の段階で低く評価されるよりはずっとましだろう。

もっとも、高校に入学して優子と友達になってからは、彼女との他愛もない雑談に興じる時間が増えたため、小説の執筆はちょっぴり停滞気味なのだった。

(……何だか、久しぶりに沢山書いたなー)

椅子の上でうーんと大きく伸びをしながら、智美は画面に映る自分の文章をぼんやりと眺める。高校入試の前に物語を「第一部、完結」として一区切りして以来、ほぼ三ヶ月ぶりのシリーズ再開。ホームページ自体は、イラストを何点か追加したり電子掲示板で知人と近況を報告しあったりと、こまごまとした活動を続けていたのだが、一番大事な小説が何ヶ月も更新されないのは、やはりよろしくないような気がする。

（こんな調子じゃいけないわ。もっと頑張らないと！）

だらけた気分を振り払うように、智美はぶるぶるっと首を振り、気合いを入れる。もちろん、いくらネット上で多少評判が良かろうと所詮《しょせん》はアマチュアなのだから、少しくらい更新をさぼっていても誰かに怒られる訳ではないのだが、仮にも「いつかプロ作家になろう同盟」などという看板を掲げたｗｅｂリングに所属しているからには、アマチュアだという事に甘えたくない。

そう、自分の目標は「ネットで好評なアマチュア作家」ではないのだから。

いつか絶対に、プロの作家になるのだから。

書店に、綺麗《きれい》なイラストに飾られた自分の小説が並ぶその日まで、日々精進していかなくてはならないのだ。

（……まあ、もちろん、いまの私じゃ、まだまだ駄目だとは、思うけど……）

などと一人内心で謙遜《けんそん》しつつも、毎日通う書店の店内を見渡す度に、「いつか、ここに自分の本を」と思わずにはいられない智美なのだった。

「……さて、と」

小さく呟《つぶや》いて眼鏡をかけると、智美は書き上げたばかりの原稿を丹念にチェックする。そして何ヶ所か誤字や分かりづらい表現があったのを修正した後、インターネットに接続して小説のデータをサーバー（ネット上でデータの管理を行う場所）に転送。たったこれだけの作業で、自分の書いた小説が世界中のどこからでも読めるようになるのだと思うと、何だか不思議な感じだ。世界中——とはいっても、日本語で書かれた智美の文章を読んでくれるのは結局のところ日本人だけなのだが、それでも北は北海道から南は九州まで、実にさまざまな場所から感想のメールが送られてくるというのは、それなりに凄い状況ではある。智美はただ、東京の自分の部屋でパソコンを操作しているだけなのだから。

そして、サーバーへの転送が終了すると、智美は小さく欠伸《あくび》をする。そしてちらりとパソコンの画面に表示されている時刻を確認すると——午前二時。

（——えっ⁉　もうこんな時間⁉）

眼鏡の奥で瞳《ひとみ》をまん丸くして、智美はしばし硬直してしまう。優子とメッセンジャーで雑談に興じていたのが、確か午後一〇時ごろ。それから小説を書き出したのだが……執筆に集中するあまり、時間の感覚を失っていたようだ。ただでさえ昨日は寝不足だったのにこんな夜更かしをしてしまっては、眠る前から寝起きの慌ただしさが想像できてしまって怖い感じである。

（と、とにかくもう寝なきゃ。少しでも多く寝なきゃ。じゃないと起きれないよ……）

智美は慌ててパソコンの電源を切ろうとする。

だが、その時。智美のパソコンからメッセンジャーの着信音が響く。どうやら、智美が小説をホームページに掲載する僅《わず》かな間に、誰かからのメッセージが届いたようだ。

メッセージの発信者はYUKO。要するに、優子だった。

智美は思わず苦笑してしまう。彼女も、まだ起きていたのだ。「麻雀《マージャン》のお誘いがあった」と言っていたが、ひょっとして彼女は、今までずっと麻雀を打っていたのだろうか……。

『――やっほー！　智美！　まだ起きてたんだ？』

『――起きてたけど、もう寝るよ～』

短く返信を返すと、すぐに優子からメッセージが戻ってくる。

『――そっか。でも、智美も夜更かしだねー。また小説とか読んでたわけ？』

智美の行動パターンはお見通しだよ、と言わんばかりに、ディスプレイにそんな文章が浮かぶ。それを見て智美は少し苦笑した。親友の優子でも、智美が小説を「読む」のではなく「書いて」いたという可能性はさすがに思いつかなかったようだ。智美は自分がホームページを作っていることや、そこで自作の小説を公開していることを、優子には秘密にしているので当然と言えば当然だが。

智美が何故《なぜ》、親友である優子にそうした事柄を秘密にしているのかと言えば――その理由は実に単純、「恥ずかしいから」である。遠く離れた見知らぬ誰かに読まれるのは別に何ともないのだが、毎日顔を合わすクラスメイトに自分の書いた小説を読まれるとなると話は別だ。それは恥ずかしい、恥ずかし過ぎる。思えば小学生の頃も、自分で書いた作文が市や都の文集に載ったりした時は嬉しかったが、それをクラスで朗読させられるのは物凄く嫌だった。自分が心の奥に溜《た》め込んでいる妄想《もうそう》を、親しい人物の前に晒《さら》すというのは、想像しただけでも羞恥《しゅうち》のあまり目眩《めまい》がする状況である。

それに、優子は智美の親友なので、読んだら絶対に「面白かったよ！」という感想を寄越してくれるに決まっているのだ。たとえつまらないと思っても、少し気になるところがあっても、友人としての義理や彼女なりの優しさが、それを言わせないだろう。そのことが分かり切っているだけに、優子には自分の小説を読んで欲しくない。なまじ自分の文章に少しばかり自信があるだけに、大して興味もないのに義理で読まれると、却《かえ》って惨《みじ》めな気分になってしまうのは目に見えていた。

第一、優子は普段から小説を読んだりしないタイプなので、智美の小説にも特に興味を示さないのではないかと、そんな風にも思う。以前、智美なりに読みやすいと思う小説を何冊か選んで貸したこともあるが、冒頭を読んだだけで眠ってしまったというから、体質的に小説という媒体を受け付けないに違いない。そんな優子に義理で読ませたりしたら、智美が惨めな以前に彼女もしんどいだろう。

どうせなら、そうした義理的な感情が付け入る余地がないような、智美の小説が世間的な好評を得た後で、格好良く秘密を打ち明けたい。やはり大手出版社の新人賞を受賞し、作家デビューが決まった時に、受賞を報《しら》せる雑誌を手渡して、「実は私、趣味で小説とか書いてたんだけど、それが新人賞を獲《と》ったの。あ、これがその記事で――」というのが理想だろうか。問題は、それが果たしていつ実現するのかという点だが。

ともかく、現状ではまだまだ秘密にしておきたい事柄なので、智美は適当に返信を書いて送った。

『――そうそう、例によって本とか読んでたりしたらこんな時間になっちゃって。でも、ほんとにもう寝るよ～。ゆうちゃんも、早く寝ようね｜』

『――うぃｌ（おフランス風）、んじゃ、もうちょい飲んだら寝るなり』

……何で、平日の夜にお酒飲んでるのよ――と思わず突っ込みのメッセージを送りかけた智美だが、送信する寸前で危うく思い止まる。

（いけない、いつもこんな感じで終わりの見えない雑談モードに突入してしまうんだわ……）

智美は一瞬、「一升瓶を抱えた優子が待つアリ地獄」という情景をリアルに想像してしまい、思わず頭を抱えてしまった。時間さえあれば、そのアリ地獄に捕まってみるのも楽しいのだが――明日は、というか今日は金曜なので授業がちゃんとあるのだ。今から四時間後、朝の六時に心地よく目覚めるために、少しでも早く寝なきゃいけないのだ。寝坊して、二日連続遅刻ぎりぎりで登校するのは、情けないからどうしてもイヤなのだ。そして、そんな風に頭の中で色々と言い訳を並べなければならないほどに、本心では優子と雑談に興じたがっている自分を自覚していた。週末が、待ち遠しい瞬間だった。

ちょっぴり後ろ髪引かれる思いを抱きつつも、智美は会話を切り上げるように短いメッセージを送る。

『――じゃ、おやすみね、ゆうちゃん』

『――OK～。んじゃ、学校でね』

優子からの返信メッセージを確認すると、智美はパソコンの電源を切った。

（さて、と……）

ふわぁ、と大きく欠伸をしながら、ふらふらとベッドに歩み寄る。

「……寝よ」

意地でも寝る、という意志表示のためにわざと口に出して呟き、もぞもぞと布団にもぐり込むと、智美はそのまますぐに眠りの世界へ沈んでいく。


……その日、智美は夢を見た。

漆黒《しっこく》の甲冑《かっちゅう》に身を包んだ金髪の女性騎士と、ポニーテールの快活な少女が、木洩れ日の中を寄り添うように並んで歩いている夢を。

二人は、特に会話を交わしてはいなかった。だがそれでいて、妙に二人でいる姿が自然な雰囲気だった。

それが、ホリィ・ブローニングと櫻井優子《さくらいゆうこ》の姿なのか、それとも自分の小説の登場人物、黒騎士ランスロットと剣精シャリエラの姿なのか……夢の内容を吟味する間もないままに朝が訪れ、智美は寝不足の身体を引きずるようにして、学校へと向かう。

通学電車に揺られていると、優子から携帯にメールが届いた。

メール受信　1件
4月24日（金）　8時　2分
送信者:櫻井優子
飲み過ぎた　午前はサボる　二日酔い

2

平穏な日々が続いていた。

本来ならば望ましく、現状では呪《のろ》わしいほどに、何事もなく繰り返される日常の光景。

喪《うしな》ったモノの大きさを思えば、その平穏さが信じられなかった。彼女を喪ったと同時に、彼の世界は死んだはずだった。

だが、彼を包む日常は、最愛の女性の死という現実を踏み越えてなお、現在まで延長されている。そしてこれからも、まだしばらくはこの状態が続くだろう。

その事を想うと――彼は気が狂いそうだった。あるいはもう、狂っているのだろうか？ 自分ではよく分からない、愛した女性を喪った哀《かな》しみを抱き続けることが、果たして狂気なのか、彼にはもう、分からない。

ただ苦しかった。時間がいずれ癒《いや》してくれるのではないかと微《かす》かに期待していたが、大間違いだった。それどころか時と共に彼の内心に巣くう喪失感や絶望感はいや増すばかりだ。彼を癒せるモノは何もない。愛した女性によく似た別人を愛そうとも試みた。いや、いまもなおそれを試みている最中である。容姿や性格がよく似た――別の女性を愛そうと。

だが、別の女性を愛そうとすればするほど、かつての恋人と、その女性との間にある数々の相違点は一層彼を苦しめた。なまじ似ている部分が多いだけに、ふとした折りに感じる僅かな違和感が耐え難い。声が違う、笑い方が違う、眼差《まなざ》しが違う、名前が違う、立場が違う、年齢も違う、髪質も、服装も、違う違う違う、違うのだ、あの女は違う、彼が愛した女性ではない。いくら似ていようともやはり別人だ、むしろオリジナルの価値を侵害する、粗悪な紛《まが》い物《もの》に過ぎない。そんなモノでは満たされない、そんなモノでは誤魔化《ごまか》せない。彼の哀しみ、彼の嘆き、そして――喪われた彼女の存在は。

それでも、このままの状態が長く続くはずはない。救いの光は遠からず訪れ、彼の苦しみの一切を無に帰すだろう。だが、その事を確信しながらも、何事も起きないまま二ヶ月も経過すると、彼の意識は焦燥感でさらに安定感を欠いていった。

そろそろ何か契機となる出来事を、こちらから仕掛けなければならないのかもしれない。

きっかけは、些細な事でいい。

どんな些細な事であろうとも、それは些細な事のままでは終わらないのだから。

それが、あの少女の宿命なのだ。

宿した、命——日本語というものは、時として皮肉なほどに状況を的確に表現してくれる。

本人にとっては笑い事では済まないだろうが、それは彼女を付け狙《ねら》う側にしても同じだ。あの少女に宿っている命を、このまま穏やかに眠らせてやるつもりなど彼には毛頭なかった。

あれだけが、彼の苦しみを救ってくれるのだから。

とんだ皮肉だった。彼から愛する女性を奪った、あの忌まわしいモノだけが、いまでは彼の唯一の希望と化している。その事実に、彼は笑った。自分自身を、この現実を、笑うしかなかった。

彼の視線の先では、一人の少女が学校へ向かって歩いている。最愛の女性を死なせ、その上で生きながらえた呪われた少女が、日常を過ごす場所へと向かっているのだ。

（普通の高校生として、このまま静かに暮らしていけるとでも思っているのか……？）

少女に気付かれぬよう、背後から慎重に距離を置いて様子を窺《うかが》いながら、彼は憎悪を込めて呟く。

「——まだ殺し足りないのか……貴様は……！」

――桜の四月から若葉の五月へと時は移り、私立榛名学園《しりつはるながくえん》に通う一年生たちは、すっかり新しい環境に馴染《なじ》んでいた。四月には「今度通うことになった高校」だった場所も、五月になると「私の通う学校」という具合に感覚が切り替わってくる。生徒達は仲良くなった者同士で固まり始め、部活に参加する者は他のクラスの生徒や上級生とも交流が始まる。五月は、新しい環境に順応する月なのだ。学生社会人を問わず、多くの人達がふと気がつけば自分を取り巻く環境にすっかりとけ込んでいるという時期、それが五月。新しい環境に馴染めず苦しむ心理状態が、特に「五月病」と呼《よ》び慣《なら》わされることなどからも、そうした感覚はごく一般的なものだといえるだろう。

だが、智美の所属する一年B組の教室では、相変わらず四月の雰囲気そのままに、クラスメイトと打ち解ける様子もなく、独自の空気を身に纏《まと》ったままの少女がいた。

ホリィ・ブローニング。

彼女は、いつも独りだ。

一人ではなく、独りなのだ。彼女を見ていると、沢村《さわむら》智美はいつもそう思う。一人が単に人数を示す表記だとすれば、独りはその情景を示す表現だと彼女は思っている。自分以外、誰もいない状態。他人とは、決して交わろうとしない存在。たとえ周囲に数十人のクラスメイトが居ようと、彼女はやはり独りだった。

最初のうちは、彼女に話しかける生徒も何人かいた。前の席の優子をはじめ、気さくな男子生徒や、彼女を気遣う女生徒、果ては二年生のかつてのクラスメイトまでもが訪れ、代わる声をかけていた。

だが、ホリィはそのほとんどを無視。たまに応《こた》えても実に素っ気なく、ほとんど面倒くさそうに見えるほどに愛想の無い返事をするだけだった。結果、編入してきてから三日と経たない内に、彼女に声をかける生徒は一人もいなくなってしまった。「まあ、そりゃ当然だよ」とは、前の席で一部始終を見守っていた優子の談。「親切心で声かけてんのに、それを露骨に鬱陶《うっとう》しそうにされちゃさー、誰でもムカツクって」。

休み時間も、ホリィはずっと文庫本を読み耽《ふけ》っていて周りの生徒とは一切口を利こうとしない。クラスの後ろの席でじっと本を読《よ》んでいるような生徒は、概して地味で、目立たないものだが、ホリィの場合は別である。目立っている。猛烈に目立っている。カーテン越しに降りそそぐ春の陽射《ひざ》しを浴びながら窓辺に佇《たたず》む金髪碧眼《きんぱつへきがん》の少女の姿は、芸術的な洋画のワンシーンのように非・現実的な美しさで否応《いやおう》なく周囲の視線を引き寄せてしまう。黙っていれば天使のような美しさを持つ異国の少女が、細い指先で淡々と文庫のページをめくっていくその姿は、さながら宗教的な絵画の如《ごと》き崇高《すうこう》さを醸しだし、クラス内で独自の存在感を確立するに至っていた。

だが、五月も中旬に差し掛かると、級友たちも次第にそんなホリィの姿に馴れていった。相変わらず彼女は孤立していたが、その状態に違和感がなくなってしまった。

言ってみれば、ホリィは「積極的に孤立する」事で、クラスに馴染んでしまったのだ。誰からも話しかけられない代わりに、誰にも話しかけない。それが当たり前の状態。ぎこちない不自然な状況が、それを通り越してもはやごく自然な状態になっていた。

もちろん、それでクラスの雰囲気が良くなったかといえば、そうでもない。同級生からしてみれば、クラスにとけ込もうとしないホリィのような存在は、ハッキリ言って疎ましかった。無口で無愛想な生徒が近くに居ると、何となく周囲の雰囲気まで重くなる。ましてホリィはただでさえ、日本人が声をかけづらい外国人。いかに彼女は日本語が堪能なのだと頭では分かっていても、語学力に自信がない高校生ではそうそう気軽に声がかけられない。その上、両親の死という、他人には触れられない、息苦しくなるような重い過去を背負った境遇なのだ。ホリィ自身がいかに静かであろうとも、その周囲には常に奇妙な圧迫感がつきまとう。

（もう少しくらい、みんなと仲良くすればいいのに……）

休み時間、優子の席でおしゃべりに興じている時、時折後ろの席に視線を向けて、智美はそんな事を考える。集団の中で孤立しているホリィを見るのは、中学時代の自分の姿を見ているようで、辛かった。ホリィのように堂々としてはいなかったが、智美もたまに中学に通った時には、一日中独りで本を読んで時間を潰《つぶ》していたのだ。独りで過ごす、孤独で長い時間を誤魔化すために。

（ホリィさん、寂しくないのかな……）

智美は優子の後ろで文庫を読み耽るホリィに気遣うような視線を向ける。当のホリィ本人は、別に寂しそうでも辛そうでも哀しそうでもない――というより、全然平気そうなのだが、自分の体験と重ねて考えると、とてもそうは思えない智美なのだった。きっとホリィさんだって本当は辛くて哀しくて寂しいに違いないわ、だって私はそうだったし――などという事をどうしても考えてしまい、見ているだけで胸が痛む。

「――にしてもさ、智美」

智美がホリィを見ながら勝手に胸を痛めていると、優子が机上に並べられた二冊のノートと格闘しながら話しかけてくる。彼女はいま、次の授業で当てられる事になっている宿題部分を、智美に写させてもらっている最中なのだ。

「ん、何？」

智美は慌ててホリィから視線を外す。幸いにして、ホリィのことを気遣わしげに見つめていたことは悟られなかったらしく、優子はゆっくり視線を上げると真顔でこんなことを言ってきた。

「智美はさ、結局、何も部活やんないの？」

優子は当初の予定通りバスケ部に入部している。そのため放課後は遅くまで練習しており、五月に入ってからは一緒に帰る機会がほとんどなくなってしまった。

「うん、私は……あんまり、集団行動とか向いてないし」

「そんな事ないと思うけどなー。つーか、智美は周りに気を遣う方じゃん、私よりよっぽど向いてると思うけど？　集団行動向いてないってのはさ、こういうのだよ、これ」

そう言って、優子はシャーペンでホリィを示す。ホリィは別に気にした様子もなかったが、智美は何だかどきっとしてしまった。クラスで孤立してる生徒をからかうネタに使われると、素直に冗談として受け止め切れないものを感じてしまう。

「で、でも、私は運動ニガテだし、かといって文化系の部活はあんまり活気ないみたいだし……」

「ん、そりゃまあ、無理にとは言わないけどさー」

優子は、ちょっと残念そうにそう言うと、再びノートに視線を戻した。

「でもさ、放課後にちょっとアイスでも食べてから帰ろっかなーって時、智美がいないとつまんないんだよお」

「え、部活の友達と一緒に行ったりしないの？」

「そりゃまあ、連中とも行くけど。最近はどうもねー、愚痴大会になっちゃってしんどいんだわ。ウチの部、いま雰囲気めっちゃ悪くて」

優子はそう言って、ため息をつく。

「ウチの部ってさー、先輩がめちゃめちゃ態度デカくてもうサイアクなのよ。一年の練習態度にやたらと口出ししたり、言葉遣いやら態度とかにも猛烈にうるさいし。昼休みにはパシリとかまでやらされてる子いるしさ。そりゃまあ、先輩なんだからある程度までは、そういうのもアリだとは思うけどね。てゆうか、私も二年になったら一年にデカイ態度なんかさせねーって感じだし。でも、いまの二、三年って、態度デカイ割にバスケはもう信じられないくらい下手なんだな……。どれくらい下手かって、そりゃもう新入生の私らより断然下手なわけ。シュート決まらないわ、パスはぬるいわ、スタミナ無いわで。しかも自分たちでは下手だっていう自覚ないから、もう始末に負えなくて。一年の練習に口出ししてる暇があったら、お前らの方がしっかり練習しろー！……って言いたいんだけど、そうもいかないのがまたシンドイところでさ……」

「そ、そうなんだ。大変だね」

珍しく、疲れた様子の優子から迸《ほとばし》る、愚痴の奔流。確かに、練習で疲れた後に寄り道してまでそんな会話に終始するのは、ちょっと嫌な状況かもしれない。

「ま、そういう先輩はカンベンだけど、やっぱバスケは好きだし、三年は夏前に引退するし。今だけの辛抱だってのは分かってるんだけどねー。他のみんなには悪いけど、私は先輩たちより断然実力上だから、あんまし口うるさく言われることないし——」

と、そこで言葉を切ると、優子は急に何かを思い出したようにホリィの方へ視線を向けた。

「——あ、そうだ、部活の話で思い出した。ホリィってさー、去年、ウチの部の島田センパイと同じクラスだったんだって?」

その言葉に、ホリィは珍しく返事を返す。優子の方に顔を向けたりはしなかったが、ともかく無視をしないだけでも珍しい。

「それが、どうかしたかしら?」

「別に、大したことじゃないけど、『手術が成功して良かったね』って伝えておいてって頼まれたから。そんだけ」

その言葉を聞いて、

「…………」

一瞬、ホリィは不快そうに眉を顰《ひそ》めると、何かを言おうとするかのように優子の方に視線を向けた。優子は、そして横で見ていた智美も驚いて、ホリィが口を開くのを待つ。

が、ホリィはすぐに思い止まったように、手にした小説へと視線を戻してしまった。なお、彼女がいま読んでいる小説は、中井英夫《なかいひでお》の「虚無への供物」。智美は未読なのだが、確か日本のミステリー小説では古典的名作としてかなり評価が高い作品だ。「オススメの推理小説紹介」といったホームページをいくつかチェックすれば、必ずと言っていいほど目に付く作品なので、智美もそのタイトルだけは知っていた。

「……どうしたのよ、何か言いかけたんじゃないの?」

何かを言いかけてから口をつぐんだホリィを見て、優子が促すように問いかける。

だが、ホリィは手にした文庫に視線を向けたまま、何も応えようとしない。露骨に無視されてしまい、優子はむっとした表情で不平を洩《も》らす。

「何だかなー、どうせ言いかけたんなら、ハッキリ言えってのよねー。まったく」

「でもゆうちゃん、いまはそれより、早くノート写して欲しいんだけど……」

「あ、ごめん」

教室の時計を指さしながら苦笑する智美の言葉で我に返ると、優子は大慌てでノートの筆写を再開する。

（んー……）

優子と、ホリィをさり気なく見比べながら、智美は密《ひそ》かに思う。

（やっぱり、この二人のイメージなのよね……。これで後もうちょっとだけ、ホリィさんがしゃべる人だったら完璧《かんぺき》だったのになー）

一方的に話しかける優子と、それを煩わしそうに受け流すホリィの態度。

その様子が、どことなく似ている。

智美が書いている小説、「黒騎士物語」に出てくる主人公・ランスロットと、剣の妖精・シャリエラのイメージに、どうしても重なって見えてしまう。

もっとも、シャリエラというキャラクターについては、最初から優子をモデルにしているので、雰囲気が似ているのは当然だった。ホリィの方は……性格はかなり違うが、いかにも重い過去を背負ったその翳《かげ》りのある雰囲気と、同性ながらため息が出てしまうほどに端麗な容姿だけ見れば智美が抱いていたランスロットのイメージにかなり近い。というより、最近では智美の脳内で、己の信じる道を孤高に歩み続ける騎士・ランスロットのイメージはすっかりこのホリィ・ブローニングという少女のイメージで上書きされつつある。

(何だか、この二人が目の前で並んでるのって、不思議な感じ……)

などと、目の前の二人に勝手な妄想を投影しながら優子がノートを写し終えるのを待っていると、休み時間の終了を告げるチャイムが鳴った。次の授業は智美たちの担任、雪村《ゆきむら》の英語である。

「それじゃ、ゆうちゃん。チャイム鳴ったから、そろそろノート返してね?」

「う……実はまだ写し終わってなかったりする。あと五分」

「それじゃ先生来ちゃうってば……。もうほとんど写したんでしょ? だったら、ね?」

ちょっぴり引きつった笑みを浮かべながら、ノートを取ろうとする智美。雪村は授業中の私語や授業前の着席状況に厳しいので、チャイムが鳴って自分が教室に現れるまでに着席してない生徒は、問答無用で遅刻扱いにする時があるのだ。

だが、ノートを取ろうとする智美の腕に、優子はがしっとしがみついて懇願する。

「あああ、待ってよー! あと少し! せめて先生が教室に来るまで——」

その時だった。

後ろの席から優子の肩の辺りに、すっと一冊のノートが突き出された。

「……え？」

智美と優子が口を揃《そろ》えて、ノートの持ち主の方を振り向く。智美たちだけではない、周りに座る生徒達も、驚いたようにその様子を見守っている。

「と、ホリィ……あんたってば……」

信じられないものを見た、とでもいうような表情で、優子はノートの持ち主、ホリィ・ブローニングを見つめていた。そんな優子を面白くもなさそうに見返しながら、ホリィは無愛想に告げる。

「時間がないわ。写すなら、さっさとしなさい」

「さんきゅー！　もう超感謝！　ありがとね！　いやー、私は今まであんたの事を誤解してたわ――」

感謝の言葉をまくしたてながらノートをひったくる優子。そんな優子の言葉を遮るかのように、ホリィは冷ややかにこう言った。

「――あなた、さっきからうるさいのよ。ノートくらい貸してあげるから、いい加減、黙ってくれないかしら」

周囲の空気が、一瞬凍り付いた。

智美も、驚きのあまり硬直してしまう。実のところ、智美はホリィと直接言葉を交わした事がなかったので、彼女の無愛想ぶりがここまで強烈だとは知らなかったのだ。

だが、

「はあ？　私がうるさいんじゃなくて、あんたがしゃべらな過ぎなんでしょうが。休み時間にしゃべるのはフツーなの、フツー。ゆえに我慢しろ。それが集団生活、女子高生コミュニケーションなり。Do you understand?　ＯＫ？」

「…………」

「うわ、ホリィってば字、めっちゃキレイじゃん！　すごーい、ていうかこの日本語の達筆っぷりは外国人と思えねー！」

……どうやら、優子はすでにホリィの無愛想な態度に対する免疫が出来ているらしい。冷ややかな言葉にもまったく動じた様子はなく、嬉々《きき》としてノートを写し始める。ホリィはあからさまに不機嫌な表情を浮かべていたが、優子は無視。先程までとはまるで逆の状態だ。

何だか、そんな二人の姿が妙におかしくてしばらく眺めていた智美なのだが、教室のドアが開き、雪村が姿を現したので慌てて自分の席へと戻る。遅刻扱いにされてしまっては、何のために優子からノートを返してもらったのか分からなかった。

「ほう……」

優子とホリィの側《そば》から離れ、あたふたと一番前の席へと着く智美の姿を見ながら、雪村は口の中で驚いたような呟きを洩らしていた。

沢村智美。

彼女は櫻井優子と親しい。そのせいか、その後ろに座るホリィ・ブローニングに近づく機会が多いのだろう。

この状況は使える——雪村はそう思った。

やはり彼女しかいない。雪村がそうだったように、恐らくはホリィもまた、智美の中に二度と還《かえ》らない彼女の面影を見ているに違いないのだから。

——代用品には、代用品なりの使い道があるというものだ。

3

放課後、智美は部活に出る優子と別れて、駅までの道を一人でとぼとぼ歩く。

——放課後にちょっとアイスでも食べてから帰ろっかなーって時、智美がいないとつまんないんだよお。

優子はそう言っていたが、智美にしても、それは同じだった。一緒にいると少し疲れるくらいに賑やかな優子と離れると、独りでいるときの静かな空気がどことなく寂しい。

（もっと身長があれば、私だってゆうちゃんと一緒にバスケ部に入ったんだけどな……）

そんな事を考えて、智美は少しうつむき加減に歩く。考えまい考えまいとしても、こうやって何かにつけ自分の身長についてうじうじと悩んでしまう自分が、嫌だった。

いっそ、優子の言う通り何か部活でも始めようか。帰る時間が一緒になればいいだけなのだから、何も運動系の部活に入らなくてもいいのだし。いや、よく考えたら運動部でも、マネージャーだったら何の問題もない。汗くさい運動着を洗濯したりするのが、楽しいかどうかは別としても。

(でも、部活に入るのも……何だか……)

智美はため息をつく。やっぱり、ただ優子と一緒に帰る時を合わせるためだけに部活に入るというのは、何か違うような気がする。智美は別に、暇を持て余している訳ではないのだから。小説を読んだり書いたり、図書館で本を借りたり返したり、何軒か書店を巡って話題の本を探したり面白そうな本をチェックしてみたり……個人的な趣味に関連した行動だけでも、毎日結構な時間を取られているのが現状だ。それに加えて最近では優子とネットで長時間の雑談をしたりしているのだから、これで部活まで始めたら時間がいくらあっても足りない。

(ゆうちゃんも、部活で自分の趣味を楽しんでる訳だし……。私も自分の時間は欲しいし、ちょっぴり寂しいけど、これでいいのかも)

内心で自分に無理矢理そう言い聞かせると、智美は少し顔を上げる。そして腕時計にちらりと視線を走らせ、まだ四時前であることを確認すると、少し寄り道をしてから帰ることにした。どうせだから、優子が一緒の時だと却って行きづらい、図書館や書店を廻《まわ》ってから帰ろうと思ったのだ。

そして……。

学校の近くにある図書館に寄ってハードカバーの小説を五冊借り、駅の商店街にある三軒の本屋を順番に覗《のぞ》いて文庫の新刊を三冊買い、さらには付近に乱立する大型の古書店を四軒廻って一冊百円の小説を二十冊ほど購入してしまった。

（お、重い……）

ぱんぱんに膨《ふく》れ上《あ》がった通学鞄《つうがくかばん》、それにも入りきらずに手に提《さ》げたビニールの袋。衝動にまかせて読みたい本を次々に確保しているうちに、智美の荷物は雪だるま式に増えてゆく。調子に乗って古書店巡りまでしてしまったのは失敗だったかもしれない――と、智美は五軒目に立ち寄った古書店でしみじみ思った。東京《とうきょう》の多摩地区《たまちく》における古書店の充実っぷりは、智美のような本好きにとって望ましくも恨めしい。すでに時刻は六時を周り、辺りも薄暗くなってきている。さすがにこれ以上、体力的にも時間的にも限界だと思った智美は、文庫の棚をざっと眺めただけで店を出る事にした。

しかし、

（……あ）

帰り際に何気なく視線を向けた棚の一画で、智美は思わず立ち止まってしまう。予期せず見覚えのある書名を発見したのだ。

――「虚無への供物」。

ホリィ・ブローニングが、教室で読んでいた本。京極夏彦《きょうごくなつひこ》の本みたいに分厚いその文庫を、智美は思わず手にとってしまった。

（……面白いのかな、これ……。どんな本なんだろ……）

智美の読書傾向はSFやファンタジーに偏っているので、普段はあまり推理小説を読んだりはしないのだが、あの気難しそうなホリィが読んでいた小説がどんな内容なのかと思うと、少し興味が湧《わ》いてくる。パラパラとページをめくってみると、文章はやや硬いというか、古めかしい感じがするが、難解で読めないというほどではなさそうだ。

とりあえず、冒頭を立ち読みしてから買うかどうか決めよう――と、智美は荷物を下ろして立ち読みの態勢に入ろうとする。

その時だった。

「――お、沢村じゃないか？」

不意に、聞き覚えのある声が背後から聞こえてきて、智美はビクッと身を震わせると大慌てで文庫を棚に戻す。

その様子を見て、背後の人物はくすくすと小さく笑い声を洩らした。

「おいおい、何もそこまで驚かなくてもいいだろう？」

振り返ると、そこには智美のクラスの担任、雪村和彦《かずひこ》のそびえるような長身があった。学校

の外で教師に出会ってしまい、智美は何だか意味もなく緊張してしまう。ただでさえ、身長一八〇を越える雪村の近くに立つのは抵抗があるというのに、不意打ちのようにこんな場所で声をかけられては動揺が抑えられなかった。

雪村は智美が本棚に押し込んだ文庫を手に取ると、タイトルを見て意外そうな表情を浮かべる。

「『虚無への供物』か……。沢村は意外と渋い趣味をしてるな。僕も、これは学生時代に読んだよ。面白かったぞ。今までに読んだ小説のベスト10を挙げろって言われたら、外せない作品だな」

「……え？」

先生も、読んだんですか？　という言葉が緊張のため続かなかったが、雪村には何となく通じたらしい。小さく頷《うなず》くと、智美に本を手渡す。

「学生時代、ミステリマニアの友人がいてね。会う度にこの本の事を聞かされてうんざりしていた時期があったんだ。それに根負けしてね、とにかく読んで、その話題を終わらせようとしたんだよ。だけど読んだら確かに面白くて――」

雪村は言葉を切ると、眼鏡の奥でいたずらっぽく笑う。

「――次の日から、僕も別の友人にこの本を薦めまくった」

それを聞いて、智美も少し笑う。学校では、あまり雪村としゃべった事がなかったので、彼が授業を離れるとこんな風にしゃべるのだという事を、智美は初めて知った。

「まあ、沢村と僕らじゃ世代が違うから、同じように楽しめるかどうかは分からないが……。沢村は京極夏彦や、綾辻行人《あやつじゆきと》の小説を読んだりするか？」

「あ、はい。一応……」

どちらもミステリ作家だが、綾辻行人は智美の大好きな少女小説家、小野不由美《おのふゆみ》の夫だという事で何となく興味を持って読んでいたし、京極夏彦は話題の作家なのでとりあえず新刊は欠かさず読んでいる。

「だったら、多分大丈夫だろう。あれくらい濃い小説が読めるんだったら、『虚無』だって楽しめると思うぞ」

「そ、そうですか。それじゃあ、買ってみます」

それを聞いて、雪村は苦笑する。

「買うって……。おごるよ、古本くらい」

「え、でも……」

「教師の薄給でも、古本の一冊くらいはおごれるよ。第一、この棚は百円コーナーだろ……」

言われて棚の貼り紙を見ると、そこには確かに「百円！」の文字がでかでかと印刷されていた。智美は照れたように笑い、「それじゃ、お願いします」と小さな声で応える。

「まあ、せっかくおごるんだから、気に入ってもらえるといいけどな。ついでに、他にも欲しい本があったら適当に選んでいいぞ」

「い、いいんですか？」

「レジで精算する時、恥ずかしいような本じゃなければね」

雪村はそう言って、視線を別の棚の方へと向けた。智美もつられて、同じ方向へ視線を向けると、

（…………………!）

思わず赤面し、首をぶんぶん振ってしまう。

……雪村が目線で示したのは、美少年同士が絡み合う表紙が妖しい雰囲気を醸し出している、耽美系《たんびけい》小説の棚だったのだ。買いません、言われなくても先生の前でそんなアレな本を買ったりしません、あと先生、そういうのってセクハラだと思います、と内心で届くはずのない抗議の声を上げる智美。

——その手の本は、三軒目に寄った新刊書店でしっかりと購入済なのでここで買う必要はない、というのは彼女にとって人生最大級の秘密だった。

「ところで、沢村」

「は、はい」

鞄の中に隠し持つアレな本の存在を悟られまいと、妙に身構えて返事をする智美に、雪村はふと真剣な口調になってこう訊《たず》ねてきた。

「沢村は、よく櫻井としゃべっているみたいだが……そういう時、後ろの席のホリィ君とも、しゃべったりするか？」

「ホリィさん……ですか？」

「ああ」

雪村はゆっくりと店内を歩きながら、小さくため息をつく。

「……僕が見た感じだと、彼女は全然周りに打ち解けようとしてないようだから、やはり気になってね。打ち解けようとしてないというより、ホリィ君が自分から壁を作ってるような雰囲気さえあるだろう？」

「そう……ですね」

手にした「虚無への供物」をじっと見つめて、智美は小さな声で返事をする。彼女は今日、優子と多少言葉を交わした以外は、ずっと独りでこの本を読んでいた。

「想像出来ないかもしれないが、ホリィ君は一年の頃——ああ、『去年の』という意味だ——あそこまで難しい生徒じゃなかったんだ。心臓に病気を抱えていたから学校は休みがちだったし、どちらかと言えば大人しい生徒ではあったが、気さくで人付き合いも良かったらしい。もっとも、僕は直接受け持っていた訳ではないから、これは伝聞だけどね」

「そ、そうだったんですか？」

気さくで、人付き合いの良い、ホリィ・ブローニング。それは作家志望で、人一倍想像力は豊かな方だという自負がある智美にしても、なかなか想像が出来ない姿だった。いま現在の、周囲と決して打ち解けようとしない姿があまりにも印象的なだけに尚更《なおさら》だ。

「ああ。だけど、夏休みに彼女が渡米して、心臓の手術を受けて帰国してからが大変だったんだ。まず、これは編入初日にもクラスのみんなに言ったが、彼女のご両親がお亡くなりになった」

「……ええ、聞いてます」

智美はそう言って、少し視線を落とす。両親の死というのは、何度聞いても、それだけで胸が締め付けられるような話題だった。もしも、自分の両親がいなくなってしまったら、と想像すると、智美はいかに自分が両親に依存した存在であるのかを思い知らされる。自分が暢気《のんき》に本を読んだりインターネットに興じて高校生活を満喫していられるのも、父親が働いて収入を得ているからだし、母親が家事を取り仕切っているからだ。両親がいなければ、智美が普段当たり前のように過ごしている日常は、足下から崩壊してしまう。

だったら——

ホリィは、どうやって暮らしているのだろう。

生活費は遺産などがあるのかもしれないが、それにしても家事やその他もろもろの雑事はどうしているのだろう。独りで、それらをこなしているのだろうか。

だが、智美が思考を進める前に、雪村はさらに驚くべき事実を語りだした。

「……あの時、みんなには伏せておいたが、ホリィ君のご両親の亡くなり方は、普通ではなかったんだ」

「え……?」

雪村は足を止め、智美をじっと見つめると、声を落として言った。

「――無理心中だったんだ」

自分が、ごくりと息を飲む音を、智美は少し遠い感覚で聴いた。

「ホリィ君の父親は、術後間もない娘を置いて、母親を道連れに死んだ。その方法も尋常《じんじょう》じゃなかった。お互いが手にした刃物で斬《き》り合《あ》って……発見された時、室内はご両親の流した血で真っ赤に染まっていたらしい。母親の遺体にはかなり抵抗した様子があったらしいが、男の力には敵《かな》わなかったんだろう。そして、母親を刺した後、父親もその場で後を追った。その第一発見者が――」

それ以上聴きたくない、と智美は反射的に思った。だがその思いを口に出す間もなく、雪村は告げる。

「――ホリィ君だった」

智美は、声も出せなかった。

「……それから、しばらくの間、ホリィ君は親戚《しんせき》の家にお世話になっていたんだが、そこでもまた事件が起きた。親戚の家の子供、当時十一歳だった男の子が、近所に不法滞在していた外国人たちの集団乱闘事件に巻き込まれて死亡したんだ。もちろんホリィ君はその事件とは何の関わりもなかったんだが……親戚の方も、幼い子供を亡くした直後で、ホリィ君のことを思いやっている余裕がなくなってしまったらしくてね。結局、それから間もなくホリィはご両親が亡くなったマンションで一人暮らしを始める事になった。ご両親が普通じゃない最期を遂げられた後だっただけに、彼女の周囲でまた陰惨な事件が起きたとなると、他の親戚からも煙たがられたんだろう。……それにマスコミも、当時は騒がしかったからね」

「そん……な……」

喘《あえ》ぐように、智美は呟く。

信じられなかった。

ホリィが背負っていたのが、ここまで重い過去だとは、思わなかった。

昨年起きた、不法滞在外国人による集団乱闘事件は、ニュースでもかなり大きく報道されたので、智美も知っている。死傷者が多く、特に幼い子供が巻き込まれたという事でクローズアップされ、一時期は報道番組の話題を独占していた事件だ。

その時、ホリィはどんな気持ちでいたのだろう。

恐らくは、まだ両親の死の衝撃も消えていなかったはずの時期に、身近で起きた事件。その事で、日本中が騒然としている状況。

痛い。

想像するだけでも、胸が、痛い――。

「そんな、ホリィさんは……。それじゃあ……！」

青ざめた表情で、智美は小刻みに身を震わせる。頭の中を駆けめぐる想《おも》いが、言葉に、ならない。

雪村は、悲痛な表情で頷く。

「……ああ、ホリィ君はあの当時、かなり自暴自棄になってたらしい。学校も自主退学して、しばらくはずっとマンションに引きこもっていたそうだ。だけど、当時の彼女の担任がね、熱心にホリィ君の所に通い詰めて、復学を勧めたんだな。『いくら不幸が重なったからって、その事で自分の将来を閉ざしてはいけない』と言ってね。僕も、何度かその先生と一緒に彼女の家に通ったよ。ただその頃にはもう、ホリィ君はすっかりいまみたいな感じで、頑《かたく》なになってしまっていてね……こっちがいくら呼びかけても何も応えようとしなかったな。だけどその先生は、冬の寒い中、毎日ホリィ君の家の前で説得を続けたんだ。そして春になる頃にはとうとうホリィ君も根負けして、復学する意志を示した。それも簡単にはいかなかったけどね。学校側は一度、彼女の退学届けを受理してしまっていたし、何よりホリィ君自身、本当に復学するかどうかを、最後まで迷っていたような様子だった。それに――」

雪村は言い辛そうに、智美から視線を逸《そ》らした。

「――ホリィ君の復学を勧めていたその先生が、三月の半ばに交通事故で亡くなられてしまったんだ。そのことで、一時的に彼女の復学の話は宙に浮いた状態になってしまってね……結局、新学期の始まりには間に合わなくなってしまった」

「――！」

元担任の、交通事故死。

これで――彼女の周囲では、四人目だ。

硬直する智美をよそに、雪村は近くの棚から適当な本を取り、読んでる風でもなく、パラパラとページをめくる。

「……ホリィ君には、何の責任もないんだがな。それなのに、この一年足らずの間に、彼女の周辺では人が死に過ぎた」

手にした本を結局ろくに目も通さずに棚に戻すと、雪村は智美に向き直った。

「本当は、生徒にはこのことを殊更に告げたりするつもりはなかったんだ。ただ、教室でホリィ君の様子を見ていると、どうにも歯がゆくてね。ホリィ君の境遇を知らない生徒にしてみれば、彼女のような存在は……正直なところ、疎ましいんじゃないかと思う。沢村から見ても、やはりホリィ君は苦手なタイプか？」

「え……」

いきなり、答えづらい質問を投げかけられ、智美は言葉を詰まらせる。

苦手、というのが具体的にどういう事なのかはともかく、話しかけづらい相手であるのは確かだった。優子にノートを貸すとき、彼女が放った冷たい言葉などは、もし自分に向けられたものであったなら涙ぐんでしまったかもしれない。

ただ、雪村の話を聞いているうちに、ひとつだけ思った事がある。

――やはり、ホリィ・ブローニングは、本当は優しい少女なのではないだろうか。

初対面の時、自分のためにわざわざ電車のドアを開けてくれた彼女と、教室でのあまりにも無愛想な彼女の姿の間に、智美はどうしてもギャップを感じずにはいられなかった。少なくとも教室でのホリィは、見ず知らずの相手に、無益なお節介を焼くようなタイプには全然見えない。

しかし、それでも彼女が智美を助けてくれたことは事実なのだ。智美のために、焼かなくてもいいようなお節介を焼いてくれたのだ。それはすなわち彼女が心優しい少女だという事の証明ではないか。教室での自分から孤立しようとするかのような態度はその事を隠すためのポーズに過ぎず、なぜ自分の優しさを隠そうとするのかといえば、それは彼女が親しい人々の死という重苦しい出来事で受けた衝撃から立ち直っておらず、本当は周囲を気遣うだけの精神的余裕がないからに違いない。それでも、ふっと気を抜いたときには本来の優しさが顔を覗かせてしまうのだろう。智美を助けたときや、優子にノートを差し出したときのように。今や智美の中では、そのような方向でホリィのイメージが急速に再構成されつつあった。

勝手に自分の過去を重ねて、安っぽい同情心を抱いていた自分が、恥ずかしかった。自分の中学時代など、比較にならない。彼女が背負っている過去は、あまりにも辛く、哀しい。クラスメイトと気楽な雑談に興じるような気分になれなくても、当然だ。

智美は、躊躇《ためら》いがちに口を開く。

「私は……すみません、私も、やっぱりホリィさんの事、少し苦手で、避けてたと思います……。そんな事があったなんて、知らなかったから……」

「いや、別に謝るような事じゃないと思うぞ。むしろ、日頃のホリィ君の態度からすれば、それが当然の反応だろう。ただ、担任としては、そこが頭の痛いところなんだな……。事情をある程度知っているだけに、ホリィ君に向かって『もっと明るく振る舞え』とも言いづらいし、かといってクラス全員に今の話を聞かせて、『そういう訳で、ホリィ君は大変なんだから、みんなもっと気を遣ってやれ』と言ったりするのも、何か違うような気がしてね」

小さくため息をつくと、雪村は少し言いづらそうな口調でこう言った。

「ここで偶然会ったついでに、と言っては何だが、沢村に頼みがあるんだ。ホリィ君の事で、何か気付いた事や、問題というか、困った事になりそうな状況が生じたら、僕に教えてくれないか。それと出来れば、時々でいいから彼女に声をかけてやってくれると嬉しいんだが……」

「はい……分かりました」

智美が頷くと、雪村は少しほっとしたように、表情を和らげる。

「ありがとう、そう言ってもらえると助かるよ。ただ、いまの話は他の生徒には内緒にしておいてくれ。特に、彼女自身には絶対に僕が今話した内容を気取られないようにして欲しい。同情めいた態度は、却って彼女を傷つけると思うからね」

「はい」

もう一度、智美は頷く。言われなくても、こんな重い話、そうそう人には話せない。ましてホリィ本人になんて論外である。もっとも、普通の話題なら気安く話しかけられるかというと、それも自信がないのだが……。

「――さて、それじゃこの話題はこれで終わりだ。さ、頼み事を聞いてもらった代わりに、好きなだけ本を買ってくれていいぞ。あ、別に百円のじゃなくても構わないからな」

気を取り直したように言う雪村に、智美はちょっと残念な気分で応える。

「ありがとうございます。でも、今日はもう、持ちきれないほど買っちゃってて……」

そう言って、智美は手にしたビニール袋をちょっと掲げて見せる。雪村は吹き出した。

「そんなに読むのか、凄いな。じゃあ、その一冊だけでいいのか？」

智美が手にした「虚無への供物」に視線を向けて、雪村が訊ねる。

智美は、小さく頷いた。

家に帰ったら、まずこれを読もう、そう思った。

「――でもな、もうじき中間テストだから、読書もほどほどにするんだぞ」

……とりあえず、これは聞かなかった事にしておこう、と智美は思った。

——帰宅後、夕食を済ませると智美は早速「虚無への供物」を読み始める。そしてちょっと驚いたのだが、この本には「家族や親戚が次々に無惨な死を遂げてゆく家系」という設定が用いられている。ミステリ小説ではよく見かける設定ではあるが、それにしても自身が親しい人たちの死に傷ついているであろうホリィが、いったいどんな気持ちでこの小説を読んでいたのだろうか。物語はその呪われた家系で起きた殺人事件を軸に、事件の謎を解き明かそうとする登場人物たちが、次から次へと重厚な推理を展開するのだが、それぞれが小さな矛盾を抱えているために次々と論破されてしまい、推理を重ねれば重ねるほど、事件の真相が分からなくなってしまうという構造になっている。しかも、その論破されてしまう推理のひとつひとつが、並の推理小説の結末部分に匹敵する分量で描写されている上に、物語冒頭で発生した第一の殺人事件が解決しない内にさらなる事件が発生してその事件についても同様に推理と論破が繰返されるため……文庫で六百ページを越える物語の終盤に至るまで、事件の本当の姿は全く見えてこない。さらに付け加えるならば、執筆された年代を考慮すれば当然のことなのだが、文体がやや古めかしく、人並み以上の読書量を誇る智美でも少々読みづらい本だった。いくら日本で育ったとはいえ、見るからに外国人然としたホリィが、分量的にも文章的にも重厚なこの本を何気なく読んでいたことに軽い感銘すら覚えてしまう。

（……何だか、凄い小説だったわ……）

智美は重厚な作品世界に浸りきっていた反動で、読了後はすっかり倦怠感《けんたいかん》のようなものに包まれてしまい、ベッドの上でぐったりと伸びていた。

(こんな重厚な作品を何気なく読んでるってことは……ホリィさんは、ミステリ好きなのかな……)

ごろんと仰向けになって、智美は夕方、雪村から聞いたホリィの過去を思い返す。

以前は、気さくで人付き合いが良かったという彼女は、相次ぐ親しい人々の死をきっかけに、周囲との交流を避けるようになってしまった。

冷たい態度で周囲との間に自分から壁を作って、誰ともしゃべらず、独り黙々と本を読みながら学校での時間を過ごすホリィ。電車に乗り遅れそうだった自分を助けてくれたホリィ。宿題を写しきれなくてピンチだった優子にノートを差し出すホリィ。無愛想で、クラスメイトに話しかけられてもほとんど応じないホリィ……。自分の中でバラバラだった、彼女の様々な姿を繋《つな》ぐ要素が、やっと見つかったような気がする。

——時々でいいから、彼女に声をかけてやってくれると嬉しいんだが。

雪村の言葉を脳裏で反復しながら、智美は決心する。

(明日になったら、ホリィさんに話しかけてみよう。無視されちゃうかもしれないけど、でも、あんな話聞いちゃったら、放っておけないし……)

智美はそう思って、一度閉じた「虚無への供物」のページを再度開く。ホリィほど重い過去を背負っている訳ではないにしろ、智美はクラスで孤立する事の痛みを、少しは知っているつもりだ。事情を知った以上、せめて時々声をかけるくらいの事は、してあげたいと思う。

（……意味もなく話しかけるのは、何だか変だよね。やっぱり、最初は本の話題かな）

重厚な古典ミステリを熱心に再読しながら、智美はホリィに話しかける時の言葉を、内心で検討する。

――あ、ホリィさん。あなたが昨日読んでた本、私も読んでみたの。

これでは、唐突過ぎるだろうか。いままでろくに口を利いていないだけに、不自然だと思われるかもしれない。本の話題を振るにしても、その前にもうちょっとクッションになるような話題を挟まなければ、変な女だと思われてしまいそうだ。

――ホリィさんって、本が好きなのね。

これなら自然かな……と一瞬思った智美だが、確か別の女子が同じように訊ねて、思いっきり無視されてしまったらしい。何か別の台詞《せりふ》を考えた方が良さそうだ。

――ホリィさん、ちょっといい？

やはり無視されそうな気がする。もしくは「嫌よ」と即答だろうか。

――ホリィさん、何を読んでるの？

見れば分かるでしょう、と言われてしまいそうだ。

――ねえホリィさん、日本の推理小説史における「新本格」のムーブメントをどう思う？

これだと、仮に応えてくれても智美がついていけない話題になってしまいそうだ。

（……難しいな……）

ベッドの上で本を読み返しながら、ごろごろと寝返りを繰り返す。いくら考えても、なかなかホリィの興味を引けそうな一言が思いつかない。

だが、そのうちにふと我に返り、ホリィの事であれこれ思い悩んでいる自分に気付くと、思わず赤面してしまう。

（何やってんだろ、私……）

これじゃまるで、憧《あこが》れのお姉様に声をかけようとするミーハー乙女みたいじゃない――と思うと何だか妙に気恥ずかしくなってくる。違うわ、私は別にホリィさんにそんなミーハー的な感情を抱いている訳ではなくその境遇に同情を禁じ得ないだけで――などと、今度は内心で自分に向かってしなくてもいいような言い訳を始めてしまい、しばらく悶々《もんもん》とそんな思考に身を委《ゆだ》ねてから――やがて再びハッと我に返る。何だか無性に恥ずかしかった。かなりマヌケな状態だ。誰も見ていないとはいえ、それでも顔を上げていられなくなってしまい、智美は思いっきり枕《まくら》に顔を埋めてしまう。眼鏡が鼻に当たって、少し痛かった。

（ほ、本当に何やってるのよ、私は……）

気持ちを切り替えるように何度か大きく息をつく。

最近、いつもこうなのだ。

雪村に指摘された通り、学校で、クラスメイトとして接する相手としては、ホリィ・ブローニングという少女は智美にとって苦手な要素でいっぱいだ。

しかし、そう思いながらも、どこか惹《ひ》きつけられてしまうものを感じているのも、否定できない事実だ。それが、単純に芸術的なまでの美しさを持つ彼女への憧れなのか、それとも自分の書いている小説の主人公と、あまりにもイメージが重なってしまうからなのか、あるいはその双方なのか。

それとも、クラスで孤立して、本を読んでるその姿が——

(……いけないいけない、だから、どうしてこんな風にホリィさんのことばっかり考えちゃってるのよ、私は……)

と、智美は時計に目を向ける。

時刻はいま、十一時を少し回ったばかり。いつもなら、優子とチャットをしている時間だ。だが、最近ではクラブ活動を始めた優子と何となく時間が合わないことが多く、チャットをするのは週末くらいになってしまっている。ホリィのことを考えることが多くなったりしたのは、親友である優子と共有する時間が減ってしまったから——という、単純な理由も含まれているに違いなかった。

優子を誘ってチャットをするにはやや遅い、だけど寝るには少しだけ早い時間だと思ったので、智美はベッドから降りるとパソコンの前に腰を下ろした。

（……気分転換に、少しだけ小説の手直しでもしてから寝ようかな）

過去、幾度となく「少しだけ」のつもりで夜更かししてしまった事を都合良く忘れると、智美はパソコンの電源を入れるのだった——。

黒騎士物語

第一部　胎動の章

「霊破」

「——死ね、ランスロット！」

裂帛《れっぱく》の気合いと共に、暗闇《くらやみ》に紅蓮《ぐれん》の尾を引きながら刃が閃《ひらめ》く。

——疾《はや》い！

咄嗟《とっさ》に上体を仰け反《のぞ》らせてその一撃をかわすと、ランスロットは力強く大地を蹴《け》り、弧を描いて中空で一回転して着地、そこからさらに大きく後ずさって相手との距離を取る。剣を抜き、構えるが、眼前の相手と斬り合い演じるのはどう考えても無謀な選択だ。

——相手は、自分の部下でありながらその武名において彼女を大きく凌《しの》ぐ、優秀な霊騎士なのだから。

「ミランダ！　一体何があった!?　何故、味方である私に剣を向ける!?」

目の前で悠然と剣を構える赤毛の女騎士に、ランスロットは必死に呼びかける。だが、ミランダはその呼びかけが一切耳に入らないかのように、周囲の空気を揺らめかせながら赤光を放つ剣を構え直すと、ランスロットに向かって高速で突進してくる。

大地を蹴り、数メートルの間合いを一瞬で詰め寄ってくるその動き——。

（——《霊破》か！）

受け切れぬと悟って、ランスロットは素早く右に飛んだ。間一髪で喉元《のどもと》に迫る切っ先をかわし、砂利の多い地面の上を転がると、慌てて態勢を整えようとする。

だが、ランスロットが身を起こした時には、すでに相手も自分に向き直っていた。頭上に迫る赤い剣の動きを感じ、ランスロットは条件反射的に剣をかざす。

——甲高い金属音と共に、二人の剣が衝突する！

「……くっ！」

衝突の瞬間、手首に走ったあまりにも重い感触に、ランスロットは苦痛の呻《うめ》きを洩らした。至近でつばぜり合いをしていると、相手の剣が放つ熱気が、ちりちりと前髪を焦がす。

その剛力、その熱気、明らかに通常の人間に備わっている能力ではない。

――太古に失われたはずの「魔」の力が、いま、ランスロットの目の前で具現化しているのだ。

「ミランダ！　どうしたんだ、いったい何があった⁉」

相手の力に圧《あっ》されながらも、ランスロットは再度、問いを発する。

しかし、眼前の女騎士――ミランダは、鼻で笑っただけで、何も応えようとしない。

（……このままでは、殺される……！）

ランスロットは剣を交差させたまままじりじりと後退しつつ、相手の様子を窺う。

自分の副官であり、もっとも信頼してきた霊騎士、ミランダ。失われた「魔」の力を今の世に伝える数少ない一人にして、炎魔剣の使い手。生身の人間が、彼女と対峙して生き残る事など、ほぼ不可能だ。

――魔を行使する相手には、それを上回る魔の力でしか対抗する事が出来ない。

不意に、ミランダが自分から間合いを取り、再び勢いをつけて横殴りに剣を払ってくる。ランスロットは咄嗟に後方へ飛んだが、完全にはかわしきれなかった。

「……くッ！」

聖骸闇鉄《ダークスチール》で出来た鎧《よろい》が紙切れのように切り裂かれ、下腹に鋭い痛みが走る。刃により肉が裂かれ、魔力により傷が焼かれるその苦痛に、ランスロットの表情は歪《ゆが》んだ。

傷口を左手で押さえ、よろけながらも態勢を整える。傷は浅いが、下腹に力が入らない。もはやこれ以上、この強敵の猛攻を凌ぎ切る事は不可能だろう。

さらなる一撃を繰り出そうとするミランダの動きを見て、ランスロットは覚悟を決めた。

「……我が血潮に宿りし、古《いにしえ》の力の残滓《ざんし》よ……！」

ドクン、と彼女の心臓が大きく脈打つ。

「――荒れ狂え、《霊　破《ブラーナバースト》》！」

ランスロットは天を仰ぎ、絶叫する。

――その刹那《せつな》、彼女の周囲で地面がメキメキと音を立て放射状に走る無数の亀裂《きれつ》を刻む！

彼女の身体内部で膨張し、その身に収まり切らずに体外へと放射される圧倒的な魔力の渦が、大地と大気を激しく震わせた。

ランスロットの全身から立ち上る異様な熱気が陽炎《かげろう》を生じ、身に纏《まと》う空気を妖しく揺らめかせる。身体中の血が沸騰したかのように、血管という血管、四肢のあらゆる箇所で爆発的な力の発生を感じる。

爆発的――否、それはまさに爆発なのだ。

太古に失われた魔の力、その微かな痕跡《こんせき》を体内に留めているに過ぎない霊騎士たちは、その乏しい魔力を行使する手段として、一時的に魔力の暴走状態を自らの意志で引き起こす能力を有する。太古より伝わる微弱な魔力を、その代替的な力として発展した霊力と組み合わせる事で強制的に発動させる――。

――それが霊破、霊力と魔力の融合によって術者の体内で力を破裂させる、自滅と隣り合わせの戦闘法である。

ひとたび発動すれば、全身を駆け巡る魔力により術者の筋力と知覚力とを大幅に向上させ、一騎にて百人の敵兵と渡り合えると言われるほどの、絶対的な力。だがそれゆえに、戦乱の世にあってこの力を有する者は、霊騎士以外の生き方を選択する事が出来ない――。

「はああああッ！」

ミランダが気合いと共に燃えさかる剣を振り上げ、ランスロットに斬りかかる！　だが、ランスロットはその攻撃を僅かに立ち位置をずらしただけで素早くかわした。霊破を発動した今のランスロットには、ミランダの動きがはっきりと見える。そして、ミランダの動きは先程までに比べて明らかに鋭さを失っていた。

霊破は、体内における一時的な魔力の暴走状態に過ぎない。使い手の資質にもよるが、数十秒から数分までの間が発動時間の限界なのだ。強大な力ゆえに、使用後に肉体を襲う反動も大きい。ミランダの体内から急激に魔力の高まりが失われてゆくのを感じたランスロットは、意を決して攻撃に転じた。

「いい加減にしろ、ミランダ！」

ランスロットは咆哮《ほうこう》と共に、ミランダの下腹に拳《こぶし》をめり込ませる！

「ぐふっ！」

短い苦悶《くもん》の叫びと共に、ミランダの身体がくの字に曲がった。そして、そのままがっくりと地面に崩れ落ちる。彼女の手からするりと剣が落ち、赤く光を放っていた刀身も次第に輝きを失ってゆく……。

「いったい、どうしてこんな……？」

ランスロットは自身の体内に荒れ狂う霊破の余韻を懸命に抑え込みながら、眼下で横たわる部下を見つめる。一応、手加減はしたつもりだが、肋骨《ろっこつ》の一本や二本は折ってしまったかもしれない。

その時だった。

「――隊長ー、どうです？　姐《あね》さんは大人しくなりましたか？」

近くの茂みからガサッと音を立てて、ランスロットやミランダと同じ紋章をあしらった甲冑に身を包んだ、背の高い童顔の男が顔を出した。偵察任務中だというのに整髪料で整えた髪に派手な櫛《くし》を差し、耳には昨日と違うイヤリングをぶら下げている。緊迫感の欠片《かけら》もない部下の姿を見て、ランスロットはため息をつく。

「……見てたのか、カーツ」

「見てましたとも、我が黒狼小隊の隊長と副長が、霊破を発動しての一騎打ち！　いや、なかなかの見応えでしたよ」

「冗談じゃない、一歩間違えばどちらかが死ぬところだったというのに」

「ええ、だから見てたんです。俺、化け物同士の戦いに巻き込まれて死ぬなんてゴメンですから」

苦々しい表情を浮かべるランスロットに、カーツと呼ばれた長身の騎士は、悪びれた様子もなくそう言ってのける。だが、やがて表情を引き締めて横たわるミランダを見つめると、

「それで隊長、姐さんはどう始末するんですか？」

冷ややかな口調でそう問いかけてくる。ランスロットは、鎧を脱ぎながら疲れた口調で応じた。

「……意識が戻ったら、まず本人から事情を聞くさ。さっきの様子、どう見ても普通じゃなかった。……何か、特別な事情があったのだと思う」

「うええ、命を狙われたってのに、隊長は暢気ですねえ。今の内に殺っといた方がいいですよ？　また暴れたらヤバイじゃないですか」

「そんな事を簡単に言うな。だいいち、ミランダは二等霊騎士なんだぞ。いかなる理由があろうとも、私の独断で彼女を処刑すれば、それはそれで厄介な事になる。それに――」

ランスロットは自分の背嚢《はいのう》から膏薬《こうやく》と包帯を取り出しながら、カーツの方に視線を向けずに言った。

「――彼女は、私の、掛け替えのない仲間だ」

「おおう、掛け替えのない仲間ときましたか。いい響きですね」

ヒュウッと口笛を鳴らし、カーツは揶揄《やゆ》するような声を上げる。

「――ですがね、隊長。現にミランダ姐《ねえ》さんは、隊長の命を狙ったんだ。そして、意識が戻ればまた隊長を狙うと思いますよ」

「……カーツ四等霊騎士、その発言は相応の根拠があってのものだろうな?」

ランスロットは鋭い口調と共に、カーツを睨み付ける。ただでさえ、霊破を発動した後で疲れているというのに、この軽薄でとらえどころのない部下の相手をしなければならないのは苛立《いらだ》たしかった。

「もちろん、根拠あっての発言であります」

身じろぎもせずに応えると、カーツは周囲に視線を巡らす。

「……ここより北方に五百ザス(約一キロ)の距離に、セレファイス軍の霊騎士隊が駐留しているのを先程発見致しました。大慌てでその事をご報告に参りましたら、ちょうど姐さんと隊長が戦っていらっしゃる最中じゃないですか。という事は――」

カーツは、冷ややかな視線で横たわるミランダを見つめる。

「――件《くだん》の霊騎士隊、それを率いているのは五鬼将が一人、『邪眼のマリエル』である可能性が大です。そして、姐さんは現在、奴の術に操られている状態だと思われます。いわば、いまの姐さんは敵の傀儡《かいらい》も同然という訳ですよ。このまま姐さんを生かしておいたら、いつ奴に操られて隊長を狙うか分かりません。俺たちの位置も、すぐに知られてしまうでしょう」

「……論拠に飛躍がある。敵の霊騎士隊を発見したからと言って、それが即座に五鬼将の存在を裏付けるものにはならないだろう」

「本気で言ってるんですか？　言っちゃあ何だが、ミランダ姐さんは隊長と違って霊術や魔術を駆使した戦いは得意で、それに抗する技量も相当なもんです。賭《か》けてもいいですけど、精神支配なんて初歩の術、並の術士じゃいくら頑張ったところで、姐さんにクシャミひとつさせられませんね。まして、姐さんは術に操られた状態で霊破まで発動してました。そこまで完璧《かんぺき》に対象を操る事が出来る術士なんて、五鬼将のマリエル以外、考えられませんよ。というか、俺は敵方にマリエル以外にもそんな事出来る術士がいるって可能性、考えるのイヤなんですけど」

カーツはランスロットの顔を真っ直ぐに見つめて、返答を待つように沈黙する。

「………」

近くに、敵の部隊が駐留している。

そして自分の部下が、その敵部隊を確認したのと前後して、精神支配術に囚《とら》われたとおぼしき状態に陥った。

故に敵には大陸最強と名高き敵国セレファイスの霊騎士の中でも、特に精神支配術の使い手として名高い「邪眼のマリエル」、もしくはそれに匹敵する術士が存在する可能性を別の部下が示唆。陽動任務という本来の目的を前に、小隊の維持すら困難な状況に陥ってしまった。

ランスロットはしばしの間、下腹の傷の手当も忘れて、足下に横たわるミランダを見つめた。

「どうするんです？　隊長」

カーツが、決断を促すように問いかけてくる。

「お前の進言は理解したつもりだ。その上で……私は、ミランダを助けたいと思う」

「本気ですか、殺されますよ？」

「たった二人しかいない部下だ、どちらも死なせたくはない。カーツ四等霊騎士、ミランダを殺さないという前提条件に基づいて、この状況を打開する策を考案してみてくれないか」

「そりゃ、逃げるしかないです」

カーツはきっぱりそう言った。

「今すぐこの場を離れて、敵の術の影響下から抜け出せるくらい、遠くに移動するっきゃないですね。逃げて逃げて、うちの国の領内まで逃げ込めば、守護方陣の加護を受けられますから、敵の術が姐さんに影響を及ぼす事もなくなるでしょう。ただし——言うまでもなく、これは下策です。逃げるったって、当初の目的である陽動作戦を中断して逃げたりしたら処罰は免れませんし、逃げる途中に姐さんが目を覚まして襲いかかってきたら危険です。あと、俺が偵察してきたのは北方だけですから、この地域周辺に他にも敵がいるかどうかは確認できてません。もし、すでに敵がこの辺にも潜んでいるのだとしたら、逃げ切れる公算は極めて低いですしね。俺だったら、やはりここで姐さんとはお別れして、本隊と合流するっていう行動を選択したいところです。それが最善でしょう？　敵の霊騎士部隊を発見した以上、その存在を味方に知らせずに逃亡なんぞしようもんなら、間違いなく軍法会議ものですし。でも、そうなると、敵に精神支配されていていつ暴れるとも知れないミランダ姐さんを連れてちゃマズイっす。危な過ぎて仲間と合流できないじゃないですか」

「……わかった」

ランスロットは重々しく頷くと、その場にしゃがみ込んで下腹の応急手当を始めた。そして微かに苦痛の呻きを洩らしつつも傷口に膏薬を塗り込みながら、カーツに告げる。

「ではカーツ、お前は今すぐ本隊へ戻り、事の次第を報告してくれ」

「了解です。で、隊長はどうするんですか？」

「私はミランダを連れて、本国へと帰還する」

「本気ですか？　任務を放棄して戦線離脱なんかしたらただじゃ済みませんよ」

言葉とは裏腹に、カーツは特に驚いた様子もなく、抑揚のない口調だった。

「残念ながら、私は先程の戦闘で負った傷が思ったより深くてな、任務の続行は不可能だ」

「……かすり傷じゃないですか、そんなの」

「ミランダも放ってはおけない。彼女は我が軍においても希有《けう》な能力を持つ霊騎士だ。可能な限り、彼女を助けるための手段を講じるべく努力をするのが、隊長として当然の判断だ」

「そりゃ否定しませんが、隊長一人で姐さんを守って本国まで帰還できる可能性は、決して高くないと思いますよ」

「忠告には感謝する」

ランスロットは包帯を巻きながら、顔を上げようともせずにそう応える。カーツは肩をすくめた。

「……ま、それが隊長の決定なら従いますけどね。それじゃ、俺は早速本隊の許に向かいます。隊長と副長のご無事を祈っておりますよ」

「ああ、君も無事でな」

「当然です」

敬意のほとんど感じられない敬礼を向け、カーツは背嚢《はいのう》を背負うと即座にその場から立ち去った。その後ろ姿を見送った後、ランスロットは事態の重さを再認識するかのように内心で呟く。

(……五鬼将が一人、邪眼のマリエルか……)

応急手当を終え、鎧を身につけながらランスロットはカーツの言葉を回想していた。

カーツの言う通り、ミランダの霊術や魔術に対する抵抗力は極めて高い。その彼女をして精神を支配されてしまうほどの相手が、この近くに潜んでいるかもしれないとなると、確かに無事に生き残れるという公算は低いだろう。

「……厄介な事になったな、本当に……」

ため息と共に呟きながらも、ランスロットは横たわるミランダを抱きかかえるのだった。

人界歴二六六年、剣の月。第二週、三日目。

黒騎士ランスロットは、敵の術中に墜ちた部下を伴って戦線を離脱。この事が、これより始まる「トゥールの戦い」に微妙な影を落とす事になる。

そして……。

——これこそが後にランスロットと「セレファイスの五鬼将」たちが繰り広げる、因縁の戦いの始まりだった。

※　※　※

『沢村智美の　近況&小説執筆記録報告ブログ　《幻想の梢》』

こんばんは～、沢村智美です。

今日の更新は、昔書いた部分のちょっとした手直しだけです（汗）。ランスロットをもっと可愛い&凛々《りり》しく描写し直したいと思ったんですが……出来ない（汗）。時間と文章力が圧倒的に足りない（涙）。ランスロットが、優雅に髪をなびかせながら舞うように軽やかに戦う情景が皆様にイメージして頂けるような文章が書きたいんですけど……書きたいんですけど……できないのー！（じたばた）。それに、もうすぐ中間テストだし、これからしばらくは小説を書いている暇があんまり無いかもしれないです。読みたい本も沢山あるのに、それを読む暇もないんですー（目の幅涙が滝）。

それにしても、やっぱり半年以上前に書いた部分は、いま読み返すと恥ずかしいですね……。「因縁の戦いの始まりだった」とか言って、気がつけば第二部に至るまで、ランスロットと五鬼将って、ほとんど直接対決してない事に気付いて焦ってしまったり（笑）。

ああ、黒騎士ランスロットvs邪眼のマリエルの対決は、いつになったら書けるんでしょうか……（遠い目）。

そうそう話は変わりますが、沢村は今日、中井英夫という人が書いた「虚無への供物」という、ちょっと古めの本格ミステリを読んでおりました。少し京極夏彦っぽい感じだったかな？　なんか分厚くて、「濃い～！」って感じの本です。意味不明ですか？（汗々）

でも、面白かったので、本格ミステリ好きな方は、是非是非読んでみてくださいね。ただ、本屋さんでこれを見てた時、偶然会った担任の先生に「渋い趣味だな」とか言われてしまったのは、何となく恥ずかしかったです……。し、渋いんでしょうか、私……。

女子高生になったばかりなのに趣味はちょっぴり渋いかもしれない、智美でした。

第三章

1

――心配するな、ホリィ。お前のせいじゃない、これは父さんと母さんの問題だ。母さんは、色々な事が重なって少し疲れてるだけだろう。そのうち、機嫌も直るさ。

違う。
違うわ、お父さん。
お母さんの変わり方は、普通じゃない。
機嫌が直るとか直らないとか、そんなレベルじゃないわ。
このままじゃ、お父さんだって危ないかもしれないのよ。

――ホリィお姉ちゃん！　凄《すご》いよ！　俺は、仮面ライダーだぜ！　この能力があれば、無敵のヒーローだよ！

だめ。

その能力は危険なの。

その力を使っちゃダメよ。ヒーロー気分で喜んでいていいような状況じゃないの。

その力のせいで私の両親は死んだのよ、そんな能力を使って危険な事に巻き込まれたら、あなただって無事では済まない。


――ホリィちゃん、あなたのせいじゃないのよ。いくら哀《かな》しい出来事が続いたからって、そのせいであなたが自分の未来を閉ざさなきゃいけないなんて、間違ってるわ。


先生、それは違うわ。

それは先生だって同じなのよ。

私みたいな生徒に関わって、先生が未来を閉ざさなきゃいけないなんて間違ってるわ。

……約束だから、学校には通います。

でも、それだけ。

私はもう、二度と同じ事を繰り返したりしません。

もう絶対に――！

「――お、おはよう、ホリィさん」

……少し、どもってしまった。

昨晩、何度も頭の中で練習した筈なのに、やはり本番でのプレッシャーは想像を遙《はる》かに越えていた。軽い挨拶《あいさつ》の言葉を発するだけで、沢村智美《さわむらともみ》の緊張ゲージは早くもレッドゾーンに突入、何だか頬《ほお》が熱いし、心臓もどきどきする。

朝の通学電車。いつもより少しだけ時間に余裕を持って電車に乗り込んだ智美は、同じ車両で偶然にもホリィ・ブローニングの姿を見かけた。相変わらず周囲を気にする様子もなく、ドアの付近に立ったまま文庫本を読《よ》み耽《ふけ》っていたホリィ。智美は少しずつ少しずつ近づいていき、ホリィが自分に気付いたらさりげなく挨拶しよう、という作戦に出たのだが……二駅ほど電車に揺られつつ彼女の側《そば》に立っていたのに、全然気付いてもらえそうな気配がない。私ってそんなに存在感ないのかしら――などといきなり弱気になりかけてしまった智美だったが、会話も交わさぬうちからそんな調子では話にならない。辛《つら》い過去を背負いながらも日々その重みに耐えて学校生活を送っている級友に、何か自分がしてあげられるとしたら、それはごく普通にクラスメイトとして接する事が一番のはずだ、と智美は一方的に確信しているのだった。

そこで彼女は、勇気を出して、自分からホリィに声をかけてみた訳である。一見するとただの朝の挨拶だが、物凄い勇気と熱意を込めた「おはよう」だった。たとえ、ちょっぴりどもっていても。

「…………」

突然声をかけられて、ホリィは少し驚いたような様子で手にした本から顔を上げた。驚いたような――とは言っても、目元に微妙な変化が生じただけなのだが、それでもとにかく感情の動きだけは感じられる。愛想はないが、まったくの無表情でもないようだ。

「今日も、本を、読んでるんだね」

「…………」

ぎこちない笑顔を浮かべつつ話しかける智美に、ホリィは手にした本へ視線を戻すという、あからさまな無視で応《こた》えてくれた。ある程度予想はしていたが、少しグサッとくる反応である。

(……はぁ、やっぱり無視されちゃった……)

またもや、弱気になってしまう。だが、智美は再度、懸命に勇気を振り絞る。ここで自分が引き下がってしまう訳にはいかない。こんな調子では、ホリィはこれからずっとクラスで孤立したままかもしれない。それはとても可哀想《かわいそう》な事だと思うし、クラスメイトのそんな姿は見ているのは、智美だって辛い。彼女は哀しい過去に独り苦しみ、それゆえに心を閉ざしてしまってはいるが、本当は心優しい少女に違いないのだから。

――とにかく、話すことだ。

思えば今は親友の優子《ゆうこ》だって、最初のうちは会話なんてほとんど噛《か》み合《あ》わなかったのだ。何か小さなきっかけがあればいい、会話の突破口になるような何かが——。

「ホリィさん、今日は何を読んでるの？」

何気なく訊《たず》ねながら、智美はホリィの手にした本の表紙に目を向ける。こうしてさりげなく本の話題に入り、「あ、そういえば私もホリィさんが読んでた本を読んだの」といった感じで雑談に持って行くのが智美の思惑である。

ところが、本の表紙を見て、

「ええっ⁉」

智美は思わず叫んでしまう。

——ロジャー・ゼラズニイ著、「光の王」。
＜あらすじ＞
遠い未来。天上都市に住み、自らをインド神話の神々の如《ごと》き存在と化した一部の人々が、地上に住む人々を奴隷《どれい》のように支配している世界で、天上都市の神々に反旗を翻した主人公の壮大な戦いを綴《つづ》った、古典ＳＦの名作。

……という本を、ホリィは何気なく読んでいたのである。ところがこの「光の王」、名作として名高い作品であるにも関わらず、永らく絶版状態だったのだ。最近になってようやく再刊されたものの、表紙イラストが旧版と再刊版では変わってしまっているのが読書家であり、最近では古本コレクターにもなりつつある智美としてはもどかしいところだ。再刊版のイラストも大変素敵《すてき》なのだが、旧版は智美が大ファンであるSF漫画の大家・萩尾望都《はぎおもと》のイラストであるため、どうせならまずそちらを入手したいと常々思っていたのだ。せっかく容易に入手可能な新装版が出ているというのに、何故《なぜ》か入手困難な旧版の方へと興味が向いてしまう——人はそれを、「古本コレクターの悲しい性《さが》」という。その悲しい性に突き動かされ、智美は何とかして旧版を入手したいと思い、何軒もの古書店を巡り歩いたのだが発見出来ず、インターネットのオークションなどではプレミアがついてしまい値段が高くてちょっと手が出ないため、読みたいと思いながらもその願いが果たされず、切なく哀しくもどかしい思いを抱いてきたのだ。いわば旧版「光の王」は、智美にとって幻の一冊。

それが、いま、目の前に。

(うわ、うわあ！　ホリィさんってば、ど、どこで手に入れたのかしら……！)

「…………？」

食い入るような視線を自分の手許《てもと》にそそぐ智美を、ちょっと不審そうに見つめるホリィ。だが、智美はそんな事に少しも気付かず、少し上気した表情でホリィに問いかける。

「ね、ねえ、ホリィさん。その本、面白い？　ううん、じゃなくて、あの……えーと、それ、読み終わったら、私にも貸して貰《もら》えないかしら……？」

内気な性格をしている智美としては、いきなりこんなお願いをする事が自分でもかなり恥ずかしかったので、最後の方は消え入りそうな声になってしまった。しかし、それでもとにかくどうしてもその本が読みたかったので、懸命な眼差《まなざ》しでホリィを見つめる。

ホリィは、そんな智美を一瞥《いちべつ》して、わざとらしいほどに大きくため息をつくと、

「……そんなに読みたいなら、差し上げるわ」

そういって、読みかけの本を閉じ、無造作に差し出してくれた。うわ、嬉しい！——と一瞬、智美は歓喜の笑顔を浮かべかけてしまったが、何せ絶版で入手困難な旧版本である、「あげる」と言われても「ありがとう」と気軽に貰っていい物本ではないだろう。智美は慌て遠慮した。

「あ、ううん、ホリィさんが読み終わってからでいいの。それ、読みかけでしょ……？」

「……あげるわ。そんな物欲しそうな目で見られたら、鬱陶《うっとう》しいもの」

ガツンと鈍器で頭を一撃するかのように強烈な台詞《せりふ》と共に、ホリィは智美に「光の王」を手渡してくれた。嬉しさも恥ずかしさも特大で、頭の中が一瞬真っ白になってしまう。

だが、智美が真っ白になっている間に、ホリィは会話を打ち切ろうとするかのようにその場を離れると、さっさと歩き出してしまう。それに気付いて、智美は慌ててその背中に駆け寄った。

「あ、待って、ホリィさん」

ホリィは無視してすたすた歩いて行ってしまうが、智美も負けじと早足で後を追いかける。

そして、鞄《かばん》の中にごそごそと手を入れ、一冊の文庫を取り出すと、ホリィの前に小走りで回り込んだ。

「ホリィさん、それじゃ、今日読む本がなくなっちゃうでしょ？　これ、よかったら代わりに……」

そういって、智美は表紙が傷まないようにブックカバーに包んだ文庫本を差し出す。

「お構いなく、いらないわ」

「……え、でも、ほら、ホリィさんって、いつも教室で本を読んでるから、何かないと困るんじゃないかな、とか思って……」

「…………」

ホリィはしばし無言だった。だが、目の前に突き出された本をじっと見つめ、やがて観念したかのように智美から本を受け取ると、カバーをめくってタイトルと著者名を確認する。

「『風と木の詩』……竹宮惠子《たけみやけいこ》？」

「え？　それは――ああああああ⁉　そ、それじゃないわ、ごめんなさいホリィさん私間違えちゃってええとにかく、こっち！　こっちの本がホリィさんに向いてると思うの！　そ、それはダメ！」

絶叫と共に凄《すさ》まじい勢いでホリィから本をひったくると、智美は大慌てで別の文庫を手渡す。

危ないところだった、どれくらい危なかったのかといえば、それはもう智美的には一歩間違えば高校で再び不登校に陥りかねないほどのミスだった。具体的に何がどういう意味で危険なのか、という詳細な描写は避けるが、ようするに智美は思春期の女の子なので、人には知られてはいけない秘密が沢山あるのだ。

「…………」

何だか少し呆《あき》れているような感じで少し眉間《みけん》にシワを寄せつつも、ホリィは智美が再度差し出した本を受け取り、タイトルを確認する。

「……『黒死館殺人事件』……」

今度は大丈夫だ。智美はほっと胸を撫《な》で下《お》ろした。

「う、うん、そう、それ。中井英夫《なかいひでお》の『虚無への供物』、夢野久作《ゆめのきゅうさく》の『ドグラ・マグラ』と並んで戦後ミステリ三大奇書のひとつとされる、小栗虫太郎《おぐりむしたろう》の代表作……よね？　ア、アンチ・ミステリっていうの？　ミステリの手法を用いながら、そのことで物語を崩壊させつつ読者を結末まで導くっていう感じ……。や、やっぱり、そういうのって本格ミステリを語る上では避けて通れない作品かなって……。あ、そ、そういえばホリィさんって、昨日、『虚無への供物』とか読んでたじゃない？　やっぱり、日本の推理小説、好きなの——？」

「…………」

一夜漬けで詰め込んだうろ覚えの知識を、智美はたどたどしい口調ながらもホリィの興味を惹《ひ》きたい一心で懸命にまくしたてる。が、ホリィはページをパラパラとめくりながらそれをあっさり聞き流すと、やがてその本を無造作に智美へと突き返すのだった。

「――貴女《あなた》って、不躾《ぶしつけ》な人ね」

本を突きだしたまま、ホリィは冷徹に智美を見据えながらそう言った。

「え……？」

予期せぬ言葉に硬直し、咄嗟《とっさ》に何も言い返せない智美に、ホリィは冷笑を浮かべる。

「貴女、そのたどたどしい口調からして、この本を自分で読んだこと、ないでしょう？　まずは自分で読んでご覧なさい。この古風で、衒学的《げんがくてき》で、読み手を徹底的に幻惑《げんわく》させる難解な本を、最後まで読み通すことが出来るかしら？　仮に出来たとしても、それって格別仲良しでもない相手に薦めるような本かしら？　……人に本を薦めるなら、まずは自分で読んで、その面白さを伝えようという気持ちくらい持っていて欲しいものだわ。ちなみに、私はもうその本を読んだことがあるの。だから要らないわ。こういう時、普通なら『気持ちだけ受け取っておくわ』とでも言うんでしょうけど……貴女には、その気持ちすらないようだし、本当に何も受け取れないわね」

先ほどの言葉が鈍器だとしたら、今度の言葉は機関銃の掃射だった。ホリィの言葉は正論だった。なまじ本好きであるために、智美にはホリィの言い分の正しさがよく分かってしまう。確かに、良く知りもしない本を適当に手渡されたりしたら、智美だって気分が良くないだろう。間違っていた。自分は間違っていた。読書好きとしてやってはいけないことをやってしまった。

そんな自分が自分でも許せない。そんな風に考えれば考えるほどに——智美の心は、読書人として、燃えてきた。

「——ホリィさん、ちょっと待って」

冷徹に言い捨て、智美に本を突き返すとくるりと背中を向けようとしたホリィ。だがその腕を摑《つか》み、智美は低い声で彼女を呼び止めた。

「……確かに、ホリィさんの言う通りだと思う。自分でも良く分からないような本を、適当に薦めようとするなんて……私が悪かったわ、ごめんなさい」

「そ、そう。分かってくれればいいのよ。それじゃ——」

「——いいから、待って」

小柄な身体から何とも形容しがたい威圧感を伴ったオーラを発散させている智美。それを敏感に察したのか、ホリィは普段のクールな態度がやや綻《ほころ》びを生じ、智美に圧倒されつつあるのを自覚し、冷や汗を滲《にじ》ませ始めていた。

ホリィは知らなかったのだ。

沢村智美という少女は、こと本が絡むと、しつこくしぶとく逞《たくま》しいということを——!!

「……ホリィさんの言う通り、自分で面白いと思わない本を薦めても仕方がないわよね。分かった。これをあげる。私の渾身《こんしん》のお薦めの本、ぜひホリィさんに読んで欲しい」

「い、いいわよ、別に——」

「さっき、本をお薦めする時の『気持ち』を語ってくれたのはホリィさんじゃない。私は、この本に凄く気持ちを込めてるから、まずは気持ちだけでも受け取ってくれても、いいと思うの」

「……………」

もはや声も出せずに智美に圧倒されてしまっているホリィ。そんなホリィをよそに、智美は摑んでいた腕を放すと、自分の鞄をごそごそとまさぐる。そして、一体何冊の本を持ち歩いているのかという素朴な疑問をホリィが抱いている間に、智美はいかにも大切そうに革製のブックカバーをかけた分厚い文庫を取り出した。

「――これ、これが私のお薦め。何度も再読しちゃうくらいに面白かった本だから、気持ちを込めて、ホリィさんにお薦めするわ」

「……………」

もはや、会話の主導権が完全に智美に握られてしまっている。その状況を打開出来ぬまま、ホリィは手渡された文庫の表紙をめくってタイトルと著者名を確認した。

「……『荊《いばら》の城』上巻、サラ・ウォーターズ？」

タイトルと著者名を確認しながら小首を傾《かし》げるホリィ。その仕種から、未読らしいと見て取った智美は、我が意を得たりとばかりに頷《うなず》く。

「そう。ミステリ愛読者の間で、海外翻訳部門・２００５年度の一位を獲得した名作よ。ヴィクトリア朝時代のイギリスを舞台にした愛と絆《きずな》とサスペンスの物語。文章も凄く読みやすいけど品があって、とっても面白かった」

「でも、これ上巻でしょう。これだけ受け取っても――」

「あ、もちろん下巻も持ってるから。ちょっと待ってて」

「……いえ、いい、いいから。分かったわ、この本は受け取らせて頂くから」

「え……？　そんな、遠慮しなくても――」

「いいえ、この本だけで今日は充分。それじゃ、もういいわね？」

智美が鞄に手を入れて「荊の城」の下巻を探している間に、「いまがこの読書狂から逃げ出す好機」と言わんばかりの素早さで話題を断ち切ると、ホリィは隣の車両へと去って行ってしまった。

取り残された智美は、その背中を視線で追って、しばしぽつねんと立ち尽くす。

だが、やがて我に返ると、本好きゆえの暴走っぷりでホリィから本を貰ってしまったばかりか自分からも押しつけてしまったりして、そんな自分の行動が恥ずかしいやら自分でも信じられないやらで、胸がやたらとどきどきしてしまう。

（……で、でも、本の貸し借りくらい、クラスメイトなんだもん、普通だよ、ね……？　それに、思ってたよりずっと、話が出来たし……）

ちょっぴり余計なことまでしてしまったが、それでも何となく、自分に課せられた大事な使命をやり遂げたような達成感を感じて、智美は安堵《あんど》の息を洩《も》らした。そして、ホリィから貰った「光の王」に視線を向ける。

——そんなに読みたいなら、差し上げるわ。

いともあっさり、自分の持っていた本を、差し出してくれたホリィの態度。突き放すような口調や、冷たい態度に圧《お》されてしまって話している時にはなかなか気付かないが、やっぱり彼女は優しい人なのではないだろうか。以前は気さくで、人付き合いが良かったという雪村《ゆきむら》の言葉は、案外本当なのかもしれない。

(こんな感じで……ちょっとずつ仲良くなれたら、いいな……)

智美はホリィが移っていった隣の車両の方へ視線を向けながら、そう思った。智美と同じクラスになったきっかけはホリィにとって不幸な事だったのかもしれないが、それでも、せっかくクラスメイトになれたのだ。だったら、もうちょっとくらい、交流を深めていけたら、その方が絶対いいに決まっている。そして、こんな風に、ごくたまに声をかけるくらいなら、何とかなりそうな気がしてくる。

そうして一人で納得すると、智美は近くの空席に腰を下ろし、少しどきどきしながら、ホリィから手渡された「光の王」のページを開くのだった——。

2

――最近、何だかテンションが低いのが、櫻井優子《さくらいゆうこ》の密かな悩みだった。周りから見てそうは思われないかもしれなくても、多感で繊細な十五歳の少女は内心で様々な葛藤《かっとう》を抱えているので、本人が低いといったらとにかく低いのだ。

テンションが低いと何をやってもイマイチな感じである。授業に集中できなくて思わず居眠りしてしまうし、酒を飲んでも悪酔いして翌日二日酔いでのたうち回ったりしてしまい、いい事がひとつもない。勝負事にも弱くなってしまう。馬券を買うときにも自信満々の予想なのに馬連で勝負に行く気になれず、枠連で、しかも安めに買ってしまい、見事予想が的中しても何だかイマイチしっくりこないという有様だ。分からない人にはまったく分からない心境かもしれないが、分かる人には大きく頷いてもらえるであろうこの心境。予想が大きく外れてがっくり膝《ひざ》をつくような敗北感と違い、「自分の予想を信じ切れなかったばかりに……!」という後悔のぬるま湯にずぶずぶと沈んでいくあのいやーな感覚。

ともかく、そうした感覚にも似たもやもやした気分を内心で持て余しながら、優子は待ち合わせの場所で沢村智美を待っていた。時刻は八時五分。たまーに強烈な寝坊をしてしまう時もあるが、普段の優子は割と早起きで、大抵は彼女が智美を待つ方なのだ。

(ま、智美ならそろそろ来る時間かなー)

優子は口の中でころころとキャンディを転がしながら、駅の改札口を見つめていた。このところ、放課後はほとんど別行動なのだが、相変わらず朝は智美と一緒に学校まで通っている。

智美と優子は、高校の入学式で出会ってすぐに仲良くなった大の親友。恐らくは智美もそうだったに違いないのだが、初対面の時からとても気が合ったし、会話も非常に盛り上がったし、趣味だってお互いにインターネットにどっぷりハマっていたりするし、ほとんど前世から繋《つな》がった見えない運命の糸に導かれたようにして出会ったような二人なのだから、仲良くなって当然である。惜しむべきは競馬や飲酒といった優子の生き甲斐《いがい》と言ってもいい趣味に、智美があまり興味を示してくれないという事なのだが、それは時間が解決してくれるだろう。

ただ、最近は少しお互いの過ごす時間にズレが生じているため、あまりゆっくりしゃべる時間がないのが、優子には少しだけ寂しい感じがした。放課後に一緒に帰らなくなったせいで、智美は一人で帰宅すると読書に集中してしまうらしく、以前に比べてネットで話す時間が激減してしまったのだ。優子の方でも、部活の友達と携帯でメールしてたり、智美が繋いでこないので仕方なく別のネット友達とついつい長時間麻雀《マージャン》に興じたりしてしまい、お互いになかなかタイミングが合わない。毎日学校で、しかも同じクラスで顔を合わせているのだから、別にインターネットでの交流に固執しなくてもいいと言えばそれまでなのだが……ネットには、ネットならではの独特の雰囲気があって、優子はそれが何とも言えず好きなだけに残念だった。

独特の雰囲気、というのは優子の中でも巧《うま》く言えない、漠然とした「いい感じ」でのことあり、そんな表現をするといかにも頭悪そうでちょっぴりイヤなのだが――直接会っている時や、電話だと途切れがちな智美との会話が、ネットだと何時間経っても尽きることがない、という事実の前に小難しい理屈などいらない気がする。

それだけに、そうした時間が減ってしまったことは、優子自身意外なほどに、彼女のテンションを下げてしまっていたのだった。

（あーあ、何だかなあ……。どーも最近、面白いことないなあ……）

五月晴れの爽《さわ》やかな空をどこか憂鬱《ゆううつ》な気分で見上げながら、優子は口の中のキャンディーをがりっとかみ砕く。キャンディーの中心に入っていた猛烈に酸っぱいレモンのエキスが口の中に溢《あふ》れ出《だ》し、思わず梅干しを食べた時のように酸っぱい顔をしてしまう。

その時だった。

「おはよー、優子——ちょっと、何、どうしたのよその顔？」

不意に、近くから自分の事を呼ぶ声が聞こえ、優子はその方向を振り向く。

すると、そこには優子と同じ女子バスケ部に所属する一年生、敷島咲希《しきしまさき》が自転車を止めて可笑《おか》しそうに自分の事を見つめている姿があった。身長は女子にしてはかなり高い一七八センチ、染めている訳ではないらしいがやや赤みがかったクセのない髪を、宝塚の男役のように短く切り揃《そろ》えている。目が細く、キツネ系の性別不詳っぽい顔立ちをしているのだが、Ｆカップというボリュームのある胸元のおかげで、男子に間違えられることはまずないだろう。彼女を見る度に「少し胸よこせ」と思わずにはいられない優子だった。身長では勝っている智美にも胸囲では負けていたりする優子なので、割と切実な願望である。

しかし、いくら願ったところで眼前の胸が自分のものになる訳でもないので、優子は口の中のレモンエキスをごくっと飲み込んで咲希に応えた。

「うぃーっす、おはよー咲希。いやー、眠気覚ましに『超スッパC!』噛んでたのよ。マジで超スッパいわ、これ。ダテにレモン百個分のビタミン詰まってねーっていうか」

「あははは、すっごい顔してるから何かと思ったよ。で、こんなところで突っ立って、誰かと待ち合わせでもしてんの？」

「そそ、クラスの友達とね」

「ふーん、もうすぐ来るの？」

「多分ね。携帯に連絡ないし、次の電車辺りで来るかな」

「だったら、私も一緒していい？　ていうか、ちょい優子と相談したいことあるんだけどな」

「相談って？」

問い返しながら、だいたい優子は咲希の相談の内容を予想していた。

「そりゃ、部活の事だよ、決まってるじゃん」

咲希は不機嫌そうに言うと、内心の鬱憤《うっぷん》を吐き出すかのように大きくため息をつく。予想が的中し、優子も内心でため息をつく。

「……ねえ、優子。なんかさあ、もういい加減、藤崎《ふじさき》センパイにはついていけないって思わない？」

「思う」

きっぱりと、優子は言った。藤崎センパイというのは、三年生で女子バスケ部のキャプテンなのだが、とにかく態度が横柄で、特に部活以外の事で一年生をコキ使うので、優子たちの間ではとにかく評判が悪い。一年生部員の中でも、気が強い優子や咲希は先輩の方でも避けているらしく、あまりちょっかいを出してこないのだが、問題は気の弱い部員たちだ。昼休みのパシリなどは当然で、授業の宿題や掃除当番の手伝い、果てはコンサートのチケット取りまでやらされている子がいる。それだけならばまだしも部活の最中も不真面目《ふまじめ》で、一年には適当に基礎トレーニングをさせておいて、自分たちは試合形式の練習ばかり――要するに、遊んでいるのだ。基礎もろくすっぽやらずに試合形式でばかりやっているから、上級生のくせにシュートのフォームはがたがただし、ディフェンスもてんでなってない。一年生が入部したばかりの時、歓迎試合と称してやった一年対上級生の試合では、ダブルスコアで一年チームが勝ってしまったのだから、その実力は推して知るべしである。

咲希は眉《まゆ》をつり上げながら、熱い口調で優子に訴えかける。

「藤崎センパイがあんな調子だから、他の上級生たちまで態度でかいしさあ。やっぱさ、優子。ここは私らで他の一年まとめてさ、センパイにガツンと言ってやらない？　ていうか、このまま一年間、ずっとこんな感じじゃ、マジやってらんないって」

「ん……分かるけど、それもちょっとなー」

優子は乗り気でない口調であいまいに流す。正直なところ、咲希の言う様に上級生との対決姿勢を打ち出すことは、優子は反対だった。そんな事をすれば、自分と咲希以外の一年生部員の立場がますます悪くなりそうだし、そもそも優子はそんな面倒な事でうだうだ悩むくらいだったら、部活なんてさっさと辞めても構わないと思っている。

別に、インターハイを目指してひたすら上を目指すためにバスケ部に入った訳ではない。そもそも榛名学園《はるながくえん》はあまりスポーツが強い学校ではないので、優子は入学当初からそんな夢はすっかりきっぱり諦《あきら》めているのだ。それでも彼女がバスケ部に入ったのは、単純にバスケが好きで、高校でも続けたら楽しいかなーと思ったからだった。ひたすら練習して上を目指すのもそれなりに燃えるし、楽しいが、そういうノリは中学ですでに嫌というほど満喫してきたのでもう充分である。適当に、それなりに、ほどほどのレベルで汗を流すというのも、スポーツの楽しみ方のひとつなのだから。

ようするに優子は、高校では「遊ぶ」ためにバスケ部に入部したのだ。そして、遊ぶために入ったからには変に気合いを入れたりつまらないことでうだうだと悩んだりしないで、楽しく気楽にやっていきたいと思う。

――だから、楽しくなかったら辞める。それだけの事だ。

放課後の過ごし方なんて、智美と遊んだり、バイトしたり、ネットしたり、酒飲んだりと、他にもいくらだって選択肢がある。それなのにわざわざ悩んだり我慢したりしてまで、遊びと割り切った部活にしがみつくなんて何かが違うと思う。もちろん、先輩達に意見して、その結果として部活が楽しくなりそうな可能性が大きいなら話は別だが、咲希の意見はむしろつまらない事になりそうな気配が濃厚なので、そこが優子としては引いてしまうところだ。一年生と上級生との対立ムードが不必要に高まった挙げ句に、陰湿な嫌がらせがエスカレートするだけ、という最悪なオチが最初から見えているような賭《か》けに乗せられるのは勘弁して欲しいところである。

そして——ハッキリ言うと、優子は先輩たちの横柄な態度や理不尽な仕打ちはイヤだが、それと同じくらい、同学年の部員たちが陰でこうして洩らす不平不満の洪水もイヤなのだった。いや、それよりさらにイヤなのが、ふと気がつけば自分も智美を相手にこうした愚痴を洩らしている時がある、という事だ。

優子の目の前では、咲希がいかにも憎々しげな表情を浮かべて、センパイたちの事をこき下ろしている。ムカツクよね、ふざけんなって感じだよ、冗談じゃないよね——朝っぱらから路上で悪態を吐き散らして、咲希は優子に同意を求めてくる。

自分も、智美の前でこんな表情をしているのだろうか。

智美に向かって、こんな風に不満をぶちまけているのだろうか。

それを思うと、かなり憂鬱な感じだ。

（何だかなー）

優子にとって、最近の部活絡みの話題はテンションが下がるばかりで、もはやすっかり悩みの種になっていた。こんな悩みを得るためにバスケ部に入ったつもりはないというのに。

どこかうわの空で咲希の悪態を聞き流しながら、優子は駅の改札口をちらちらと確認する。ちょうど電車が到着したらしく、改札からはどっと人が溢れ出してきたところだ。

その中に、見慣れた姿もあった。

「——あ、ホリィだ」

優子は多少わざとらしくそう呟《つぶや》く。いい加減、咲希の愚痴に付き合うのはしんどい気持ちになったので、会話の流れをムリヤリ変えることにしたのだ。

それを聞いて、咲希も優子が見ている方向へ視線を向けた。通勤通学ラッシュの人混みの中でも見間違う筈のない金髪美少女の姿を、咲希も一瞬で捉《とら》える。

「ああ、あれが噂《うわさ》の外国人編入生？　何か呪《のろ》われてるとかいう」

「まーね」

優子は適当に相づちを打つ。

ホリィ・ブローニングにまつわる、様々な噂。心臓の手術を受けて以来、彼女の周りでは次々に奇怪な事件が発生し、相次いで人が死んでゆく——どこまでが真実で、どこまでが噂なのかはともかくとして、智美と違い部活を通じて上級生と会話する機会が多かった優子は、そうした話をすでに聞いていた。

両親が凄惨《せいさん》な最期を遂げ、親戚《しんせき》の子供がテレビで報道されるほどの事件の被害者となり、学校の教師は交通事故で命を落とす――そうした出来事は生徒達の間で噂となって瞬く間に広がり、いまやホリィ・ブローニングは「呪われた少女」として榛名学園七不思議のひとつに数えられているのだった。呪われてるとかそういう事は抜きにしても、優子は事情を知った時「なるほど、それであいつはあんなに暗いのか」と、妙に納得してしまったものだ。

そして、納得さえしてしまえば、ホリィの無愛想な態度もあまり気にならなくなった。優子は目の前を通り過ぎて行くホリィに向かって、大きな声で呼びかける。

「おーっす、ホリィ！　グッモーニン～」

にっこり微笑《ほほえ》みながら手を振る優子。相手が男子生徒だったなら思わずときめきの予感を感じてしまう事間違いナシの悩殺スマイルだ――と優子は思う。

……が、ホリィは僅《わず》かに優子の方に視線を向けると、つまらないもので見てしまったかのように小さくため息をつき、さっさと立ち去ってしまった。

それを見て、咲希は吹き出す。

「あはははは、噂通りだね。すっごい無愛想」

「そうそう。ま、もう馴《な》れたけどね。ていうか、あいつチラッとこっち向いたじゃん？　アレはホリィ的には『ごきげんよう、いいお天気ね櫻井さん。貴女は今朝も輝いてるわ、とってもビューティフルよ』っていう意味なワケ。私も研究の末に、ようやく理解できるようになったんだけどさ」

「あははは！　それ違う！　優子、それ絶対違うって！　もろため息ついてたって！」

咲希は可笑しそうに笑う。部活に入ったばかりの頃は、ずっとこんな感じだった。二人で馬鹿話をして、笑ってばかりいたのだ。

それなのに。

「ゆうちゃーん」

その時、一瞬テンションが下がりかけた優子の耳に、心地よいラブリーな声が聞こえてきた。

優子はぱっと声の方へ視線を向けて、改札の向こうで階段を駆け下りてくる小柄な友人の姿を見つめる。

「うぃーっす、智美～！　おはよーん！」

優子はホリィに向けた笑顔よりもさらに明るくにこやかな表情を浮かべて、ぶんぶん手を振る。

その様子を見て、何故か咲希はぎょっとしたように眉を顰《ひそ》めた。

「……ねえ、ひょっとして優子が待ってた友達って……サワムラのことなの？」

「ん？　そうだよ。ていうか咲希って、智美のこと知ってたの？」

「まあね、一応……」

どこか歯切れの悪い返事をすると、咲希は少し醒《さ》めた口調で優子に告げた。

「――んじゃ、私は先に行くね」

「あれ？　一緒に行くんじゃなかった？」

「いいよ、よく考えたら私、自転車だし。優子たちはここから歩きなんでしょ？」

「そうだけど。ま、いいや。んじゃ放課後、部活でね」

「うん、優子もさっきの話、もうちょい真剣に考えといてね」

「はは、そんじゃまあ、私なりに考えとくわ」

優子は苦笑交じりにそう応えると、自転車で走り去って行く咲希の背中を見送った。正直、これ以上部活のことであれやこれやと考えるのは、ゴメンこうむりたかったが。

「――ごめんね、ゆうちゃん、待った？」

「ん、五分くらいかな。ちょうど部活の友達と会ってしゃべってたし、待ったって感じじゃないけど」

駆け寄ってきた智美と並んで、優子はゆっくりと歩き出す。

その後、智美は「そう言えば昨日、古本屋さんで雪村先生に会って本を買ってもらって――」などと他愛のない話を始める。最近になって、智美は自分からも色々話しかけてくるようになった。以前は、優子の話に時々相づちを打つだけで、あまりしゃべってくれなかっただけに何だか嬉しい。そして何より、智美は朝っぱらから誰かの悪口を言ったりはしないのだ。実にワンダフル、素晴らしい。その事だけでも心が洗われる気分だった。

「――でね、好きな本をおごってくれるって言われたんだけど、私もうそのとき、沢山本買っちゃってて、持ちきれなくて……。何か、凄く惜しいことしちゃったかも」

「あははは、なーんだ、だったら私も呼んでくれれば良かったのに。本くらいどーんと持ってあげたよ。そしたら私もついでに好きな漫画をおごってもらったのになー。『島耕作《しまこうさく》』とか」

「い、色々な意味で凄い漫画を選ぶね、ゆうちゃん……」

苦笑交じりにそう応える智美。だが、ふと真顔になると、思い出したようにこう付け足した。

「あ、でもその漫画、うちのお父さんが全部揃えてたと思うよ。今度貸してあげようか?」

「えー!? マジ? うわっ、超読みてー!」

優子は身悶《みもだ》えしながら叫ぶと、急に思い立ったように智美に向き直る。

「……じゃ、今日行く」

「え?」

きょとんとする智美に、優子はにいっと笑ってもう一度繰り返す。

「だから智美の家、今日行くね」

「え? ええ!? そ、そんないきなり――それにゆうちゃん、今日は部活でしょ……?」

「あー、そんなんパスパス。『島耕作』と部活じゃ、そりゃ『島耕作』のが大事だって」

「そ、そういうものなの……?」

「とーぜん」

大きく頷く優子に、智美は何故か妙に照れたような表情で、うつむき気味に応えた。

「……ん、分かった。それなら、私は構わないけど」

「やったね！　嬉しいなー、前々から一気読みしたいと思ってたんだわー」

ウキウキした気分でそう言いながらも、優子の脳裏をちらっと、敷島咲希の事が過《よ》ぎる。

さっき「放課後ね」と言ってしまった手前、彼女は部活で自分の事を待ってるに違いない。

（んー……）

優子は少し迷ったが、

（……ま、いっか。部活に出て、放課後延々咲希の愚痴聞かされるより、智美ん家で『島耕作』読んでた方が楽しそうだし）

気楽にそう考えると、軽やかな足取りで学校へと向かう。

この時、優子の判断はそれ以上でもそれ以下でもなかった。単にそう思ったままに、深い意味もなく決定された行動。

――この事を、後に優子は後悔する事になる。

3

心臓が、何かを訴えている。

それが具体的に何を意図しているのかは分からない。

何故なら心臓は言葉をしゃべらないからだ。

ただ脈打ち、血液を全身に循環させるだけでいい。

それがこそが、心臓に課せられた使命というものだ。

それでも――

心臓が、何かを訴えている。

不安、孤独、恐怖、緊張――胸の奥で繰り返される鼓動を通じて、彼女の心臓はそうした感情が混然と入り交じった、未発達な意志を激しく訴えてくる。

――静まりなさい。

少女は苛立《いらだ》ちと共に、自分の体内に眠る、自分のモノにあらざる存在を内心で罵《ののし》った。

それでも。

心臓が、何かを訴えている。

絶えることなく、一拍ごとに。

――静まりなさいと言っているのよ。

少女は、命じる。

しかし彼女の心臓は、何かを訴えてくる。

――あなたが何もしなければいいのよ。

少女はさらに命じる。

しかし彼女の心臓は、さらに何かを訴えてくる。

――あなたが望むものは、あなたが何かする度に遠くなっていくのよ。

彼女はひたすら命じ続ける。

心臓は、それに屈せず、何かを訴え続ける。鼓動と律動に、言葉にならない思念を乗せて。

――お願い、静まって。頼むから静まってよ。

少女は、願う。

心臓が、激しく、切実に、何かを訴えてくる。

それと同時に、少女はふっと予感めいたものを感じ、視線を上げた。

「……あ」

視線を上げた先で、驚いたように、背が低い眼鏡をかけた同級生が立ち止まる。

心臓が、さらに激しく、何かを訴え始める。

その意志を、少女――ホリィ・ブローニングはようやく理解した。

――彼女だ。

ホリィは、激しく脈動する心臓の辺りを右手で鷲摑《わしづか》みにしながら、内心で忌々しげに吐き捨てる。思えば、今朝の通学電車でもそうだった。心臓の不快な高鳴りに刺激され、過去の傷跡を思い出していたあの時にも、彼女が側にいた。

間違いない。

――この心臓は、彼女を狙《ねら》っている。

四番目に彼女の前から去っていった、あの女性によく似た、この同級生を。

迂闊《うかつ》だった。初対面の時にも失敗してしまったが、今朝の一幕はそれに輪をかけてマズかった。意に反して急激に高鳴ってゆく心臓の動きに対し、彼女は悔恨《かいこん》の想いを込めて小さく呻《うめ》いた。

「ど、どうしたの、ホリィさん⁉　もしかして身体の具合が――」

「……騒がないで、すぐに治まるから」

「だ、だって、そこ、心臓じゃ……」

「――治まるって言ってるでしょう、本気で心配しているなら、静かにしてちょうだい。呼吸を整えたいの」

突き放すようにそう言うと、ホリィ・ブローニングは荒れ狂う心臓の動きに対し、持てる理性の全てを注ぎ込んで逆らった。そして、内面での努力の末に、何事もないような表情を浮かべる事に成功すると、手にした本へと視線を戻す。

彼女が——沢村智美が——くれた本だ。

「でも……ホリィさん……」

「——いい？　私は『静かにして』と言ってるの。あなた、少ししつこいわよ」

不安げに見つめる智美に、ホリィはさらに冷たく言い放った。

彼女の、ために。

「……あんまり私に構わないほうが身のためよ。私、『呪われた女』だから——それともあなた、五人目になりたいのかしら？」

その言葉に、智美は真っ青になって凍り付いた。

ということは、彼女は、知っているのだ。

公表されているだけでも過去に四人、自分の周囲で命を落とした人間がいるという事を。

ホリィは嘲《あざけ》るような視線で智美を見据え、鼻で笑う。

「……どうやら、大体のことは知ってるらしいわね。道理で——今朝から急に話しかけてくるようになったからおかしいと思ったわ。私の事情を知って、クラスメイトとして同情してくれたっていう訳？　ああ、そうなの、有り難くて涙が出るわね」

「…………」

「いい気なものね、私を可哀想な人って事にして同情していれば、あなたの親切心だか優越感だかは満たされるんでしょうから。こんな私でもお役に立てて嬉しいわ。死んでいった人たちも、クラスメイトが話しかけてくれるきっかけになった事を喜んでくれるでしょうね」

一度、呼吸を置き、射抜くように智美を見つめながら、ホリィは銃口を突きつけるような威圧感を込めてこう言った。

「――それで、あなたの気は済んだのかしら？」

「わ、私……」

瞳《ひとみ》を潤ませて、わなわなと震える智美。昼休みの教室で、クラス中の視線を集めながら、ホリィ・ブローニングと沢村智美はしばし無言で対峙《たいじ》する。

だが、やがてホリィは智美から視線を逸《そ》らし、氷刃のような言葉で会話を断ち切りにかかった。

「……安っぽい同情なんて、結局はあなたの自己満足でしかないのよ。私に構わないで、鬱陶《うっとう》しいから」

その時だった。

「――ホリィ！」

殺気立った声と共に、いつも自分の前の席で騒いでいる女子、櫻井優子が、猛烈な勢いで廊下から駆け寄ってきた。ホリィと智美との間に漂う、張りつめた空気に気づいて、慌ててすっ飛んできたのだろう。

そして級友たちを押しのけながらホリィに詰め寄ると、彼女はいきなりその胸ぐらを掴む。

「――あんた、いま智美に何を言った……？」

怒りで声を震わせながら、優子はぐっと制服を掴む手に力を込めた。

「や、やめてよ、ゆうちゃ――」

「――病み上がりだと思って気を遣ってりゃあ図に乗りやがって……！　智美に何を言った⁉」

「ゆうちゃん、やめて！」

絶叫と共に、智美は泣きながら優子の腕を引っ張る。そして優子が――恐らくは智美のために、ホリィから手を離すと、

「ご、ごめんね、ホリィさん……」

そう言って、智美はその場から走り去ってしまった。

「智美！」

優子は慌ててその後を追いかけようとした。だがその前に、凄まじい形相でホリィの方を向き直ると、

「……私、あんたはもう少しくらいマシな奴かと思ってたよ。この最低女！」

罵声《ばせい》と共にホリィの顔面すれすれの距離で拳《こぶし》を振り下ろしガツンと机を叩《たた》くと、顔も見た

くないと言わんばかりにくるりと背を向けて今度こそ本当に智美を追って教室を飛び出して行く。

静まり返った教室の中で、ホリィは何事もなかったかのように本を読み始める。

クラスに残っている生徒たちが、自分に向けて露骨な軽蔑《けいべつ》の眼差しを向けているのが、顔を上げなくてもハッキリと感じられた。

(……それが、どうしたっていうのよ)

ホリィは、顔色ひとつ変えずに内心で毅然《きぜん》とした言葉を想起する。

こんな事くらい、最初から覚悟していた。むしろ、智美や優子のような反応が、彼女にとっては予想外のものだったのだ。

これでいい。

先程までは激しく何かを訴えていた「心臓」も、ようやく諦めたかのように、落ち着きを取り戻し始めていた。

これで、良かったのだ。

……やがて、昼休みが終わり、午後の予鈴が鳴った時、櫻井優子は暗い表情でうなだれた智美を伴って、教室へと戻ってきた。

そして、ツカツカと早足でホリィの横を通り過ぎると、前の席へ着く。その間、一度たりともホリィに視線を向けようとしなかった事に、彼女のハッキリとした敵意が窺《うかが》えた。

ただし、席に着いた後に、一度だけ、

「……智美との約束だから、これ以上は何も言わないけど——」

次の授業の教科書を取り出しながら、優子は押し殺した怒りを込めてこう言った。

「——あんた、最低だよ。ホリィ」

——言われなくても分かってるわよ。

内心で、短く応えながら、ホリィも教科書を取り出す。

教室の一番前では、いつも何か言いたげに自分を振り返る小さな女生徒が、周りの生徒から何か声をかけられていた。「もう大丈夫」とでも言っているのか、苦笑まじりに周りの声に応えている彼女。だがいくら笑顔を浮かべていても、彼女の背中はまだ泣いていた。

そして、もう二度と、彼女の笑顔がホリィへと向けられる事はないだろう。

心臓が、微《かす》かに痛んだ。

他の誰でもなく、彼女自身が抱いた想いに応えて。

4

「——ところで、『災禍の心臓』は、現在どんな状態なのですかな?」

二言三言の挨拶を交わすと、相手はすぐに本題を切り出してきた。携帯電話の向こうから聞こえてくるのは、イギリス風のアクセントが強い英語。事態の進展具合を確認しながら、どこか事の成り行きを楽しんでいるかのように、その声は微かな笑い声を含んでいる。

相手のそうした声は不快だったが、不快だというだけならば、自分の耳に入ってくる音という音は、程度の差こそあれ全て不快だった。しかし、相手に報告すべき内容は痛快だ。彼は受話口に向かって流暢《りゅうちょう》な英語で応えた。

「このところは、小康状態だったよ。間近で見ているともどかしいほどにね。だから、すでに仕掛けは施しておいた。君らが僕に提供してくれた情報が正しいのであれば、『五番目の騎士』が生まれるのも時間の問題だろう」

電話の向こうで、口笛が鳴る。

「それは本当ですか？　『五番目の騎士』が生まれる？　それはいい、大変に喜ばしいことです。わざわざ日本に赴《おもむ》く甲斐《かい》があるというものだ！　とはいえ前の騎士が役目を終えてから、既に二月以上……『心臓』の呪力を考えれば長く保《も》った方かもしれないですね。それで、今度の騎士はどのような方なんですかな？　まさか、また貴方の同僚ですか？」

その質問に対し、彼は鋭い口調で怒りを表明した。

「――古都子《ことこ》のことを、貴様が冗談で口にするな……！」

その声に、受話器からは少し困ったような相手の声が聞こえてくる。

「これはこれは、失言でした。それでは、あらためて問いましょう、あなたの仰る《おつしや》『五番目の騎士』とはどのような方なのです？　純粋な質問くらいは許してくれるのでしょう？」

「……ホリィ・ブローニングの、同級生だ。古都子が遺《のこ》した言葉に従って、彼女は再び学校に通いだしたんでね」

「——ちょっと待って下さい、それは聞き捨てなりません、全くの初耳ですぞ？　学校ですって？　信じられない！　『災禍の心臓』を宿して集団の中に飛び込むとは、クレイジーにもほどがあります！　どうやらあの少女は、自らがどういう立場にいるのかが、まだ分かっていないらしいですな」

「しかし、そのおかげで事は容易になったよ。君らの望む条件は完璧《かんぺき》に整えた」

「……完璧、とは少々言い過ぎではないのですかな？　そこまで言い切られると喜びの感情よりも疑心の方が先立ちますね。私たちが望む状況には、ホリィ・ブローニングに近しい何者かの『深淵《しんえん》なる狂気』が必須《ひっす》となる……。そして、狂気とは理性では御し得ない感情。他者には推し量れない感情です。そこにはどうしても不確定要素が存在する。にも関わらず、あなたはそれを完璧に整えたと仰る——さて、そのような事が、本当に可能なのでしょうか？」

「ああ、それが可能なのさ、僕にはね。後は君らがしくじりさえしなければ、次の騎士こそが『災禍の心臓』が生み出す最後の騎士になるだろう。僕が見た限りでは——彼女はもう、限界だ」

「ふむ……。ま、いいでしょう。いずれにしても、近日中にこの目で確かめさせてもらう事に変わりはありませんからな。ひとまずは貴方《あなた》のお言葉を信じて、私たちも『五番目の騎士』が誕生間近である、という前提で動くことに致します。日本の地で、あなたの言う、完璧に整えられた状況というものを確認できる日を楽しみにしておりますよ」

電話が、切れた。

薄暗い室内に、微かな笑い声が響く。

雪村和彦は手にした電話の受話器を床に放り投げると、嬉しさの余り、笑いながら顔を覆って涙まで流し始めた。今まで進展しなかった事態が、急激に動き出し、しかもそれが彼にとってほぼ理想に近い展開になりつつある事に、鳥肌が立つほどの歓喜を覚えずにいられない。

ようやく、救いの道が見えてきたのだ。

——五番目の、騎士。

それは、彼女以外に考えられない。

彼女が騎士として戦い、苦しむ姿が……見たい。

だからこそ、彼は彼女に近づいたのだ。彼女がよく古書店巡りをすることは、観察を開始してから一週間で判明していた。時間帯を絞り、周辺の古書店を二、三軒巡れば、偶然を装って彼女に声をかけるのは実にたやすかった。どうやら彼女は本当に偶然だと思っているらしいが、その素直さがやはり、彼がかつて愛した女性に、似ている。

沢村智美。

雪村は、彼女の事なら何でも知っているのだ。そう、恐らくは彼女以上に、彼女の事を知っている。初めて出会った時から、彼はずっと彼女の事を見つめ続けてきたのだから。時間の許す限り。彼に可能なあらゆる手段を用いて。

だから今日の昼に起きた出来事も、当然彼にとっては予想の範疇《はんちゅう》であった。彼女とホリィ・ブローニングとの間に起きた出来事を聞いた時には、あまりにも予想通りの結果だったので、笑いを堪《こら》えるのに苦労した程だ。

（……そうさ、君のその純粋さと、優しさが、似てるんだ。古都子に——四番目の騎士として、あの呪われた女、ホリィ・ブローニングに殺された、僕の古都子に！）

彼は部屋中に貼《は》られた、大小様々な、数百を数える女性の写真に囲まれながら、うっとりと呟いた。

「……古都子……」

雪村和彦は、自分の正面に貼られたポスターサイズの女性の写真を、切なげな眼差しで見つめる。

——その写真の中では、背が低く、眼鏡をかけたセミロングの髪型の女性が、はにかむような笑顔を浮かべて雪村に寄り添っていた。

琴吹《ことぶき》古都子。

雪村のかつての恋人であり、ホリィの元担任教師。

愛嬌《あいきょう》のある女性だった。いつも笑顔で、たまに怒っても迫力がなく、生徒からはやや軽く見られていたが、それ以上に慕われていた。自分の名前の響きと、背の低さをいつも気にしていて、雪村がプロポーズしたときには涙を流して喜んでくれた。彼女が「早く雪村古都子になりたいな……。それから、それから……いつかね、背の高い子供を産むの。絶対に！」と力強く語っていたのは、まだほんの三ヶ月前のことだ。受け持ちの教科は国語で、当然のように本を読むのが趣味だった。一緒に本屋を廻《まわ》って、肩がだるくなるまで彼女の荷物を持たされた記憶もまだ生々しい。

だが、彼女はもう、いない。

この世から去ってしまったのは二ヶ月と少し前。

その時から、彼女は雪村の心の中にしか居なくなってしまった。もう世界中、どこを捜しても彼女はいない。考えられる限り、ありとあらゆる電話番号にかけてみても、彼女の声は聞こえてこない。部屋中に写真を貼り、毎日彼女の笑顔を見つめていても、失ってしまった存在を埋めることは出来なかった。写真の中の貼り付いた笑顔、永遠に変わることのないその表情は、むしろ雪村を追い詰めさえした。ずっと彼女を見つめていたい、だが写真ではやはり満たされない。

だから、彼はその心の空隙《くうげき》を埋めるモノを求めたのだ。

彼女によく似た女性を——沢村智美を。

「……君なら、救ってくれると思ったんだ……！」

恋人の写真の横に並べられた、一回り小さめの智美の写真を見つめながら、雪村は震える声で呟く。

「君は似てるんだ……！　古都子に、僕の古都子に……！　その姿も、性格も、趣味も、出会った場所さえも！　それなのに……同じように僕を見つめてくれない、同じように接してはくれない！　同じ言葉を聞かせてもくれないッ！　違う……お前は古都子じゃない、古都子なら気づくはずだ、僕の気持ちに、僕の想《おも》いに！　だけどやっぱり君は応えてくれない！　それなのに、それなのに、君はどうして——！」

椅子《いす》から立ち上がり、彼は目の前の智美のポスターを力一杯殴りつけた。

「——どうしてあんな奴には、同じ態度を見せるんだよッ⁉　偽物の分際で、古都子と同じように、あんな忌まわしい存在を心配して……！　あんな呪われた小娘を気に懸《か》けたりするなんて——ふざけるなッ！」

荒々しい吐息と共にそう叫ぶと、彼は智美の写真に爪《つめ》を立て、力一杯引き裂くと、叩きつけるように床に投げ捨てる。

だが、すぐにハッとしたような表情を浮かべると、雪村は慌てて床に落ちた写真の紙片を掻《か》き集《あつ》め、ひしと胸に抱く。

「ご、ごめんよ……怒ったりして、ダメな先生だな、僕は……。嘘《うそ》だ、沢村、君は悪くないんだ……。そうだよ、偽物だなんてあんまりだ。僕は、それでも君のおかげで癒《いや》されたんだ、少しでも古都子に似ている、君がそばにいてくれたおかげで……」

胸に抱いた紙片に、愛《いと》おしげに頰を寄せると、雪村は低く呟く。

「……悪いのはホリィだ……。あいつが、古都子を、そして君も苦しめるんだ。君も泣かされたんだろ? 酷《ひど》いよな、ホリィはそういう奴なんだ、あいつは人殺しなんだ、周りを不幸にするだけの害悪なんだよ……。許せないと思わないか、なあ、沢村……?」

床の上で、破れた智美の写真をゆっくりと伸ばしながら、雪村は夢見るように囁《ささや》いた。

「――だから、少し力を貸してくれよ……。二人でホリィを懲《こ》らしめてやるんだ、そうすれば君の願いも叶《かな》うだろう、なあ、いいだろ……?」

5

「――お邪魔しまーす!」

優子は沢村家の玄関で、元気よく挨拶《あいさつ》した。今朝、通学時に宣言した通り、彼女はきっちり部活をサボッて智美の家に遊びに来たのだ。

　智美はちょっぴり照れくさそうな様子で、優子へスリッパを差し出す。

「はい、これ。私の部屋、二階だから早く行こう？……あんまし、キレイじゃないけど」

「りょーかい。いやーしかし、うちのボロ家とは大違いだわ。やっぱ、智美はお嬢さんなんだねー」

「そ、そんなに見ないでよ。ほら、早く早く」

　玄関先で家の中をきょろきょろ見渡す優子の背中を、智美が一生懸命階段の方へと押していこうとする。何だかその感触が楽しいので、優子は思わずその場で立ち止まってしまった。智美はそんな優子の背中を、さらに強く押しながら抗議の声を上げる。

「あーもうー、早く行こうよー」

「あははは、はいはい」

　と、二人が階段を上ろうとした、その時。

「——智美、お客さんなの？」

　一階の奥の部屋から、智美に良く似た、こざっぱりした身なりの女性が出てきた。智美よりも少し背が高いが、それでも一目で彼女の母親だと分かるほどに、目鼻立ちがよく似ている。

「あ……お母さん」

　智美は母親の姿を見て、何だか物凄く居心地の悪そうな表情を浮かべた。どうやら、友達に自分の家族を見られるのが、ちょっぴり照れくさいらしい。

とはいえ、お邪魔した家でご家族に挨拶もしないのは、どう考えても失礼だと思ったので、優子は軽く挨拶する。

「こんにちは。クラスメイトの櫻井ですー」

「まあ……！」

優子が大雑把に自己紹介すると、智美のお母さんは感激したように目を瞠《みは》った。

「それじゃあ、あなたがゆうちゃん――あ、ごめんなさい、娘がいつもあなたの事を話すとき、そう呼んでるものですから――優子さんなのね。いらっしゃい、ゆっくりしていって下さいね」

「ななな、なにお母さんまでゆうちゃんとか言ってるのよ――と、とにかく二階行こうよ」

「あははは、いいですよー。優子ですから、ゆうちゃんで」

「あーもうー、いいから！　早くー！」

「そ、そんなに押さなくても――それじゃ、お邪魔します」

「はいはい、どうぞ。あとでお茶をお持ちしますね」

「私が取りに行くからいいの！　お母さんはじっとしてて！」

どうやら恥ずかしいのを通り越し、苛立ち始めてしまったらしい智美の勢いに圧されて、優子は素直に階段を上がり始める。

「……そんなに照れなくてもいいじゃん。優しそうな、いいお母さんじゃない？」

「だって、何だか恥ずかしいもん……」

「何だかなあ。いいと思うけどなー」

優子は苦笑する。しかし、ちょっぴり頬を膨らませながら赤面している智美の表情は普段ちょっと見られないものだったので、見ている分には面白かった。

そして、二階に上がり、智美の部屋に入ると、

「うわ……！」

優子は、思わず感嘆の声を洩らしてしまう。

予想はしていたが、凄い量の本、本、本……。

ひとつの部屋に、本棚が四つ。しかもそのうちひとつは書架がスライド式の、物凄く大きいモノだ。その脇に普通の——といっても優子の感覚からすればこれもまた大きいのだが——本棚がひとつ、その向かいに同じ大きさの本棚がひとつ、最後にベッドの横に小さめの本棚がひとつ……。

しかも、ベッドの横の本棚以外には、ほとんど隙間《すきま》もなくびっしりと本が収納されている。本棚に収納しきれないせいか、床にもかなりの量の本が積まれており、それ以外にも勉強机の上、パソコンデスクの下、よく見ればベッドの下の簡易収納箱にまで、至るところに本が収められていた。

「凄いね……なんというか、想像以上だわ……」

「そ、そんなに驚かないでよ……。量だけは沢山あるけど、そんなに難しい本とか、読んでる訳じゃないし……」

床の上の本をいそいそと片づけながら、智美がまた恥ずかしそうに応える。どうやら、自分の私生活に関することはとにかく全て恥ずかしいらしい。

「でも、何だか『智美の部屋なんだなー』って感じがするね。うん」

「……だって、私の部屋だもん」

「あー、そういう意味じゃなくて……何ていうのかな、うまく言えないけど。そうか智美はここで私とメッセとかしてたのかっていうのが、何となく実感出来るというか……あー、ダメ、やっぱうまく言えないわ」

困ったように腕を組んで考え込んでしまう優子を見て、智美は少し微笑む。

「いいよー、何となくだけど、言いたいことは分かるような気がするから」

「あ……そう？」

「何となくだけどね」

くすっと笑う智美を見て、優子はホッとした。

良かった。

思っていたよりは、立ち直っているようだ。

昼休み、学校でホリィに泣かされた時、智美はだいぶ落ち込んでいた様子だったので、優子はその事を密かに心配していたのだ。何気ない態度を心がけてはいるものの、優子はあれからずっと、智美の事を気遣っているのだ。優子なりに。

「えーと、『島耕作』だったよね？　お父さんの部屋から持ってくるから、ちょっと待っててね」

「あんがと。んじゃ、待たせてもらうね」

「うん、すぐ戻るから」

そういって、智美は部屋を出る。

だが、

「………一応言っておくけど、待ってる間に変なとこ覗《のぞ》いたりしたら、ダメだからね」

さりげなくクロゼットに歩み寄ろうとしていた優子に向かって、ドア越しにそんな注意を呼びかける事は忘れなかった。

（無念……読まれていたか……）

友人宅のタンスチェックは基本中の基本なのに——などと未練たらしく考えながらも、智美は一見内気そうに見えるものの、怒ると案外怖いので、優子は小さくため息をつきながらクロゼットから離れる。

そして、改めて室内を見回した。

（…………）

最初に見たときにはとにかく本の量に圧倒されてしまったが、そのインパクトが薄れると、ぬいぐるみやクッションの類が妙に多い事に気がつく。床、ベッドの上、ベッド脇の出窓、そして本棚の上、パソコンデスクの上……おそらくは智美の手作りと思われるクッションや人形が沢山置かれているのだ。

（……そっか、だからかも、いかにも『智美の部屋だ』って感じがするもんなー。智美、こういうの作るの好きって言ってたし）

ベッドの上に置かれた大きなクマのぬいぐるみをぽむぽむと叩きながら、優子はそんな事を考える。顔の表情や着ている洋服などもしっかり造ってあり、本当に好きで作ったんだろうなーというのが伝わってきていい感じのぬいぐるみである。

（可愛いなー、これ。私にも何か作ってもらおうかなぁ。出来れば馬で……テイエムオペラオーとか）

ぬいぐるみを手に取りながら、勝手な思いを巡らせる優子。その競馬歴が偲《しの》ばれる馬名だ。

そうしてしばしの間、優子はクマのぬいぐるみをもてあそんでいたのだが、それに飽きると次に本棚の上に置かれた犬や猫のぬいぐるみたちに視線を移す。そしてそれにも飽きると、今度はパソコンデスクの上に並べられた、小さめの人形たちへと視線を向けた。

（……ん？）

　パソコンのディスプレイの脇に並べられた、三頭身くらいの小さな人形たち。全部で七、八体はあるだろうか。動物ではなくて、何やら騎士や妖怪《ようかい》のようないかついデザインの物が多く、室内に置かれた他のぬいぐるみなどと比べて少し違和感を覚える。

　だが、優子がその時人形に目を留めたのは、違和感がどうこうという訳ではなく、もっと単純な理由からだった。

「これ……」

　優子は人形の中でも、もっとも目を惹《ひ》く一体に手を伸ばす。ちょっと長めの髪を、赤いビーズで留めてポニーテールにした、女の子の人形。服装は何だか異世界風だが、髪型と輪郭、そしてくりくりとした大きな瞳に、どこか見覚えがある。

　──というより、ハッキリいって優子に似ている。

（うわー、これ、めっちゃ可愛いー！）

　と、優子が自分によく似た人形を見ていると、ちょうど智美が両手に漫画を抱えて戻ってきた。

「──ゆうちゃん、何だか『島耕作』って沢山あるからどれがいいのか良く分からなかったんだけど……『課長』の島耕作でいいのかな？　とりあえず十冊持ってきたよ──って、あああ、な、何見てるの⁉」

「何って？　この人形だよー。超カワイイー」

「だ、だめ！　それはだめ！」

智美は漫画をベッドに置くと、慌てて優子の許に駆け寄って人形をひったくった。見るからに動揺しているのだが、それでも漫画を放り投げたりしないところに育ちの良さを感じる。

「何でー？　なんか、智美の家は禁止事項が多いなあ」

「……だって、これは──」

「これは？」

「……恥ずかしい、から……」

顔を真っ赤にして、小さく呟く智美。優子は口を尖《とが》らせる。

「別にいいじゃん、ていうか何が恥ずかしいのか理解できない。智美が手芸好きなのって、前から聞いてたよ？」

「手芸がどうとかじゃないの、とにかく、これはダメなの」

「えー、ていうか私その人形、欲しいなー。くれ」

「……だめ」

「欲ーしーいー」

「……あの犬なら、あげる」

智美はうつむきながら棚の上を指差し、パイプをくわえた眠たげな表情の犬のぬいぐるみを代替物として提示する。だが、優子はきっぱりと首を振った。

「やだ、犬より私の方がカワイイもん」

「こ、これは、ゆうちゃんじゃないの。似てるけど、微妙に違うの」

「微妙な違いなんて気にしないからー」

「…………」

「…………」

しばらく、無言の攻防が続く。

だが、やがて観念したかのようにがっくりとうなだれると、智美は優子に人形を差し出してくれた。

「わーい、ありがとー智美！　うれしー！」

「……ゆうちゃんには、勝てないよ……」

苦笑交じりにため息をつきながらも、智美はまだ少し恥ずかしそうにしている。

優子はちょっと申し訳なさそうに照れ笑いした。

「ごめんね。でも嬉しいよー、マジでありがと」

「いいよ、そんなので喜んでもらえるなら。ちょっと恥ずかしいけど……」

「あ、どうせだからストラップ風に紐《ひも》つけてくれると嬉しいんだけどな。ダメ？」

「……はいはい、もう何でも言って……。それじゃ漫画でも読んでてね。その間につけちゃうから」

「うぃー」

そして、智美は手芸道具一式をクロゼットから取り出すと、人形につける紐を選び始める。

優子はベッドに腰掛けて漫画を読み始め、しばらくは静かな時間が流れる。

だが、そのうちに、智美が少し躊躇《ためら》いがちに口を開いた。

「……ねえ、ゆうちゃん」

「……ん？」

「昼休みの時は……ごめんね、ホリィさんと、あんな風になっちゃって——」

「ん？ それがどうかした？ ていうか智美に謝られるような事、何もなかったと思うけど」

優子が漫画から顔も上げずに軽く応えると、智美は感激したように少し声を詰まらせる。

「……ありがと」

「どういたしまして」

「……ひょっとして、部活休んで家に来てくれたのも、私を気遣ってくれたからなの？」

「あはは、何それ？ その前からサボるって言ってたじゃん」

「……うん、でも、ありがと……」

「——あーもう。あのさあ、智美。そういうノリ、やめてよ」

漫画から顔を上げると、優子は少しきつい口調でそう言った。立ち直っていたのかと思いきや、やはり智美は相当落ち込んでいたらしい。予想通りというか、変なところで期待を裏切らない友人だ。

「別に、智美にそんな事でお礼言われても、嬉しくなんかないんだってば。それで私が喜ぶと思ってるんだったらやめてよね。ていうか智美って、そういうつまんないことで気を遣ったりするから損するんだよ。昼休みの時だって、よせばいいのにホリィみたいなのに構ったりするから」

「だ、だって、ホリィさんは――」

「あ？　ホリィがなに？　まさかあいつの周りで何人も人が死んだってウワサ聞いて、可哀想だと思ったからとか？」

それを聞いて、智美はびっくりして顔を上げる。優子はそんな智美の表情を見てから、諭すようにこう言った。

「ったく、アンテナ低いんだから……。あのねえ、はっきり言って、それってウチの学校じゃ結構有名な話だよ。クラスでも、多分知らなかったの智美みたいに部活入ってない連中だけだと思う。みんな、ずっと前からあいつの事情知ってて、それでもあいつに構わないでいたの。いきなり同情して話しかけたりしたの、智美だけだよ」

「うそ……」

優子の言葉に、智美は「信じられない」と言った風に目を瞠る。

雪村から話を聞いた時、ホリィが、独りで、辛くて重い過去に耐えている事を知った時、智美は自分に出来る範囲で何かをしてあげたいと思った。クラスメイトだから、それが当然だと思ったのだ。そして、他のクラスメイトたちがホリィを避けているのは、そうした事情を知らないせいに違いないと、勝手に思っていた。

だが、優子はそんな智美の思い込みを、きっぱりと否定する。

「嘘じゃないって。私から見りゃ、智美の方が嘘みたいだよ。だって、いくらホリィが可哀想でも、そんなのあの子の個人的な問題じゃん、何で智美が気を遣わないといけないのよ?」

「そ、それは——」

「——それは、自分の中学時代とダブッて、見ているだけでも辛いからなの……とかそういうわけ?」

「……!」

智美はハッとして顔を上げた。

優子はそれを見て、深々とため息をつく。

「おいおい、これも図星かよ……。ほんと、そういうとこ分かりやすいね、智美って……」

呆れたように呟きながら、優子は頭を掻いた。

智美が中学時代、不登校だったということを、優子は知っていた。なぜなら智美が、自分からそのことを打ち明けていたからである。出来れば言いたくない、智美にとってはかなり恥ずかしい過去だったが、優子にはどうしても伝えておきたかったのだ。そんな自分に、高校で友達が出来たとき——どれほど嬉しかったのかを。

優子はそのことを聞いた後も、特に智美に対して態度を変えることはなかった。これといって気を遣う素振りも見せない。それどころか、そのことをたまにギャグのネタにすら使った。

「あーあ、私も不登校になりそうだわ」とか、「私は智美より大人だしー。特に身長とか」などと平気で言う。智美にとっての深刻な悩みも、優子にかかると悩むこと自体がおかしいような、ちょっとした小ネタなのだった。

そして、普段なら優子のそうした態度は逆に嬉しかった。軽蔑や、同情で応えられるくらいなら、小ネタでいい。蔑《さげす》みの視線で見られるのも、慰めの視線で見られるのも、結局は同じ「心の傷を覗き込むような行為」には違いないのだから。そうした反応を示されるくらいならば、いっそ、そのどちらでもない態度で接してくれる方が、よほど気が楽だった。たとえネタとしてはあまり笑えなくても。

ただ、さすがにこうして真剣に話し合っている時に、ズバリそうした話題に触れられると、智美は動揺せずにはいられなかった。

「それは……ち、違うよ、そういうのも、大きいけど、だけど、ホリィさんに話しかけたの、それだけじゃないよ。だって可哀想じゃない……自分の周りで、そんな大勢、人が死んじゃうなんて……。ホリィさん、傷ついて、辛い思いをしてるはずなのに……」

「うん、そうだね。だからみんな、最初は声かけてたじゃん。編入したばっかの頃はみんな詳しい事情なんて知らなかったけどさ、でもちゃんと声かけてたじゃん？　だけど、ホリィが自分の意志でそれを拒んだんだよ。いい？　あの子の周りで人が死んだのは、そりゃ可哀想だなーって私だって思ってんの。そこんとこ誤解しないでよね、私だってそれほど薄情な人間じゃないつもりだし。だけど、それとホリィがクラスで孤立してんのとは別問題でしょうに。クラスでの問題は、間違いなくあいつ自身の態度が悪いからああなってんの。智美が気を遣わなきゃいけない理由なんてないの、何故ならあいつの責任だから。ていうか智美、あんたお人好しすぎ。泣いたくせに」

「そ、そうだけど……」

言葉を詰まらせ、うつむく智美。そんな友人の姿に、優子は少し口調を和らげる。

「……まあ、ホント言うと、私は智美のそういう優しいとこ好きだし、いいなーって思ってるんだけど。だから余計に、ホリィみたいな奴は許せないっていうか。いくら自分が辛い思いをしてるからって、あれじゃ最低じゃん。あいつが構って欲しくないって言ってんだから、お望み通り放っておいてやればいいのよ。つまり、あいつのために智美が悩んでやる必要もなし。OK？」

智美は、優子の言葉を噛みしめるかのように、少しの間押し黙っていた。

しかし、しばらくすると弱々しく笑って、自分の中で何かを吹っ切るようにこう言った。

「……そうだね、そうかもしれないね。……ありがとう、ゆうちゃん」

「いえいえ、どういたしまして」

それから、優子は再び漫画を読み出す。智美はその傍《かたわ》らで人形に紐をつけていたが、すぐにそれを終えると、「お茶を持ってくるね」と言って部屋を出て行ってしまった。

一人部屋に残された優子は、その間も熱心に漫画を読み続ける。だが、不意に鳴り響いた携帯の着信音によってそれを中断されてしまい、不機嫌そうに舌打ちした。ポケットから渋々携帯を取り出し、液晶表示画面を見ると、電話の相手は——敷島咲希。

(う……何かすげーイヤな予感する)

優子はしばらくの間引きつった表情で画面を見つめたが、さすがに無視するのも何なので、諦めたように通話ボタンを押した。

「あー、もしもし。優子だけど」

「優子？　咲希だけど——ちょっとあんた、何で部活サボってんのよ⁉　先輩たちマジ怒っててシャレんなんないよ！」

「あははは、マジで？　やばかったかなー」

「笑い事じゃないって！　いまどこ？　ていうか、いまからでもいいから部活に顔出してよ……。こんな日に限って優子以外にも練習サボってる奴いてさ……最悪だよ、もう先輩たちのキレ具合ハンパじゃないんだから！　おかげで部活に顔出した私らがとばっちりで筋トレやらされてんだよ⁉」

それを聞いて、さすがに優子も後ろめたい気分がしてきた。

「あちゃ……それは、ごめん、悪い事したわ。でも、今もう友達ん家だし。学校戻っても練習ほとんど終わってる時間っしょ？　明日はちゃんと出るからさー、みんなにもそんとき謝るよ。今日はカンベンってことで」

「ちょっと、友達の家って——信じられない！　こんな時に何考えてんのよ⁉　優子がそんな調子じゃ、先輩たちますます態度でかくなるだけでしょう⁉　今日だって、優子がいてくれたら絶対こんな事にならなかったんだよ⁉　先輩たち、優子には警戒してるんだから——」

「警戒って……おいおい、私は危険物かよ」

「とにかく……お願いだから、もうちょっと考えてよ。サボるならサボるで、前もって言っといてくれれば口実くらい考えたのに。ただでさえ今は雰囲気悪いのに、優子がそれじゃどうにもなんないよ」

ていうか咲希、私を使ってどうにかしようとするなっつーの——と優子は喉元《のどもと》まで出かかったが、サボってしまったという負い目があるので、ひとまず堪えた。ちらりと腕時計に視線を向けると、いまは午後四時十三分。ダッシュで戻れば、五時くらいには学校にたどり着けるかもしれない。気は進まないが、咲希のヒステリックな言動から察するに、自分が顔を出さなければ一年生の立場がますます悪くなりそうな状況なのだろう。

優子は口許をひん曲げてこう言った。

「……分かったよ、んじゃ今から速攻で戻るから、先輩たちには適当に言っておいて」

「本当!? お願い、早く来てよね！」

「りょーかい」

通話を切ると、優子は内心の苛立ちを持て余すかのように、荒々しく肩を揺すって、大きく息を吐く。そして、智美が紐をつけてくれた優子の人形（厳密には違うらしいが）をポケットにしまい、自分のスポーツバッグを担ぎ上げると、早足で智美の部屋を出た。

「……あれ、どうしたの、ゆうちゃん？」

お茶とお菓子を並べたお盆を抱えた智美が、階下から不思議そうに訊ねてくる。優子は階段を下りながら申し訳なさそうに応えた。

「ん……なんか、部活サボったのがやっぱマズかったらしくてさ、呼び出しかけられちゃったんだわ。『今からでも練習に顔出せ』って」

「そう……」

少し、視線を落とす智美。優子にとってはこちらもかなり後ろめたい気分にさせてくれる図だったが、かといって先輩にイビられている部活仲間を放っておくのは、さすがに気が引ける。

優子は智美に向かって手を合わせた。

「ごめんね、せっかくお茶いれてくれたのに」

「ううん、そんなの気にしないでいいよ——あ、そうだ、人形は……？」

「しっかり頂いたよん、ほら」

優子はにいっと笑ってポケットから人形を取り出す。それを見た智美はまだ少し恥ずかしいのか、ちょっぴり赤面した。

「……それじゃ、ゆうちゃん、行ってらっしゃい」

「あはは、何だかいいなー、それ。んじゃ、行ってくるね」

そう言って智美に軽く手を振ると、優子は沢村家の玄関を飛び出した。脚力には自信があるものの、通い馴れた道ではないだけに、急がないと駅まで行くだけで時間を食ってしまう。

（あーあ、かったるい……）

軽快に地面を蹴る脚の動きとは裏腹に、優子の内心はだるい気分で一杯だった。

軽い気分で、バスケが好きで部活を始めたはずなのに、いまの気分は実にヘビーでちっとも楽しくない。智美と一緒にだらだら過ごす時間の方が和んでいるし楽しいと思ってしまう時点で、やっぱり何か違うよな、と優子は思う。

（部活、マジ辞めっかなあ……）

真剣に、優子はそう思い始めていた。今朝駅前で会った時も、さっきの電話でも、咲希がやたらと自分を前面に押し立てて上級生と対立しようとしている感じがするのが、非常にうざったい。

優子だって、咲希と「バスケ」をするのは好きなのだ。中学の時には同じ部に彼女のように背の高い女子がいなかったため、試合の中で高さを活かした攻めや守りが出来なかった。だから咲希と出会った時、単純に嬉しかった。こんな背の高い子がいるなら、ちょっとくらい周りのレベルが低くてもそれなりに楽しめそうだな、と思った。そして入部後、一緒に練習をしていく中で、彼女が背が高いだけでなく、しっかりとした実力の持ち主であることを知った時にはなおさら嬉しかった。今年はともかく、彼女と一緒なら来年は少しくらい上のレベルを目指せるかもしれないと、そんな夢すら抱かせてくれる。咲希の方でも優子の実力を評価してくれているらしいので、その事だって素直に嬉しい。

――だが、もうこれ以上、咲希と「部活」をするのは耐えられないかもしれない。

（楽しくないんだよ、こんなの……ああもう！）

信号で立ち止まり、苛立ちながら行き交う車を見つめる優子。その時、携帯が鳴った。また咲希かなあ、と内心で身構えつつポケットから取り出すと、

メール受信　1件
5月　17日（火）　16時20分
送信者:沢村智美

ゆうちゃん、今度はゆっくり遊びに来てね。部活、がんばって！

「…………」

信号が青に変わっても、優子はしばらくの間、気付かずに液晶画面を見つめていた。

じーんと来てしまった。

自分の心の弱まっている部分に、直球ど真ん中という感じのメールを送られてしまった。

（……そだね、もうちょい、頑張ってみますわ……）

少しだけ、気を取り直すと、優子は駅までの道を再び走り出すのだった。

——そして、それから二時間後。

バスケ部に途中から顔を出し、先輩たちからここぞとばかりに嫌みの洪水を浴びせられた挙げ句、みっちりと筋トレをやらされた優子はへとへとになりながら学校を後にするところだった。咲希や他の一年生部員から寄り道に誘われたが、疲れた身体で友人と愚痴や悪態のボキャブラリーを競うような余力はなく、適当に理由をつけて誘いを断り更衣室を出る。咲希はそんな優子の態度にまたもや何か言いたげだったが、サボりの罰と称して他の部員たちよりかなり多めの筋トレをやらされた優子は一刻も早く家に帰って横になりたかったので、気にしない事にした。

がくがくと膝が震える脚を引きずるようにして、優子は何とか校門前のバス停へと歩いて行く。時刻表を見るとちょうどバスは出てしまったところで、次のバスまであと二十分近く待たなければならないようだ。優子はそのタイミングの悪さに脱力感を覚え、学校の塀に倒れ込むようにして背を預ける。

（……はは、ついてねー）

すっかり暗くなった空を仰いで力無く笑うと、優子はブレザーのポケットから携帯を取り出す。智美がくれた人形を装着済みなので可愛さ満点。馴れた手つきで短縮ダイヤルを押し、耳元に押し当てて智美の声が聞こえてくるのを待つ。

何だか無性に、智美と、どうでもいいような、くだらない話が、したかった。

だが、何故か智美は電源を切っているらしく、留守電に繋《つな》がってしまったので、優子は適当にメッセージを入れると携帯をしまう。

（バス……早く来ないかなぁ……）

優子はバスが来る方向の道路をぼんやりと見つめながら、小さくため息をついた。

そして、

――その日、結局、智美からの返信はなかった。

6

——もう、気にしない事にしよう。

優子が帰った後、彼女の携帯に短いメールを送り、本を片づけた後、智美は少し悲しい気持ちでそう思った。

もう、ホリィ・ブローニングに近づくのは、やめよう。

ホリィ本人にああまで強く拒絶されてしまっては、いくら担任の頼みでも、いくら智美の勇気と優しさを総動員しても、とりつく島がない。優子にも強く言われた上に、しかも彼女の言い分がもっともだと思った。

もともと、自分は気が弱いし、さほど仲が良いわけではない相手に声をかけるだけでかなりの勇気を必要とするのだ。その精一杯の勇気を、あまりにも冷徹な言葉で突き放されてしまったショックで、今日は教室で人目もはばからずに泣いてしまった。

ホリィのために、自分の出来ることをしようと決意してからたった一日しか経っていないというのに……我ながら情けないと思うが、それでも、限界だった。

彼女の事が、怖かった。あっさりと他人を拒絶出来る、その強さが怖かった。

——いい気なものね、私を可哀想な人って事にして同情していれば、あなたの親切心だか優越感だかは満たされるんでしょうから。

昼休みに、容赦なく投げつけられた言葉。

自分の、本当の気持ちを、容赦なく指摘されたようで、心が痛かった。

何も言い返すことが出来なかった。

心のどこかに、彼女に同情する事で充足感を得ている自分が、確かに存在していたのだ。

だから——

(……ああ、やっぱりダメ。もうやめよう、考えないようにしなきゃ)

小さく首を振ると、智美は思考の泥沼から抜け出す努力を始めた。気を抜くと泣いてしまいそうな自分を、懸命に鼓舞しながら、智美はパソコンの前に座る。

優子の言う通りだ。

ホリィのために、自分が悩む必要なんて、本当はどこにも無いのだ。

ホリィの問題だ。智美には関係ない。ホリィがクラスで孤立する事を望んでいるのだから。好きにさせてやればいいのだ。そのせいで彼女が傷つこうが、もう知った事ではない。

——いくらホリィが可哀想でも、そんなのホリィ個人の問題じゃん、何で智美があいつに気を遣わないといけないのよ?

優子は、さも当然といった口調でそう言っていた。中学時代のクラスメイトも、智美を見ながら同じ事を思っていたのだろうか。

(……そうなんだろう……ね、きっと)

智美は、椅子の上で膝を抱きながら、力無く笑った。教室で孤立しているホリィの姿を見ていると、昨日まではまるで逆の感情が――あんな態度でいる彼女自身が悪いのだという気持ちが湧《わ》いてくるのは、否定できなかった。

……ホリィが、悪いのだ。

そのせいで彼女が傷つこうが知った事ではない。それすらも、彼女の責任なのだ。かつての智美と、同じように。

それを思うと、また悲しくなってきた。

いまのホリィがクラスで孤立して当然なら、中学時代の智美も、他人からそう見えたに違いない。孤立して当然、傷つくのは自分の責任、そうなることを自分で望んでいるようにしか見えない生徒だったに違いない。

しかし、智美はあの時、本当は友達が欲しかったのだ。もしもあの時、自分のそんな気持ちに気づいて優しく声をかけてくれる人がいたなら……と今でも思ってしまう。いまはもう高校に入って、友達も出来たというのに、それでも折に触れ思ってしまう。もしもあの時――と。

だからこそ、智美は勇気を出してホリィに声をかけたのだ。

だが、それを拒絶されてしまった以上、智美にはもう、ホリィとこれ以上向き合っていくだけの自信はなかった。クラスで孤立する事の痛みや怖さを知っているだけに、ホリィの姿を見ていると心は痛むが、自分がそうして心を痛める事自体が、ホリィにとっては屈辱なのだろう。その事を昼休みの一幕で、痛烈に思い知らされてしまった。

優子の言う通りだ、あとはホリィの問題で、智美には無関係と思うしかない——と、智美はそこまで考えた時点で、悩むまい悩むまいと思うがあまり、一生懸命同じ事で悩んでしまっている自分に気づいた。しかも、考え抜いて出した結論は、優子に言われた事と全く同じであり、ちっとも進歩がない。頭の中で、同じところを、ぐるぐる廻っている。

智美は大きくため息をついた。

（……ああもう、本当にこれで、うじうじタイム、終わり。気持ち切り替えなきゃ）

ぺちっと両手で頬を叩き、多少無理して笑顔を浮かべると、智美はパソコンの電源を入れた。心の中の鬱屈《うっくつ》した気分を、思いっきり創作にぶつけようと思ったのだ。

（あ、でもその前に……）

パソコンが起動すると、智美は一度インターネットに接続する事にした。この間、少し小説の手直しなどをしたので、ｗｅｂリングの仲間たちから感想の電子メールが届いていないかどうかを確認したかったのである。一度パソコンの電源を入れると、ついついそのまま長時間、創作やネットサーフィンに没頭してしまう癖がある智美としては、夕食前にパソコンを起動することに若干の躊躇《ためら》いは感じつつも……読者からの感想が読みたいという欲求には勝てなかった。「面白かったです」という一言が欲しくて、智美は小説を書き続けているのだから、これぱっかりは仕方がない。何通のメールが届いているかなー、とちょっぴりわくわくしながらマウスを操作し、メールの受信チェックボタンをクリックする智美。

だが、

——次の瞬間、画面を見つめる彼女の表情が強張《こわば》った。

「……なに……これ……？」

ディスプレイの中に、何か得体の知れないモノを見たような気がした。

……メールの受信が、なかなか終わらない。

通常なら数秒で終わる筈のメールチェック作業が、一分以上経過した今もなお継続中だ。

読者からのメールは、届いていた。智美の期待に応えてか、とても沢山のメールが届いていた。


だが——その量が、明らかに異常だった。

普段ならば多くても一度に五、六通しかメールが届くことのない彼女の電子メール受信箱が、今では二百通を越えるメールを受信して溢れんばかりの状態になっているのだ。

そのほとんどが、知り合いからのメールではなかった。

恐る恐る、その中の一通を開いてみる。

※

件名・「つまんねえ」
差出人・通りすがりの者

あんたの小説、読んだよ。

クソつまんねえ。

何が「黒騎士物語」だ、バカか、お前。

よくこんなヘボい小説を人前に晒《さら》せるな?

恥を知れ、恥を。

※

大量に届いたメールの、そのほとんどが似たり寄ったりの内容だった。罵倒《ばとう》、悪態、揶揄《やゆ》、皮肉、嘲笑《ちょうしょう》で綴《つづ》られた短い文章が百通以上。あとは脈絡のないダイレクトメールが数十通。

それは、あまりにも唐突で、しかも明確な悪意を伴った、作為的な嫌がらせだった。

誰がこんな事を仕掛けたのかは分からない。

だが、偶然にこんな事が起こるはずはない。

「酷いよ……こんな……」

次々に中傷のメールが届くディスプレイを見つめながら、智美はぼろぼろと涙を流していた。

悲しかった。

どうしてこんな事になったのか、理由が分からなかった。自分の小説が単に面白くなかったのだとしても、何故いきなり、こんなに大量の嫌がらせメールが届いたのか、その理由が分からないのだ。悲しいのを通り越すと、今度は不安で、恐ろしくなってくる。

だが、大量に届いたメールの中に、ｗｅｂリングで親しくしていた知人の名前を発見し、そのメールを読んだ時、ようやく疑問が氷解した。

※

件名・「智美ちゃん、大丈夫？」
差出人・冴子《さえこ》

智美ちゃんへ
お久しぶり、冴子です。最近ちょっち仕事が忙しくて執筆サボり気味だったワタクシなんだけど、智美ちゃんは元気にシリーズ再開してたみたいね。あー、私も頑張らねば……若い智美ちゃんと違って、二十代後半の私には残された時間が少ないというのに。

ただ、さっきネットを巡回していて気になる事がありました。少し言いづらいんだけど、悪いことが起きる前に伝えておきます。

智美ちゃん、「ザ・さらし者！」っていうアングラ系のホームページ、ご存じですか？

これは、色々な人が個人的な趣味でやっているホームページを、無関係な第三者が悪意を込めて嘲笑するっていう、悪趣味なホームページです。たとえば、家族で仲良く写っている写真を公開したホームページがあれば、それを一方的に「バカ一家」呼ばわりして取り上げたりするような……。低劣ですよね。だけど、非常にアクセス数の多い、雑誌とかでもよく取り上げられる有名なページなのです。

――そこに、貴女のページが「今週のさらし者」として登録されていました。

一日に数千人、悪意を持った人が覗くホームページで取り上げられてしまったのですから、多分、そのうち智美ちゃんのところに、嫌がらせのメールとかが、沢山届くようになると思います。ううん、ハッキリ言います、届いているハズです。何故なら貴女のホームページからリンクを張られてる、私たちのｗｅｂリングに所属してる仲間のほとんどが、すでに誹謗《ひぼう》や中傷に満ちたメールを受け取っているからです。

これからしばらく、大変なことになるかもしれませんが、何かあったら私たちが相談に乗るから、頑張ってね。

誰が何と言おうと、私は智美ちゃんのファンだから、応援してるぞ！

……何が原因でこういう事態に陥ったのかは判明したが、何の救いにもならなかった。智美の許に送られてくる誹謗中傷のメールは跡を絶たず、中にはご丁寧に件《くだん》の「今週のさらし者」のURL（ホームページを表示するための文字列）を付記しているものまであった。

※

※

「ザ・さらし者！」


――ハァイ！　エブリバデ！

マイケル坂口がお送りする他力本願エンターテイメント、「ザ・さらし者！」。

あんたはこのホームページを168452321番目に訪問したイカレポンチだ！

さて、インターネットをやってると、何だか「イヤーン！　見ているこっちがハズカチー！」って気分になるような、イタい人たちを見つける事がよくありまス！　あるよネ？

ていうか今このページを見てるキミに「NO」とは言わせまセン！

ネットアイドル気取りのブサイク女！　作家気取りのシロウト物書き！　クリエイター気取りの電波くんなどなど！　モニターの前で我々を悶死《もんし》させてくれちゃうステキな彼らの情報を、マイケルが毎週さらし者に——あわわ、広く一般に公開しちゃうヨ！

今週スポットを当てたいホームページはコレ！

もーあまりの凄さに百戦錬磨のマイケルも失禁寸前！　かなりの破壊力だから覚悟するように！

「沢村智美のホームページ　幻想の梢《こずえ》」

こいつは凄いんダ！　この沢村智美さん、「いつかプロ作家になるぞ！」という、本気だとしたらちょっとヒネリなさすぎるだろオイ——じゃなくて、とても分かりやすい表現を心がけていらっしゃる方々が集まりそうなwebリングに入っていらっしゃるんですが、その中でも智美さんが書かれている小説はピカイチ！　目指すだけなら個人の自由とはいえ、プロへの道はかなり遠いと思われますっていうかボク眠いよパトラッシュ！

もーいまどき同人誌でも見かけないようなコテコテのファンタジー（もどき）小説！　しかも「第一部だけで原稿用紙換算で一〇〇〇枚越えちゃいました（汗）」とかって、シロウトのくせにいきなりボリュームで勝負してくれちゃう根性がイカシてまス。ていうか誰が読むんでしょうかそんなの？　マイケルは最初の一〇行くらい読んだところで精神汚染されそうだったので慌ててブラウザ閉じましたサ！　しかも最近になって第二部も始まったらしいですが、根性ナシのマイケルではそこまで読む気が起きませーン！

　ていうかこの沢村智美さん、ネットで本名を後悔——じゃなくて、公開しちゃってるけど、平気なんですカ？　つーか、正気？　高校一年生の沢村智美さんってだけで、個人を特定するめっちゃ有力な手がかりになってしまうような気がするのはマイケルの気のせい？　オー！ソーカモネ！　マイケルってばちょっぴり五月病っぽいシ！　いくら沢村智美さん（高一）が自分で個人情報を公開してるからって、ストーキングとかしたらマイケルがゆるちゃないぞ～？

←このホームページをご覧になった感想は、ゼヒこちらまで！

感想文投稿者:智美ファン
「沢村智美ページ」、見てきました。

いやー、私は彼女のファンになりましたよ。

マイケルさん、素晴らしいホームページを紹介してくれてありがとう！

なんたって主人公の名前がいきなり「ランスロット」！　どうですこのセンス！　騎士だからランスロットですか智美さん！　どっかで見たような名前だと思うんですけど智美さん！

つーか、いきなりそこでパクリですか智美さん！

物語の序盤から早くもオリジナリティとかそういった議論を行う余地がなくなっているなんて、斬新《ざんしん》な演出です！

ただ、十行で力尽きるなんてマイケルさんは根性無さ過ぎですね。私は二〇行くらいまでは意識を保ちました。そこから先は木星からの毒電波が強くなってきたので読めませんでしたが……。

ていうか、こいつ多分、男でしょ。

アクセス数稼ぎたくて、女のフリしてんじゃねえの？

感想文投稿者：オタク女きらい

へったくそな小説書いて、ｗｅｂリングの仲間同士で褒めあって作家気取り？　気色悪いな、こいつ。

それからこれ、本名かどうかは別にしても、やっぱり女だと思うよ。ホームページに人形の写真とか載せてるじゃん。男がシャレでやってるにしては、手がこみすぎ。

感想文投稿者：名無しさん

あの小説を２０行も読んだなんて、さすがファンを名乗るだけありますねー∨智美ファン

さん
私は、彼女があとがき（？）のところで、自分の作品に浸りきった文章を書いてるの見た瞬間、背後霊から強い警告を受けてしまい、それ以上読むことができませんでしたよ。
こういう連中見てるといつも思うんですけど、自分に酔えるって、安上がりでいいっすね。

感想文投稿者：智美ファン2号
智美さんが「感想メール下さい」とか書いてたから、思わず書いちゃいました。「つまんねえ」って。やべえ、正直すぎるぞオレ。
あと、ここで話題になってるってこと、ついでに報告しておきましたよ。

※

……その日、智美はｗｅｂリングの知人たちに、脱退を申し入れるメールを書いた。

幾人かの仲間達は引き留めてくれたが、結局その日のうちに受理された。恐らく、仲間内にも相当な量の中傷メールが送られたのだろう。

ホームページは閉鎖した。パソコンの中に残っていた小説のデータも、全て消去した。

バカみたいだ、自分は何て恥ずかしい事をしていたんだろう、あんな風にさらし者にされてしまうような小説を、自分は得意になって書いていたのだ——そう思うと、この世界から消えてしまいたいほどの羞恥心《しゅうちしん》が智美の全身を貫いた。仲間同士の身びいきを抜きにしたら、自分の小説は十行読むのすら苦痛な内容だったのだ、そんな程度の才能で自分はプロになりたいなどと思っていたのだ。

……とんだお笑い種だ。

いっそ死んでしまいたい気分だった。

もしもその日、携帯の留守電に入っていた優子の声を聞かなければ、智美は本当に手首を切るくらいの事はしていたかもしれない。夕方、大量の中傷メールに傷ついた智美は、周囲との接触を完全に断ちたくて、一度携帯の電源を落としていたのだが、それでも深夜、ぼんやりとした表情で再びその電源を入れてみたのは、やはり心のどこかで親友に救いを求めようとしていたのだろう。

留守電に、一件だけ入っていた、メッセージ。

「——あー智美？　優子だよー。バス来るまで暇だから、智美と話したかったんだけど、何で留守電なのかなぁ？　ま、いいや。また後でね」

何気ない、別にどうという事もない内容の優子の声が、スピーカーから聞こえてくる。

慰めの言葉でも、何でもない。だがその一言一言が、羞恥と悲しみで周りが見えなくなっていた智美の心を救ってくれた。

ネットだけが自分の世界じゃない。今の自分には友達がいる。今すぐ優子に電話して、目一杯泣いて、愚痴を聞いてもらえば、少しは気が晴れるかもしれない――そう思っただけで、智美は少しだけ気持ちが楽になるのを感じた。

そして――気持ちが楽になった分、敢《あ》えて優子には電話をしないで、自分の中だけで問題を処理する事に決めたのだった。

（……ゆうちゃんに、甘えてばっかりいられない……よね……）

智美は泣きはらした瞳の奥に、部活から呼び出しがかかったと言っていた時の、優子の憂鬱そうな表情を思い浮かべた。優子だって、自分の抱えている問題で、それなりに苦労しているのだ。いつも明るく振る舞っているから気づき難いが、バスケ部の人間関係がいま大変な時期なのだという事は、智美もそれとなく聞いている。そんな彼女に、自分のこんな恥ずかしくて情けない悩み事を言ったり出来ない。昼間だって、自分がホリィ・ブローニングに余計なお節介をしてしまった事が原因で、彼女に心配をかけてしまったというのに――。

……留守電に入っていた優子の声は、どこか疲れているようだった。

いまは、優子を頼ってはいけない。これは、自分の問題なのだから。彼女に甘える訳にはいかない。

こんな――つまらない事で。

智美は泣きながら、歯を食いしばった。

（……大丈夫だよ、私は、大丈夫……）
深夜、智美は小さなゴミ袋を手にして、家を出る。
そしてゆっくりとゴミ収集場まで歩み寄ると、
（……さよなら、みんな）
内心で呟き、智美は手にしたゴミ袋を投げ捨てる。
袋の中には、自分の小説に登場するキャラクターたちをイメージした、人形たちが入ってい
る。優子と出会うまで、智美の孤独を癒してくれていたのは、間違いなくこの人形たちだった。
いつかこのみんなを、ちゃんとした本の登場人物として、多くの読者に知ってもらいたいと
思っていた。
だが結局のところ、この人形たちは智美の妄想の産物でしかないのだ。他人から見れば、嘲
笑の対象にしかならない存在なのだ。
その事に、今日、気づかされてしまった。
だから、閉鎖して、消去して——捨てたのだ。
実現しないと分かっていながら背負うには、智美の抱いていた夢は大き過ぎた。嘲《あざけ》られ、馬
鹿にされながら未練たらしく夢を抱え込むくらいなら、いっそすっぱり諦めてしまった方が
ずっと楽だ。
智美はゆっくりと、人形たちに背を向けた。家に戻る途中、とめどなく溢れる涙を何度も何

度も拭《ぬぐ》った。

――それが、智美と、原稿用紙千枚を超える夢を共に過ごした人形たちとの、最初の別れだった。

第四章

1

雪村和彦《ゆきむらかずひこ》は泣きじゃくっていた。車の中で、膝《ひざ》の上に載せたノートパソコンの画面を覗《のぞ》き込《こ》みながら、子供のように顔をくしゃくしゃにして。

消えてしまった。彼女のホームページが消えてしまった。何度アクセスしても、表示されるのは「このホームページは閉鎖しました」という無機的なメッセージだけ。それから何度アクセスを繰り返しても、何度も何度も何度も何度も何度も繰り返しても、結局彼女のホームページは閉鎖されたままだった。ほんの数時間前まで、彼女が楽しげに自分の小説を公開していたネット上の空間はもう、消えて無くなってしまったのだ。悪質な煽《あお》りに乗せられるがままに彼女を中傷した、心ない者たちのせいで。

「……酷《ひど》すぎる……！」

雪村和彦は両の頬《ほお》を伝う大粒の涙を拭《ぬぐ》おうともせずに、画面に表示された「閉鎖しました」の文字を眺め続けていた。荒れ狂う激しい悲しみで、胸が張り裂けてしまいそうだった。

「……こんな、こんなことが……！」

瞳《ひとみ》を閉じ、雪村は嗚咽《おえつ》交《ま》じりに呟《つぶや》く。内心の想いが、しっかりとした言葉にならない。

彼女が何をしたというのだ、ただ自分の好きな小説を書いていただけではないか。小説を書くのが好きだから、いつかプロの作家になりたいと思っていた——ただそれだけではないか、他人から誹《そし》られるようなやましいところは一点もない。十五歳の少女が抱く夢としては、むしろ健全な部類だろう。

それなのに、悪意ある一部のネットワーカーたちは彼女をさらし者にして、笑い者にして、結果的にとはいえホームページを閉鎖に追い込んだのだ。雪村が心の拠《よ》り所《どころ》にして、毎日閲覧していた彼女のホームページを。

雪村が智美《ともみ》のホームページを発見したのは、ネット上の情報検索ページで、「沢村《さわむら》智美」と入力してインターネット上で彼女の情報を探してみたのがきっかけだった。これはインターネットに接続できる者なら誰でも利用できるサービスで、特定の語句——たとえば戦史に興味ある人ならば「太平洋戦争」などという単語を入力して、そうした情報が含まれているホームページを探し出して一覧を表示する事が出来るシステムである。もちろんネット上に公開されたデータしか検索できないため、たとえば適当に個人名などを入力しても「該当するデータはありません」と表示されるのが普通だが、試みに入力してみた「沢村智美」という名前の検索結果は複数の、実に興味深い情報を雪村に提供してくれた。

それが、彼女が自分で運営していたホームページと、所属していたwebリングの存在だったのだ。

雪村は歓喜した。学校でしか会えない、しかも教師である自分の前ではいつも緊張気味な態度でしか接してくれない彼女が、自分の書いた文章を楽しげに公開しているホームページが存在したのだ。それを発見した時の感動を雪村は生涯忘れないだろう。ただネットに接続するだけで、彼女の私的な一面を綴《つづ》った文章に触れられるのである。学校の内外で彼女をつけ回し、盗撮した写真を眺める事だけが心の拠り所だった彼にとっては、夢のような発見だった。これで彼女のことをもっと知ることが出来る、彼女が普段何を考え、何を趣味とし、個人的な時間をどう過ごしているのか——容姿だけではなく、彼女の内面に踏み入った情報を得ることが出来るのだ。そんな興奮はかつての恋人すら与えてくれなかったモノだった。

以来、雪村は智美のホームページを毎日閲覧していた。もちろん彼女が書いていた小説「黒騎士物語」は全てのデータを自分のパソコンへコピーし、原稿を印刷して何度も繰り返し読んだ。小説の出来に関して言えば、時折珍妙な表現や、ありきたりな演出、もしくは単純な誤字や、明らかに他の作品から影響を受けていると見られる部分があり、決してレベルが高いとは思わなかったが、雪村にとってそんな事は些末《さまつ》な問題である。

これは、あの沢村智美が書いた文章なのだ。かつての自分の恋人によく似た、あの沢村智美が。彼女の想い、彼女の夢、それを今、自分は読者として文章越しに共有しているのだ。その事実を思うと全身が震えた。まさに至福、恍惚《こうこつ》、忘我の境地であった。もう二度と表情を変えることがない写真の中の恋人とは違い、智美は日々生き生きと日常を過ごしている。未来を見つめ、前向きに頑張る姿を、画面を通じて伝えてくれる。

そして、雪村のかつての恋人も、明るく前向きな女性だった。

——似ている。

やはりかつての恋人と沢村智美はよく似ている。死んだ人間は決して生き返らないが、その代わり、酷似した存在が目の前に現れてくれた。

これはもはや奇跡だ。これ以上、何を望むというのだ。

恐らく雪村は、智美本人を除けば「黒騎士物語」にもっとも精通した読者だっただろう。登場人物の名前、性格付け、世界設定、及び物語——数十度に及ぶ再読の末に、彼はそのほとんどを把握するに至った。近頃第二部が始まり、その中に同じクラスの櫻井優子《さくらいゆうこ》がモデルとおぼしきキャラクターがいた事などは失笑したが、そうした身近な出来事が作品にすぐ反映されているのかと思うと、過去に書かれた部分を読み返す楽しさは倍増した。

「黒騎士物語」は全体的に暗いトーンの異世界物語で、登場人物には心に傷を抱えた者が多く、その上作中では戦争が繰り広げられているため、物語が展開すればするほどに人々の無惨な死が描写されてゆく。果たして智美がそうした物語を執筆するにあたって何を想い、何を投影しようとしたのか——そんな事を考えながら作品を読み解いていくのは心が躍る一時だった。

智美は中学時代不登校だったと聞くが、暗澹《あんたん》とした物語の背景には彼女のそうした個人的な出来事も、微妙に影を落としているのかもしれない。鬱屈《うっくつ》した精神状態の人間だからこそ、人がごろごろ死ぬような暗い話を書こうと思い立つのだろう。

しかし——

雪村がそうして智美の作品に触れていた日々も、もはや過去の事になってしまったのだ。

智美のホームページはもうない。閉鎖されてしまった。さらし者にされて。嘲笑《ちょうしょう》され、馬鹿にされ、恐らくは悪意に満ちたメールを大量に送られて。

いつも明るく近況を語ったり、小説の続きを発表していた智美。ｗｅｂリングの創作仲間たちと、夢を語り合っていた智美。

楽しそうだった。幸せそうだった。教室での地味で目立たない姿とは違い、ネットでの「沢村智美」は実に生き生きとしていた。

それなのに——彼女は、そうした自分をネット上から消去する道を選んだのだ。

どれほど深く傷つき、悲しんでいるのだろう。

それを思うと、雪村は涙が止まらなかった。智美を中傷した連中を一人残らず見つけだし、皆殺しにしてやりたいと思った。

（こんな……こんな事って……）

見つめるパソコンの画面に涙の雫《しずく》を落としながら、雪村はしゃくり上げる。

（まさか、ここまで思い通りになるなんて……！）

震える指で涙を拭いながら、雪村は喉《のど》の奥で低く笑った。

智美の哀《かな》しみの深さを想像すればするほど哀しく、そしてそれ以上に愉快だった。

ひとしきり同情的な気分に浸り、涙を流して偽善に満ちた充足感を得ると、その後はもう、心の底からこみ上げてくる笑いを堪《こら》えることが出来なかった。やがて我慢出来なくなり、肩を揺すり、声を出して笑った。恋人が死んで以来、心から笑ったのは今夜が初めてのことだろう。

――それほどまでに、予想通りの結果であった。

いくら自分で投稿したとはいえ、「ザ・さらし者！」で実際に智美のホームページが紹介されているのを見たときは雪村も驚いた。毎週百通以上もの投稿が寄せられるというあのホームページで、しかも初投稿で採用されるとは、実に運が良かった。もしも採用されなければ、似たような別のホームページに投稿を繰り返すつもりだっただけに、手間が省けたという点でも有り難い。

だが、どのみち時間の問題でこういう結果が訪れるであろう事を、雪村は智美のホームページを初めて見た時から確信していた。作者でありながら自分の小説に浸りきっている智美の姿は滑稽《こっけい》な事この上なく、さらし者として嘲笑するには充分過ぎるほどの「イタさ」を備えていたからだ。自分の小説に酔うあまり、それを見つめる他人が素面《しらふ》であるという事に思い至らない――いわば才能の自家中毒状態である。プロの作家でさえ、そんな醜態を晒《さら》せば熱狂的なファン以外からは失笑を買って当然、ましてアマチュアである智美がそんな事をすれば、それが他人の目にはどう映るのかは自明の理だろう。その程度の事に考えが及ばない貧困な想像力で作家を目指そうだなどと、その発想だけは少し面白かった。こうした面白さは、アマチュアの中でも「あくまでも趣味」と素直に割り切って、小説を書くこと自体を慎《つつ》ましく楽しんでいる人々には見られないモノである。

ようするに、街中で泥酔した酔っ払いが、通りすがりの人々から笑い者にされるのと同じだ。インターネットという公共の場で、自分に酔いしれた姿をさらせば、失笑を買うのは当たり前のことなのだ。

酔っ払いは言うかもしれない。

——俺は好きで酒飲んで、一人で楽しんでるだけだ。見るな笑うな馬鹿野郎。

沢村智美は言うかもしれない。

——私は自分が好きな小説を書いてるだけで、誰にも迷惑なんかかけてない。さらし者だなんて酷すぎる。

両者の主張は、似たり寄ったりだ。そんな人々を世間は嗤《わら》う。「だったらせめて、恥ずかしくないようにやれよ」と。酔ってる本人たちは気持ちいいのかもしれないが、公共の場でだらしなく酔っ払う人々に対して周囲が抱く嫌悪感は、ある意味正当なものだ。マナーを守らない一部の人間は、より多くのマナーを守る人間たちにとって迷惑な存在なのだから。

まして、智美が酔っていたのは自分の書いた小説、原稿用紙で千枚を超える彼女の妄想である。第三者が彼女と同じように酔う事など、原則的に不可能な代物だ。雪村のように、作品ではなく智美本人に個人的な思い入れを抱いていれば話は別だが、そんな読者は恐らく彼だけだろう。「ランスロットが〜」「シャリエラが〜」と智美が自らのホームページで感情を込めて語る度に、雪村は画面の前で失笑していた。いないよ、そんな君の妄想上の人格などに、同じように思い入れてくれる読者なんて、僕しかいないんだよ、と。失笑を越えて、思わず憐《あわ》れみの涙を流す夜もあった。

(可哀想な沢村……あんなに一生懸命書いて、あんなに想いを込めていたのに……!)

今夜も、雪村は涙している。彼女のために。彼女の物語のために。心から悲しみ、心の底から嘲《あざけ》りながら泣いていた。

そして恐らく、智美も今は泣いている。きっと泣いている。泣いているに違いない。

(そうだろ? そうだよな、沢村……?)

沢村家から少し離れた場所に停めた車の中から、雪村は智美の部屋を見つめる。智美の部屋は道路側に面しているので、観察するには絶好の位置だ。今日に限らず、恋人を失った哀しみに耐えきれない夜には、「代替品」の存在を少しでも近くに感じるため、雪村はこうして車から智美の部屋を見上げることにしていた。

しかし、今日ほど熱い想いを込めて彼女の部屋を見上げた日はかつてない。いま彼は、智美と同じ悲しみに震え、同じように涙を流しているのだ。結果として彼女のホームページが閉鎖される事になってしまったが、その喪失感が一層彼の気分を盛り上げてくれる。もう二度と、彼女が自分の小説について楽しげに語る文章は読むことが出来ないという、その痛みが——涙に変わる。それが心地よかった。

所詮《しょせん》、智美の綴った文章が雪村の孤独や心の傷を完全に埋めてくれるという事はないのだ。発見当初の熱はすっかり冷めてしまっていたし、これからホリィ・ブローニングを追い詰めるにあたって、彼女に演じてもらう役割を思えばこれは必要な処置だった。

（……哀しいだろ、沢村……？　その哀しみが、君を強くするんだ。嘆きに満たされたその心があいつと共鳴する時——君は『騎士』になる……。そうさ、そうすれば君はいまよりもっと古都子《ことこ》に近くなる……！）

時刻は深夜一時を回ったが、智美の部屋の窓からはまだ明かりが消えていない。彼女はまだ泣いているのだろうか。あるいは、今夜は悲しみのあまり眠れぬ夜を過ごすのだろうか。だとしたら、それもいいと雪村は思った。ここで朝まで、彼女の部屋を見つめていようと——。

だが、その時である。

「…………！」

雪村は沢村家から出てくる小さな人影に気づき、思わず目を瞠《みは》った。

彼女だ。

沢村智美が、小さな袋を手にして家を出てきたのだ。夜目にもそれと分かるほど悄然《しょうぜん》と肩を落とし、手に持っていた小さな袋をゴミ収集場に放り投げると、時折目元に手をやりながらとぼとぼと家の方へ戻って行く。

（何だ……こんな夜中に何を捨てたっていうんだ……？）

雪村は、智美が家の中に入ったのを見届け、周囲に人影が無いのを確認すると車を出て、智美が捨てた袋の中身を確認すべく、大慌てでゴミ捨て場へと駆け寄った。そして、智美が捨てたとおぼしき小さな袋を手に取ると、結び目をほどくのさえもどかしげに中身を開いた。

（なるほどな、これを捨てたか……）

雪村は袋の中を覗き込みながら、納得したようにニヤリと悪魔めいた笑みを浮かべると、その中身に手を延ばす。

――袋の中に入っていたのは、「黒騎士物語」の登場人物を象《かたど》った、人形たちだった。

智美が、一体一体、感情を込めて作り上げた、手製の人形たち。

ある者は翼を持ち、

ある者は甲冑《かっちゅう》に身を包み、

またある者は人に非ざる姿を持つ――雪村はその一体一体の名前を全て知っていた。

（これは『セレファイスの五鬼将』たちか……。邪眼のマリエル、輝翼のレフティーア、獣牙のゼルド、爆砕のギルファン、雷破のグリカルス……）

ひとつひとつ取り出してはその名前を確認しながら、雪村は微《かす》かに苦笑する。この人形たちの名前を暗唱できる人間が、自分と智美以外に果たして何人いるのだろうか……などと他愛もないことを一瞬考えてしまったのだ。だが、内心のそうした思いとは裏腹に、彼の表情は実に楽しげだった。念願のオモチャをようやく手に入れた子供のように。

（これは面白いものを手に入れたな……。もしも彼女が今日の哀しみから立ち直り、明るさを取り戻しかけたら……折に触れ、この人形たちを目に付くところに置いてあげることにしよう）

捨てたはずの人形を目にして、驚愕《きょうがく》に震える智美——そんな情景を思い浮かべながら、雪村は満ち足りた微笑を浮かべつつゆっくりと車に歩み寄る。

だが、袋の中からある人形を取り出した時、ふとその足が止まった。

取り出した人形を険しい表情で見つめ、握《にぎ》り潰《つぶ》さんばかりに拳《こぶし》に力を込める。

（この……人形は……！）

黒い甲冑に身を包んだ、金髪の女騎士の人形を手にしたまま、雪村はしばしの間その場で立ち尽くした。

——黒騎士・ランスロット。

智美が「ホリィ・ブローニングに似ている」とホームページで言っていた、「黒騎士物語」の主人公だ。

「……これは、いらんな」

冷笑と共に呟き、雪村は肩越しにその人形を放り投げた。本当ならば智美の愛情が一番注がれたであろうその人形こそ、後々のために手許《てもと》に置いておくべきだろうが、それがホリィ・ブローニングに似ているとなれば話は別だ。

あの呪《のろ》われた少女に少しでも似ているモノを自分の手許に置くなど、想像するだけでも身の毛がよだつ。普段クラスで目にするだけでも、理性を保つのに苦労しているというのに、そんな人形まで手許に置いたら、自分でもどうなってしまうか分からない。ましてや雪村の自宅には、彼の恋人だった琴吹《ことぶき》古都子の遺品が沢山遺されている。ホリィ・ブローニングのせいで死んだ、愛しい古都子の遺品が。その神聖な場所に、そんな忌まわしいモノを持ち込む訳にはいかなかった。

（こっちは望みもしないのに、寄ってきては呪いをふりまく……。何が『聖《ホリィ》なる』だ、呪われた人殺しのくせに、冗談にもほどがある……！）

雪村はそんな風に考えて憎々しげな表情を浮かべると、車に乗り込みエンジンをかけた。今夜は、もう帰る事にしたのだ。精神的にも物質的にも満たされ過ぎてしまい、少し加熱気味な自分を休ませたくなったのだろう。

（おやすみ……沢村。愛しているよ——僕なりにね）

最後にもう一度、智美の部屋を見上げてから、雪村は車を発進させる。

運転しながら、彼は今夜の成果を思い返し、肩を揺すり大声で笑った。

人を愛する喜びを、久々に、心ゆくまで堪能《たんのう》した一夜だった——。

2

あまり眠れなかった。深夜に泣き疲れて眼を閉じ、再び眼を開いた時にはもう夜が明けていた。睡眠をとったという実感はほとんどないが、時間だけは経過してしまった。

早く支度をして、学校に行かなければならない。授業があるし、優子も待ってる。

それでも、

(今日は……学校に行きたくないな)

智美は榛名学園《はるながくえん》に入学して以来、初めてそう思った。


のそのそとベッドから起き出し、階下に降りると両親が楽しげに会話していた。話題は、どうやら智美が優子を連れてきた事らしい。中学で不登校だった娘が高校ですっかり明るくなり、友達を連れてくるようになった事に、父も母もいたく感激した様子である。無理もない。他でもない智美自身が、やっぱり同じように感激していたくらいだ。

「——『島耕作《しまこうさく》』を読みに来たって？　そうかそうか、弘兼憲史《ひろかねけんじ》に感謝しなきゃなあ」

明るく笑う、父の声が聞こえてくる。

（……休みたい、何て言い出したら二人とも卒倒しちゃいそうだね……）

小さくため息をつくと、智美は諦《あきら》めて身支度を始めた。

憂鬱《ゆううつ》な気分で家を出て、駅に着き、電車に乗ると、智美は今日も同じ車両でホリィ・ブローニングの姿を見つけた。ホリィは例によってドアの側で本を読み、智美も少し離れた座席で本を読み始める。

「…………」

「…………」

お互い、一言も口を利かなかった。


――今日だけはたとえ死んでも学校に行ってやる、と優子は思った。

全身を駆けめぐる筋肉痛は絶好調、痛くて痛くて痛くて死ぬぜという感じだ。首から下が自分の身体じゃないような気がするので、ひょっとして自分は気づかないうちに宇宙人に連れ去られて不完全な機械化手術でも施されてしまったのではないかとも思ったが、悔しいかな、やはり昨日の部活でやらされた激烈な筋トレが原因みたいだ。

（……ったく、いくら遅れたとはいえちゃんと練習に顔出したっつーのに、三倍コースはねーだろ……）

昨日やらされた筋トレの、忘れたくても忘れられないハードさを思い出し、優子の内心では激しい怒りが燃え上がる。腕立て、腹筋、背筋、スクワット――通常、榛名学園女子バスケ部のメニューは各三十回ずつ。だが、昨日は一年生部員のサボりが多かったため、その事に腹を立てた上級生が三倍の九十回を一年生にやらせていた。そこに遅れて顔を出した優子に至っては、五倍の一五〇回だ。さすがにキツかった。気合いで何とかやり通したものの、家に帰っても気分が悪くて食事が喉を通らなかった。

大した理由もなく部活をサボった彼女としては、その罰として筋トレをやらされた事自体は、少ししか腹を立てていない。いかにうざったい人間関係を嫌う優子とはいえ、集団で行動する際の規律というものはある程度わきまえているし、昨日の自分がそれに反していたという自覚があった。だから筋トレも大人しくこなした。それにしても一五〇はないでしょうに――とは思ったが、いくらイビリ臭くても、これはあくまでサボリに対する罰である。これに腹を立ててしまったら、優子はただの無法者だ。そう、こんなことで怒ってはいけない。だけど思い出すとどうしてもムカツク。仕方がないので、優子は筋トレをやらされた事以外で、何か怒るべき理由がないかを考えることにしたのだった。実に論理的だ。

そして思い出した。優子が一番腹を立てたのはやはり筋トレ――ではなく、筋トレをしている最中に、へばっている自分を眺めていた先輩達がさも嬉《うれ》しそうな表情を浮かべていた事だった。思い出すと、一晩経った今でも優子は怒りで目の前が赤く染まる。普段、実技面での練習では敵《かな》わないだけに、こういう時にしか先輩としての優越感を抱くことが出来ないのだろう。筋トレをやらされている最中、優子は色々な意味で情けない気分だった。

——このまま一年間、ずっとこんな感じじゃ、マジやってらんないって。

自分に向かって懸命に訴えていた咲希《さき》の気持ちが、優子にもようやく実感として伝わってきた。実のところ、優子は昨日まで、他の部員たちが抱いているほど先輩たちに対して不満を持っていなかったのである。泣き言を言う咲希や他の一年生部員を、文句があるなら辞めちゃえば？　くらいの気持ちで眺めていた。それが甘かった。咲希の言う通り、どうやら優子は先輩たちから警戒されていたらしい。そのおかげでこれまで辛《つら》く当たられた事がなかったからこそ、そんな風に考えていられたのだろう。昨日、悪意をむき出しにした先輩たちの表情を見ながら、優子は遅蒔《おそま》きながら後悔した。そして、自分以外の一年生部員達に、申し訳なかったと思った。自分は無神経で、傲慢《ごうまん》だった。苦しんでる仲間を、安全地帯から鼻歌交じりに眺めていたのだ。

そして……だからこそ、優子は今日、学校を休む訳にはいかなかったのである。上級生にも同級生にも、自分が弱っている姿を見せる訳にはいかない。断じて。

（——やっぱ、ここは一年でがっちり団結して、二年にギャフンと言わすしかねーわ）

昨日とは打って変わって、優子は俄然《がぜん》やる気になっていた。全身に無香性の湿布薬を貼《は》り付《つ》けた身体はミイラ並の状態だったが、心はとにかく燃えていた。一時はあっさり辞めようというところまでテンションが下がっていた彼女だが、先輩のイビリに屈して辞めるみたいに思われるのは絶対に嫌だったので、「こうなったら意地でも辞めない」という方向に路線変更大決定なのである。

（もし部活を辞めるとしたら、それはアンタ達の方だからね……！）

脳裏に先輩たちの卑しい笑顔を思い浮かべながら、優子はぎりっと奥歯を噛《か》んだ。智美と待ち合わせをしている駅前でバスを降りると、携帯を取り出して咲希に電話を入れる。数度のコールで、スピーカーからはすぐに咲希の声が聞こえてきた。

「――もしもし、咲希だけど――優子ね？」

「そうだよー、おはよ、咲希。今どこ？　ていうか今、電話大丈夫？」

「えーと、優子こそ、今どこいるの？　昨日の……駅前のとこだったら、私もすぐ行くけど」

「OK、そこそこ。んじゃ待ってるから来て」

「分かったわ。じゃ、一度切るね」

「りょうかい」

それからしばらくすると、咲希の乗った自転車が猛スピードで優子の許へやってくる。

「――ね、すぐに来たでしょ？」

息を切らしながらにっこり笑う咲希に、優子は大きく頷《うなず》いてみせた。

「うむ、素晴らしい。さてはおぬし、昨日の筋トレ、手を抜いてたな?」

「まさか、私はあれくらいなら毎日自宅でもやってるもん。優子こそ、大丈夫?」

「私は死んでる……。つーか、先輩たち、もう許さねーって感じ」

それを聞いて、咲希の表情が期待を込めた笑顔に変わる。

「じゃあ……優子、私の言うこと、真剣に考えてくれたの?」

「うん、さすがの私も昨日のはキレた。ここらでちょっと、あの連中にはガツンとかましとかないと駄目だね」

「うん、うん! 良かったあ……優子がそう言ってくれるの、みんな待ってたんだよ!」

咲希は心底嬉しそうにそう言うと、優子の手を取ってぶんぶん振り回す。筋肉痛の激しい優子が悲鳴を上げると慌てて手を離したが、それでも少し興奮が収まらないような様子だ。

「ねえ、それでどうやって先輩たちに仕返しするの?」

「仕返しって……小学生じゃないんだから……。とにかく、今日は顧問の先生に来てもらう。そんで、私らの練習を見てもらう。そんだけでいいよ」

「それだけ?」

一瞬、不満そうな表情を浮かべる咲希。榛名学園女子バスケ部の顧問は、顧問とは名ばかりの年老いた教師のため、試合や合宿の引率以外では滅多《めった》に部員の前に顔を出さない。部員たちに対する発言力も弱く、はっきり言って頼りにならない存在だ。

だが、優子は自信ありげに頷く。

「——そう。そいでもって、今日は一年生と上級生で勝負すんの。……来月は地区予選だしねえ」

そう言って優子はニヤリと笑う。咲希はそれを聞いて目を瞠《みは》った。

「そっか、優子、もしかして……」

「……どっちが強いかハッキリ見せつければ、顧問としては強い方を試合に出すっしょ。仮に先輩たちの立場を尊重して選手を選んだとしても——ま、とりあえずメンツは丸つぶれに出来るでしょ。バスケに詳しくない顧問にも分かるくらいハッキリ負けたのに、それで選手になっても……ねえ？」

「うんうん、それいい！　それめっちゃいいよ！　それで行こう！　……でも優子、筋肉痛は大丈夫なの？」

「あー？　へーきへーき、あの連中相手だったらこれくらい、いいハンデだっつーの。ていうか、まともにやったら楽勝過ぎてつまんねー」

「分かった！　それじゃ私、他の部員にも伝えておくね！」

「うむ、頼んだ」

「任せといて！」

元気良く頷くと、咲希は猛烈な勢いで自転車を漕《こ》いで去って行く。

（……あんなに喜ぶなら、もっと早く咲希の言うこと聞いてあげればよかったかなあ）

腰に手を当てて苦笑交じりに咲希の背中を見送りながら、優子はちらっとそんな事を考える。優子は基本的にマイペースで、みんなをまとめたりするのが苦手なだけに、咲希の提案には二の足を踏んでいたのだが……自分に向けられた悪意に黙って屈するほど、大人しい性格はしていないつもりだ。そして、やるからには徹底的にやる。せこいイビリ根性を満たすために自分をせせら笑った連中には、それに相応《ふさわ》しい恥をかいてもらう。

とりあえず、これからは毎日部活に出よう、と優子は思った。そして、練習でも、試合でも、全てにおいて自分が上級生の上を行ってやるのだ。そしてへばった先輩たちを鼻で笑いながらこう言ってやる。「えー？　先輩、その程度の事も出来ないんですかー？　やだー、私なんかそれくらい楽勝なのにー」と。今までは先輩たちのメンツを考慮してさすがに言わないでおいたが、もう遠慮なんかしないことに決定してしまったのでバリバリ言いまくってやる。そして、理不尽な命令でイヤがらせをしてきてもきっぱりと「イヤです」と言ってやるのだ。他の一年生部員にもちゃんと言い聞かせて、もうパシリも宿題もチケット取りもやらせない――などと色々と考え事を巡らせていると、だんだんワクワクしてくる。昨日までつまらないと思ってた部活が、別の意味でとっても面白くなりそうだった。何しろ優子は勝ち目が大きい勝負事が大好きな女の子なのだ。

（くー、何か、燃えてきたなー！）

こうしてひとつの問題が少しずつ解決に向かって動き出し、後は智美と一緒に学校に行くだけ——そう思って、優子は晴れやかな気分で駅の改札へと視線を向けようとする。

——すると、いつの間にか自分のすぐ横に、どんよりとした暗い空気を纏《まと》いつつ、うつむき加減に立つ智美の姿があったのだった。

優子はそれまで智美の存在に全然気づかなかったので、本気で驚いてしまった。

「——うわ⁉ いつの間に⁉」

「……え？」

優子の悲鳴に、智美の方でもちょっと驚いたような感じで顔を上げる。優子はハーハー息を荒げながら冷や汗を拭った。

「いやー、この私に気配を悟られずに接近するとは……智美も侮れないわ。ていうか、いつからそこにいたの？ マジで全っ然気づかなかった」

「あ……少し前からだけど、ゆうちゃん、話し込んでたみたいだから……」

「そりゃ、話し込んでたけどさ、声くらいかけてよ……。知らないうちに側《そば》に立たれてたらびっくりするじゃん」

優子がそう言うと、智美は少し、ぎこちない笑顔を浮かべる。

「そうだね……うん、次から気を付けるね。おはよ、ゆうちゃん」

「ちっちっち、今朝の私はただのゆうちゃんじゃないのだよ、智美。何故《なぜ》なら、今の私はばっちり覚悟を決めて革命を起こすために生まれ変わった新生・櫻井優子だからさ！　すなわちYMR、ユウコ・メイクス・レボリューションッ！」

「な、何だかよく分からないけど……革命って……部活のこと？」

並んで歩き出しながら、少し首を傾《かし》げて智美が訊《たず》ねてくる。

「そうそう、部活部活。鋭いねー、智美」

「ん、だって敷島《しきしま》さんと話してたから、そうかな……って」

この時、咲希の名前を出した智美の口調は微妙にトーンダウンしたが、久々にいい感じでテンションが高まっていた優子は気づかなかった。

「あ、そうそう、その話だったのよ。何かここんとこ、部活は雰囲気悪かったんだけど、もうこうなったら革命だよねーってさ」

「あはは……何だか私には意味不明だけど、ゆうちゃんは……いいね」

「ん？　何が？」

智美は、優子を少し眩《まぶ》しそうに見上げる。

「何だか、そういう風に打ち込めるものがあるって……羨《うらや》ましい気がして。私には……そういうの、無いから」

「だからー、智美もどこか部活入ればよかったのに。ていうか今からでも入れば？　オススメはクッキング部かな。智美が料理する人、私が食べる人」

「わ、私、料理はダメなの、絶対ダメ。私の料理なんか食べたら、ゆうちゃんひっくり返っちゃうよ」

「ひ、ひっくり返るって……」

それって一体どんな料理よ？　むしろ食べてみたいよ——などと妙な方向に話題を転がしつつ、二人は学校への道を行く。そしてその周囲を、同じように榛名学園の制服に身を包んだ大勢の生徒たちが、友達と談笑しながら歩いている。

だが、その中に一人だけ、明らかに学園の生徒ではない人間が混じっていた。二メートル近い長身、タキシードからシルクハットまで全身白ずくめの衣装、染めたのではなく自然な色合いで顔を彩る茶色い頭髪と髭《ひげ》、鎖のついた小さな丸縁眼鏡の奥では青い瞳が周囲を行き交う学生たちをしげしげと見つめている——まるで手品師か喜劇役者のようにどこか芝居がかった出で立ちの外国人が、周囲を行く生徒たちを検分するかのように眺め回しながら、彼らと同じように榛名学園へと続く道を歩いていた。

「……さあて、どなたが『騎士』なんでしょうか？」

眼鏡の奥から舐《な》めるような眼光を周囲に投げつつ、彼は英語で独り事を言った。その内容はこんな往来で口にしていいモノではなかったが、どうせ周囲には自分の言葉を理解できる者はいないだろう。それを思うと、むしろ声に出したい気分だったのだ。秘すべき事柄を堂々と喋《しゃべ》れる状況というのは、なかなかに爽快《そうかい》である。その外国人は、姿だけでなく性格までもがどこか演技者めいていた。

「この中に……居らっしゃれば面白いのですがね……」

眼鏡の奥で瞳を細めながら、彼は周囲を行き交う生徒たちの様子を窺《うかが》う。

そして視《み》ようとする。

周囲で息づく秘められた魔の鼓動を。声無き慟哭《どうこく》を。狂気に彩られた嘆きを。

だが、彼の周囲にはそれを視覚的に捉《とら》えられるほどに感じさせてくれる者は、一人もいなかった。やや離れた場所、恐らくは丘の上に立つ学校からはかなり強力な反応が感じられるが、その反応は紛れもなく『心臓』のモノだ。求めていた『騎士』のそれではない。

彼は肩をすくめ、小さく落胆の吐息を洩《も》らす。

「どうやら、この周囲には『五番目の騎士』はいないようですね……。ひょっとしてまだなのでしょうか……？　いや、それはないでしょう。せっかくこの私が日本に来たというのに、まだという事はないでしょう……!?」

その男はぶつぶつと呟きながら、智美と優子の横を大股《おおまた》で通り過ぎて行く。優子はその背中を見ながら驚きの声を上げた。

「うわ、なにあの帽子に鳩《はと》でも隠してそうな外国人!?　でけー！」

「ほ、ほんとに大きいね……。雪村先生より大きいんじゃない？」

「うむ……。恐るべし外国人。あいつ、何かぶつぶつ言ってたみたいだけど、智美、聞こえた？　歌でも唄ってたの？」

「何か言ってたのは聞こえたけど……全然聞き取れなかったよ。ヒアリング、苦手だし……」

そう言って、智美は苦笑する。

……もしも彼女が英語に堪能であったなら、その外国人が通り過ぎる時、聞こえたはずである。

「――五番目の騎士」

という声が。まだ見ぬ想い人に呼びかけるような、熱い吐息に乗せて。

――例えそれが、数時間後の智美自身を指す言葉だという事までは、理解出来なかったとしても。

3

その朝、「心臓」が彼女に対して発した警告は凄《すさ》まじかった。

――危険危険危険危険危険危険危険危険危険危険キケンキケンキケン……。

漠然とした印象ではない、一回胸中で脈打つごとに、自分がいま、危険な状況に晒されているという認識が、問答無用で全身を駆けめぐって行くのだ。

(まったく……少しは落ち着きなさいよ……)

ホリィ・ブローニングは授業中、教室の一番後ろの席に座りながら、呼吸すら困難なほどに高鳴る心臓の動きに苦悶《くもん》していた。

以前にも、何度かこのような状況に陥った事があった。

そして、その時にはいつも彼女の傍《かたわ》らには「騎士」がいた。彼女を想い、彼女を守るべくして授けられた能力の持ち主たちが。

だが、いまのホリィは独りだ。味方は誰もいない。迫ってくるのは危険だけだ。

その事が——逆に、ホリィを少し安心させた。

(もう……大丈夫)

制服の袖《そで》で額に滲《にじ》む汗を拭《ぬぐ》うと、ホリィは密かに笑う。そして、教室の一番前に座る、沢村智美の背中にちらりと視線を向けると、

(これが昨日じゃなかったのが、不幸中の幸いかしらね……。昨日だったら——間違いなく、彼女が騎士になっていたわ)

一人納得し、ホリィは教科書をカバンにしまい始める。そしていきなり席を立つと、教壇に立つ教師に向かって、青ざめた表情で、しかし有無を言わさぬきっぱりとした口調でこう告げた。

「——先生。私、心臓の具合が悪いんで、早退します」

ある意味、仮病だった。医学的な意味において、現在彼女の心臓には何の異常もない。やや心拍数が上昇しているとはいえ、しばらく深呼吸をすれば表面的には収まる程度のものだ。

だが、具合が悪いという字面通りの意味で捉えれば――いま、確かに彼女の心臓はこのまま授業を受けられる状態ではなかった。

一刻も早く、独りにならなければならない。

誰も自分を心配する事がない場所へ、行かなければならない。

ここは危険だ。

昨日までは自分を遠ざけ、蔑《さげす》みすら込めて見ていたようなクラスメイトたちが、自分を心配そうに見つめている。昨日、自分が冷たい言葉を投げつけた、あの沢村智美までもが。

――このままでは、手遅れになってしまう。

「よ、よし、分かった――おい、救急車を呼ばなくてもいいのか？」

うろたえたようにそう呼びかける教師を無視して、ホリィは早足で教室を後にした。

廊下に出ても、心臓の異常な高鳴りはまだ収まらない。

――危険危険危険危険……。

「くっ……！」

憎々しげに呻《うめ》き、ホリィはよろけながら昇降口に向かって歩き出す。目眩《めまい》がして、廊下が時折ぐにゃりと歪《ゆが》んで見える。

(やっぱり、無理なのよ……)

壁伝いに廊下を歩きながら、ホリィは内心で呟く。

(普通に学校に通って、普通の生活に戻るなんて、もう無理なのよ、古都子先生……)

かつての担任の姿が、脳裏で揺れる。親身にしてくれた教師だった。優しい女性だった。彼女の言葉に、彼女の厚意に、ホリィは応《こた》えたいと思っていた。命を賭《と》して訴えてくれた、彼女の声に。

——無理なんかじゃないわよ。

かつて、その女性はキッパリとそう言い切った。

——もう大丈夫。先生が、ホリィさんを守ってあげられるわ。だって……『騎士』なんだもの。

ホリィを見つめて悪戯《いたずら》っぽく笑っていた、その女性はもう、いない。

『第四の騎士』として、ホリィを守るために戦い、そして死んだ。

彼女の遺志と思えばこそ、今日まで学校に通い続けてきたホリィだが、そろそろ限界なのかもしれない。

(どうせ……いまみたいな状態で通い続けても、意味なんて無いものね……)

自嘲気味《じちょうぎみ》に笑うと、彼女は下駄箱《げたばこ》に歩み寄り、靴に履き替えようとした。

だが、

「……お久しぶりですね、『災禍の心臓』を御身に宿せし、我らが女神よ」

下駄箱の前では、長身の外国人が恭しくシルクハットを手にして一礼しているという、異様な光景が彼女を待ち受けていた。正装と言っていい服装にも拘《かか》わらず見る者に不安感を抱かせる仰々しい純白のタキシード、丁寧さと同時に生理的な嫌悪をかき立てられる馴《な》れ馴《な》れしい声――。

――心臓の高鳴りが更に激しくなった。

「くっ……」

咄嗟《とっさ》に、右手で左胸を鷲摑《わしづか》みにし、よろける身体を下駄箱に預けて何とか身体を支えると、ホリィはその男を睨《にら》み付《つ》ける。心臓の告げていた危険の正体が、目の前に存在していた。

忌むべき慟哭者たちが差し向けた、魔の鑑定者――グレッグ・マクギャリー。

彼とホリィが出会うのは、これで四度目だ。

一度目には両親が死んだ。

二度目には従兄弟が死んだ。

三度目には元担任の教師が死んだ。

そして四度目の……今日。

ホリィは蒼白《そうはく》と化した。彼が姿を現した目的は明白なのだ。

左胸を摑む手に、ホリィはさらに力を込める。

──これだ。

彼らが──「慟哭の三十人衆《サーティスクリーマーズ》」が自分の許を訪れる理由は、彼女の左胸に宿った、これしかない。この呪われた心臓がホリィの体内で鼓動を刻み続ける限り、彼らは必ずやって来る。

二ヶ月前の、あの時もそうだった。昨年の事件もいまにして思えばそうだった。再会と共に忌まわしい記憶を強制的に喚起させられ、ホリィの身体はわなわなと震える。

だが、グレッグは微笑を浮かべながら恭《うやうや》しくその場に跪《ひざまず》くと、そんなホリィを楽しげに見上げながら、穏やかな口調で話しかけてくる。

「再びお会い出来る日を、一日千秋の思いで待ちこがれておりましたよ。お元気でしたか？女神の臣たる我ら、本当ならばもっと早くに推参したかったのですが……当方にも色々と都合というものがございまして、極東の地にはなかなか思うように来ることが出来ません。不敬の由、どうかお許しを……」

そう言ってひょいっと立ち上がると、グレッグはホリィの、左胸の位置をじっと見つめた。性的な欲情ではなく、よりおぞましい執着を感じさせる何かを、その眼差《まなざ》しに込めながら。その視線に晒されることが耐えられず、咄嗟にホリィは鞄《かばん》を胸に抱き、体を隠すように身構える。そんなホリィの仕種をむしろ楽しむように眺め回し、何度も何度も満足げに頷きながら、グレッグはなおも鞄越しに射抜かんとするかのように彼女の左胸を見つめ続けている。

「そう身構えなくとも良いではありませんか、ミズ・ブローニング。たとえ貴女《あなた》がその記憶と自覚を失っていようとも、貴女の胸に息づくその『心臓』は、我らに残された最後の希望。ゆえに我ら『三十人衆』、悲願成就のその時まで、貴女を敬愛し続ける所存です」

ホリィは応えない。いかに日本育ちとはいえ、両親がアメリカ人であるため、日常会話レベルの英語は理解出来る。理解は出来るが、応えない。それは、言語の問題ではない。そもそも、たとえ相手が何語で喋ろうとも、彼女には理解出来てしまうのだ。ホリィの心臓と、グレッグを結ぶ忌まわしき絆《きずな》が、言語を超えた意思疎通を問答無用で可能にしてしまう。だが、相手の発言が理解出来ても、ホリィは何も応えられなかった。何を応えればいいというのだ。この男に、何を——。

無言のホリィを見つめながら、グレッグは大仰に肩をすくめる。

「ふう……予想はしておりましたが、相変わらずつれない態度ですね。ですが、まあいいでしょう。私達も、最近になって少し考えを改めたところでしてね。今までのように、貴女を直接どうこう……というやり方は諦《あきら》めたところなのです。貴女が我々に課した最後の試練、あの忌まわしき『騎士』たちのお陰で、我々『慟哭の三十人衆』も被害甚大です……。何しろこれまでの戦いで、八人もの仲間を失ってしまいましたから、このままでは『慟哭の二十人衆』になってしまいます」

「——忌まわしい……ですって？」

不意に、険しい表情でホリィが呟いた。それを聞いて、グレッグは陰湿な笑みを目尻《めじり》に浮かべる。

「そうですとも。貴女が使役した、あの忌まわしき！　クレイジーな『騎士』たちが全ての悲劇の原因なのです！　そうでしょう⁉　貴女が『女神』としての自覚を失わず、我々に協力してさえいれば、とうの昔に世界は救済の時を迎えていたのですから！　それなのに！　ああそれなのに、貴女はそれを拒んだ！　女神としての能力を備えたままに、我々の敵に成り下がった！　そして両親を私たちにけしかけ！　挙げ句に死なせ！　それだけでは飽きたらずに身近で使えそうな連中を捕まえては次々に我々にけしかけてきた！　まさかそれすら忘れたとは言わないでしょう⁉　共倒れした最初の二人はともかく、『第三の騎士』には私の手駒が大勢殺されてしまった上に、大切な同胞が三人も殺されてしまった……！　『第四の騎士』に至っては五人！　たった一人の『騎士』に、我らが精鋭が五人も打ち倒されてしまったのです！　私の……私の大切な仲間たち……！　世界の嘆きを聞く者たちが、五人も……！」

　時に声を荒げ、時に身を震わせ、時に天を仰ぎ、グレッグは激情に身を任せるかのように熱弁を振るう。そして語れば語るほどに、彼がホリィを見つめる眼差しには狂的な怨嗟《えんさ》が滲み始める。

「私は……いえ、我々は、その恨みを絶対に忘れない……！　いかに貴女がかつて、我々にとって『女神』に等しい存在であったとしても、我々がいまなお、魂の深奥《しんおう》においてあなたの子にも等しい存在であるという事実があろうとも！　我々の真摯《しんし》な願いを最悪の形で裏切った貴女を、決して許さない……！」

　そこで言葉を切ると、グレッグは、帽子の鍔《つば》がホリィの顔に触れそうなほどに顔を寄せると、わざと吐息を吹きかけるような語調で語りかける。

「――そしてミズ・ブローニング。まさに貴女にならば、我々の気持ちが、理解出来るのではないですか？　自分にとって大切な存在が、ただ自分を脅かすことだけを目的とした殺人鬼に殺されていく、怒りと哀しみとやるせなさが！　……奇《く》しくも、我々は同じ哀しみを共有する同志であるわけですね。それについて、どう思われます？」

　その問いが発せられた瞬間、ホリィはグレッグの顔面に思いっきり平手打ちを叩《たた》き付《つ》けようとした。怒りに身を震わせ、瞳を血走らせながら。

　だが、殴ろうとしたその腕は、不意に、彼女の意志に反した、不条理な力で押さえつけられたかのような不自然なタイミングで、動きを止めてしまう。その事実に、ホリィは呼吸を荒げ、歯ぎしりをし、悔し涙を滲ませながら身体を震わせる。だが、そんなホリィを眺めながら、グレッグは楽しげに笑うだけだ。

「おやおや……こちらは直接的な干渉をやめたと宣言したばかりだというのに殴りかかろうとするなんて、ずいぶんと乱暴ですな。ま、それだけ追い詰められてるということですかな？　ふむ……」

　ホリィは憎悪を込めた視線を相手に向けたまま、何も応えない。その視線を眼鏡の奥で受け止めながら、相手はニヤニヤしながら何度も頷いた。

「それでいい……実にいい。私たちは、これから、ありとあらゆる手段で、貴女を追い詰めて行く所存なのですよ。だってそうする以外、無いでしょう？　貴女が『女神』としての自覚を喪失してしまってから、『災禍の心臓』には私たちの嘆きが届かなくなってしまったのですから……。こんなに、こんなにも哀しいのに、胸が張り裂けそうなほどの嘆きが心の中を荒れ狂っているというのに！　もう貴女はそれに応えてくれない！　『災禍の心臓』は我々に世界を救済する使命と能力を授けておきながら、今ではその使命に相反した『騎士』を生み出し、我々の宿願を阻もうとしている！　……ですが、この私には分かるのですよ。『女神』が私に遺してくれた能力のおかけで、『鑑定』出来るのですよ！　たとえ貴女がその自覚を失った後でも、『災禍の心臓』はいまだ世界に木霊する嘆きを蓄積し続けている！　その神性はいささかなりとも失われてはいない！　そして――心臓に蓄積された嘆きは、『騎士』が死ぬたびに強まっていることも、確認済みです……」

そう言って、グレッグは少し眼鏡をずらすと、上目遣いに、ホリィを肉眼で見つめる。

「だから我々は決して諦めない……。そして、私たちの嘆きを救いに変えてくれた尊い『女神』としての自覚を忘れ、我々と敵対する道を選んだ貴女を決して許しはしない……！　たとえもう二度と我々の嘆きは届かなくても、たとえ貴女にその自覚が無くとも、その心臓は私たちのモノなのですよ、ホリィ・ブローニング！　だから、嘆かせて差し上げましょう。呪《のろ》いの詞《ことば》を詠《うた》わせてあげましょう！　貴女にとって最後の希望である、『騎士』を逆に利用してやることでね！　そして『騎士』たちがそのクレイジーな能力ゆえに自滅してゆく様を、こうやって時々見に来るのですよ！　嬉しいでしょう？　貴女はとても寂しがり屋ですから。そして哀しいでしょう⁉　だって散り逝《ちゆ》く『騎士』たちは貴女にとって大切な者たちばかりなのですから！　正直におなりなさい、本当はもう、誰も死なせたくはないのでしょう……？　yes！　そう、それ、その顔ですよ！　実にいい表情です！　そうなのですよ、それが我々の狙《ねら》いなのですよ！　もう貴女に『女神』としての自覚を取り戻してもらうなどという、回りくどい手段は終わりです――」

そう言って眼鏡をかけ直すと、グレッグは右手でついっと眼鏡の位置を正し、左手の指をホリィの心臓へと向けた。

「――貴女の意志など、もはや関係ありません。こうなったらこの国で『災禍の心臓』の呪力《じゅりょく》を発動させせます。貴女が陰惨極まりない抵抗をしてくれたおかげで、図らずも『災禍の心臓』は私たちの予想を上回る嘆きと哀しみで、その心を満たし始めている……。この私の〈鑑定眼〉には、それがしっかりと確認できましたからね」

グレッグは、眼鏡の奥で瞳を細め、小さく何度も頷く。

「……だが、まだ少し足りませんねえ？　もっと悲しむがいい、嘆くがいい、そして憎み！　呪うのです！　貴女の中に巣くう〈魔〉が『災禍の心臓』と共鳴する時……」

男は胸に手を当て、祈るように天井を仰いだ。

「……世界は全ての嘆きから解放される……。罪と汚濁に満ちた『地球』という名の過ちは全て跡形もなく消え去るのです。原罪も自罪もない、強者も弱者もない、ただ救いと赦《ゆる》しだけが在る世界の誕生です……」

うっとりとした口調で呟くと、グレッグはホリィの前で帽子を取り、恭《うやうや》しく、かつわざとらしい動作で一礼する。

「──いいですか、逃げても無駄ですよ。『災禍の心臓』の呪力は、何処《どこ》へ行こうと何処へ隠れようとも、我々には探知可能だって事をゆめゆめお忘れなきよう。もっとも、信じないならばそれでも構いませんよ？　我々は、貴女が精神的に追い詰められさえすればそれでいいのですから。いっそ、そうと知ってて逃げてみますか？　それも楽しそうですなあ！　探しますよ！　地の果てまでも追ってみせますよ！　ハーハッハッハッ！」

そう言って、肩を揺すりながら男は去って行った。

ホリィは歯を食いしばり、拳を握りしめてしばらくの間、その場で立ち尽くす。

だが、やがて、

「……何で……私が──！」

内心の激情を抑え切れなかったのか、震える声で呟く。

──そして、いきなり下駄箱に向き直ると、そこに向かって思いっきり拳を叩きつけた。

何度も、何度も。

金具の部分に当たって肉が裂けるまで、彼女は下駄箱を叩き続けた。

——放課後になり、部活の時間が近づくと、櫻井優子はとってもウキウキしていた。これから始まる「榛名学園女子バスケ部・上級生vs.一年生の戦い」——勝つのはもちろん優子たち一年に決まっているのだが、今日一回勝っただけで全てがうまく行くようになるとは思えない。今日勝って、明日も勝って、明後日《あさって》も勝ち続ける事が大事なのだ。そう、今日が始まりの日。快適な部活を取り戻すための第一歩をいま、優子たちは踏み出そうとしているのだ……。

（うう、燃えるぜ〜。血が騒ぐぜ〜。何か、張り合いが出てきたぜ〜）

鼻歌交じりにモップがけをしながら、優子はそんな事を考えていた。今日は掃除当番なので、優子は数人のクラスメイトと一緒に教室の中を忙しく動き回っている。さっさと掃除を終わらせて、さっさと部活に出たかったので、優子は男子生徒にニッコリ笑顔でお願いして大急ぎで机を並べさせるという裏技も駆使した。

そして、いつもより早めに掃除も終わり、優子が意気揚々と部活に向かおうとした、その時。

「——ゆうちゃーん」

智美が、優子に駆け寄ってきた。席が離れている智美と優子は、掃除当番が別なので、さっきまで姿を見なかった——というより、優子が部活の日は智美は先に帰っているのが普通なのだが、何故か今日は残っていたようである。

「ん？　どうしたの智美？」

「あ、あのね、今日、部活終わるまで、ゆうちゃんのこと待っててていい？　帰りに、少し付き合ってもらいたいんだけど……」

ちょっと躊躇《ためら》いがちに、智美はそう訊ねてくる。優子はこっくり頷いた。

「おっけー。待っててくれんなら、付き合うよ。ちなみにどこ行くの？」

「えっとね——」

智美が何か言いかけると、

「——優子、そろそろ部活行こうよ」

智美の背後から、敷島咲希が近づいてきて優子に呼びかけてくる。まるで、智美の言葉をわざと遮《さえぎ》ろうとするかのように。

その無遠慮な態度が、優子は少し気になった。

いま、智美と優子が会話中だということは、傍目《はため》にも分かり切っていたはずだ。今朝の智美のようにじっと黙って気配を殺してるというのも極端だとは思うが、かといって話しかけるにしても少しは雰囲気を察してくれればよさそうなものである。

優子ですら少し気になったのだから、咲希と仲が良い訳でもない智美は、あからさまに会話を遮られた事をかなり気にしたに違いない。事実、言いかけた言葉を飲み込んでうつむいてしまっている。

「あー、すぐ行くすぐ行く。咲希は先に行ってて、なんちて」

表面的にはにこやかに咲希に応じると、優子はとりあえず智美の話を聞こうとした。すると、咲希は物凄《ものすご》く不愉快そうな表情を浮かべる。

「……ま、いいけどさ。サワムラ、何か優子と話あるわけ？」

咲希は、智美を見下ろして、冷ややかな口調でそう問いかける。智美はびくっと身を震わせて、何も応えない。

優子は不快感も露《あら》わに眉《まゆ》をつり上げる。この時点で咲希からははっきりと、智美に対する悪意のようなものを感じ、気分が悪くなっていた。智美は人一倍気が弱い女の子なのだ。こんな風にいきなり冷たい口調で問いかけたりしたら固まってしまうのは当然だ。まして自分より三十センチ以上背が高い咲希に睨まれたら——想像すればするほど、優子はそれだけで腹が立ってくる。

咲希はそんな優子の心中を知ってか知らずか、智美に向かってさらに話しかける。

「何か言いなよ。私、待ってんだからさ」

「……おいおい咲希、あんた何で智美にプレッシャーかけてんのよ」

「別に、プレッシャーなんてかけてないじゃん。ほら、用があるなら早く言いなってば」

「わ、私……」

智美はおずおずと優子を見上げて何か言いかけたが、やがて曖昧《あいまい》に笑うと、

「……やっぱり、いいよ。私、帰るね」

「え？　だって、さっき『待ってる』って言ってたじゃん。何か用事あるんでしょ？　いいよ、話しなよ」

「ううん、部活の邪魔しちゃ、悪いから……」

そう言って、智美は逃げるように優子たちの前から走り去ってしまった。そんな智美の背中を見送りながら、咲希がため息をつく。

「……ったく、言いたい事あんなら、ハッキリ言えばいいのに。あいつ、何かウジウジしてんだよね」

「……おい、咲希」

優子はドスの利いた声で、短く咲希の名を呼ぶ。

そして、廊下の壁にドンッと力一杯手を突いて凄んだ。

「……どういうつもりなのかなあ？」

「な、何がよ。別にどうもしないじゃん」

「………………」

優子がさらに殺気立った表情で睨み付けると、咲希は視線を逸《そ》らしつつ、納得がいかないような口調で呟く。

「……優子こそ……何でサワムラなんかとジャレてんの？　ああいう奴、見ててムカつかないワケ？」

咲希が智美の事を「サワムラ」と微妙にイヤな感じで発音するのが、優子の神経を逆撫《さかな》でする。

「はぁ？　私は別に、智美の事ムカツイたりしねーんだけど。ていうか、めっちゃ仲良しなんだけど？　何？　文句でもあんの？」

「う、嘘《うそ》でしょお？　それ、信じられないよ、優子とサワムラなんて水と油じゃん。私、あいつと中学で三年間ずっと同じクラスだったけど、ほとんど口利いた事ないよ」

「……え？　うそ、あんた達……同じクラスだったの……？」

問い返す優子に、咲希はむっつりとした表情で頷く。

「そうだよ。あいつ、学校なんてほとんど来なかったくせに家でコソコソ勉強して、私と同じ高校に受かってんだもん、マジムカツクよ」

「——そ、それを早く言え、このバカ！」

廊下の窓ガラスが震えるほどの大声で咲希を怒鳴りつけると、優子は慌てて智美を追いかけた。どうりでおかしいと思った。だが、よく考えるとお互いに名前を知っていたし、いまにして思うと、昨日、優子が智美と待ち合わせしているのを知った時の咲希の反応は少しおかしかった。智美の方は……反応が微妙過ぎて、いま思い返してもよく分からない。きっと、優子に気を遣って黙っていたのだろう。

（……そういう事は、ちゃんと言えっつーの、あのバカは……！）

優子は下駄箱に向かって走りながら舌打ちする。「気が弱いくせに変に気を遣うのはよせ」と、昨日あれほど言ったのにすぐこれだ。それが智美のいいところなのだと自分に言い聞かせてみるが、それでもちょっぴり頭痛がする。中学時代のクラスメイトと、優子を介してご対面だなんて、智美にしてみれば古傷を抉《えぐ》られた上に塩を擦り込まれたようなものだったに違いない。そんな痛みは、我慢する方がどうかしてるのだ。

（……知ってればなあ……。二人が顔を会わせないで済むようにしたのに……）

ため息をつきつつそんな事を考え、優子は下駄箱で靴を履き替える。そして校門の辺りに智美の姿を確認すると、猛烈なダッシュでみるみるその距離を詰めていった。

「——智美！　待ちなよ！」

大声で呼びかけながら、優子は智美の肩を背後から摑む。

「ゆうちゃん……」

智美はびっくりしたように振り返る。見るからに落ち込んでいる表情だったが、取り敢えず泣いてはいないみたいだったので、優子は少しだけホッとした。

「何も逃げる事ないじゃん……超走ったよ……」

「に、逃げてなんてないよ。ただ、敷島さん、ゆうちゃんに用事あったみたいだから——」

「そりゃ智美だって同じでしょうに。何か用事あったんでしょ？　私、まだ聞いてない」

「別に、私の用事は……大した事じゃなかったから……」

優子は、ため息をつく。

「だったら話しなさいって。つーか、話せ。咲希の事は気にしないでいいから」

「でも――」

智美は何か反論しかけたが、優子が真剣に睨んだので、諦めたようにこう言った。

「……ホリィさん、今日、早退しちゃったでしょ？　それで、中間試験前で大事な授業だから、授業で配ったプリントを届けて欲しいって雪村先生から頼まれて……。昨日の事もあるし、一人じゃ何だか行きづらくて、だから、ゆうちゃん一緒に行ってくれないかな、って思って、それで……」

優子は思わず頭を抱えてしまう。という事は、智美はこれから、昨日自分を泣かせたイヤなクラスメイトの家に行くところだったのだ。智美の性格からすれば、とてつもなく気が重い状況に違いない。

「……おいおい、どこが『大した事じゃない』のよ……。ていうか、何で引き受けちゃったのよ、そんな面倒な任務。あんたは『ガンダム00』の刹那《せつな》・F・セイエイか」

「だ、だって、雪村先生には、ホリィさんのこと、前にも相談されてたりしてたから……断りきれなくて……。代わりに行ってくれる人もいなかったし……」

「あーもう。はいはい、分かった。何だかすっごく智美らしいわ……。んじゃ、私も付き合ってあげるよ。カバン取ってくるから待ってて」

「え？　い、いいよ。だって部活――」

「サボるよ。仕方ないじゃん」

そう言って、優子は肩をすくめる。

だが、

「だ、だめだよ！」

いつになく強い口調で、智美が抗議する。

「せっかく……部活いい雰囲気になってきたんでしょ？　だったら……サボっちゃダメだよ。せっかく打ち込めるものがあるんだから……」

何やら、今日の智美は「打ち込めるもの」に対してやけに強い思い入れがあるようだ。妙な迫力に圧されてしまい、優子は一瞬たじろいでしまった。

「う、うむ、それは確かに一理ある。だったら、練習終わるまで待ってなよ。終わったら一緒に行ってあげるから」

「……ありがとう。でも、もう大丈夫」

智美は、少し無理っぽく微笑《ほほえ》む。

「……何だか、ゆうちゃんがそう言ってくれただけで、少し勇気出たから、大丈夫。プリント、郵便受けに入れてくるだけだし。それによく考えたらホリィさんの家、ゆうちゃんの家とは大分方向違うし、部活の後に付き合ってもらったりしたら、ゆうちゃん帰れるの遅くなっちゃうよね。何考えてんだろ、私――」

「――あのさ、智美。そーゆーつまらない遠慮は気分悪いからやめれ。咲希の事だってそうだよ。元クラスメイトだったんでしょ？　ていうかひょっとして今朝、私と咲希が一緒の時、声かけてこなかったのもそのせいなんじゃないの？　気まずいなら気まずいって、咲希がいない時に一言いってくれればよかったのに。いくら私が無神経だからって、それくらいは気を遣うっつーの。そしたら、さっきみたいなことも言わせなかったのに」

「あ……」

咲希の名前を出されて、智美はうつむいてしまう。

「だって、そんなの……言えないよ……」

「うううううう、イライラするなあ……！　何だか今日の智美、妙に暗くない？　ひょっとして、他にも何かあったの？　そりゃ、いっつも大人しいとは思うけどさー、私、智美の事暗いと思ったの、今日が初めてだよ」

少し強い口調で優子にそう言われると、智美は押し黙ってしまった。それからしばらく時間が経過したが、やはり智美は何もしゃべろうとしない。

優子は両手を腰に当てて大げさにため息をつくと、やや突き放すようにこう言った。

「……ああ、そーですか、もう話すこともないですか、なら私が声かけたのは大きなお世話でしたか。りょーかい。ま、大丈夫って言うなら、それを信じさせてもらいますわ。んじゃ私は仰せの通り、部活に打ち込んできますよ。呼び止めて悪かったですね」

「ゆうちゃん……」

くるっと背を向け、早足で立ち去ってしまう優子の背中に、智美はか細い声で呼びかける。だが、優子はその声に振り向いてはくれなかった。

智美はしばらくの間、悄然と立ち尽くしていた。だが、やがて彼女も学校に背を向けると、駅に向かってとぼとぼと歩き出す。その脳裏では、咲希の冷たい視線と、優子がため息をつく姿が、交互に明滅していた。

しっかり気を張っていないと、その場で泣き崩れてしまいそうな気分だった。

4

住所を見ると、ホリィ・ブローニングの家は、智美の家から随分近い事が分かった。自転車で、二十分くらいの距離だろう。頻繁に電車で顔を合わせているから同じ沿線に住んでいるのだろうとは思っていたが、改めて住所を確認すると、その意外な近さに少し驚く。

（……あ、そういえば、確か去年、近所で大きな事件あったってお母さん言ってたっけ……）

自宅までの道をぼんやりとした表情で歩きながら、智美はそんな事を思い出していた。それはホリィの両親の事件だったのだ。ずっと家に引きこもっていた智美は、近所で発生したその事件もどこか遠くに感じていたのだが、当時はかなりの騒ぎだったに違いない――と、そこまで考えた時点で、中学時代の事から咲希の事、そして先程の優子との会話を一気に連想してしまい、智美はがっくりと肩を落とす。

なるべく考えないようにしても、どうしてもその事を思い出しては暗い気分になってしまうのだ。

（ゆうちゃん、怒ってるのかな……）

怒ってるんだろうな、と自答しつつ智美はため息をつく。

――気まずいなら気まずいって、一言いってくれればよかったのに。

優子はそう言っていたが、智美にそんな事が言えるはずもなかった。いくら智美が咲希を苦手にしていても、彼女は優子の部活仲間なのだから、優子とは上手くやっているに違いない。それなのに、自分が咲希に対する気まずい気持ちを打ち明けたりしたら――優子は、咲希との仲を優先して、智美のことを避けるようになってしまうかもしれない。それは想像しただけでも悲しいし、惨めな状況だった。

かといってその逆の場合――優子が智美の事を気遣うあまり、咲希を敬遠するようになってしまうのも――それはそれで嫌な状況だった。彼女たちは同じ部に所属しているのだから、智美が原因で関係がギクシャクしたりするようなことがあれば、部活がやりづらくなってしまうだろう。咲希はともかく、優子がバスケをやりづらくなるくらいだったら、少しくらい気まずい思いをしても黙っていた方がいい。咲希の事は、なるべく智美が自分で気をつけて、あまり近づかないようにしていれば、それで済むと思った。咲希の方でも智美を嫌っている事は明白だったので、いくら間に優子を挟んでいるとはいえ、お互い適当に距離を取っていれば関わり合うことなくやって行けるのではないかと……そう思っていた。

智美はただ、彼女なりに、優子を気遣っていただけなのだ。

(何で……こうなっちゃうのかな……)

鬱々《うつうつ》とした気分で歩を進めながら、智美は今日だけで何度目か分からないため息をつく。踏んだり蹴ったりな気分だった。何をやっても裏目に出てしまう。ホリィに気を遣えば冷たい言葉で突き放されて、趣味で小説を書けばさらし者にされて、優子に気を遣えば却《かえ》って気まずい雰囲気になって……。

——何だか今日の智美、妙に暗くない？

優子の声が、脳裏に蘇《よみがえ》る。

(……仕方がないじゃない、暗くもなるよ、ゆうちゃん……)

自宅に続く曲がり角のところで、智美は八つ当たりするように小石を蹴った。

そして、その小石が転がった先に落ちていた、見慣れた物体に智美の視線は吸い寄せられる。

（あ……！）

思わず、立ち止まってしまう。

彼女の視線の先には、人形が一体、転がっていた。

何度か車に轢《ひ》かれたらしく、潰《つぶ》れて、薄汚れてしまっているが、紛れもなく智美が作った物だ。

――黒騎士・ランスロット。

その名前自体が嘲笑のネタにされた、智美の小説の主人公を象った人形である。思い出したくもない数々の中傷メールの内容を思い出してしまい、智美はさらに暗い気分になってしまった。

（ちゃんと捨てたのに……何でこれだけ……）

智美は少し焦って、きょろきょろと周囲を見回す。深夜にゴミを捨てたので、ひょっとして野良猫やカラスに袋を破かれてしまったのかもしれない。自分の作った人形が周囲に散らばっているかもしれないと思うと、猛烈に恥ずかしい気分だった。

だが、ざっと見渡した限り、とりあえず近くにはこの一体しか落ちていないようだ。智美は少し迷ってから、ゆっくりと人形の近くに歩み寄った。

（…………）

まるで、手の込んだ誰かのイタズラのようだ。昨日までの大切な想い出、だからこそ一刻も早く忘れたかった想い出の欠片《かけら》が、そこにあった。

(何だかもう、笑うしかないね……)

智美は少し悲しげな笑みを浮かべると、その場にしゃがみ込んでランスロットを手に取る。そして丁寧に埃《ほこり》を払うと、

(……分かったよ。せっかく帰ってきたんだから、もう捨てないであげる)

内心で人形にそう語りかけてから、制服のポケットにそっとしまう。惨めな自分の心情と、薄汚れた人形の姿がどこか重なって感じられてしまい、もう一度捨てるには忍びなかった。自分以外の誰も、この人形に手を差し伸べてはくれないということは、分かり切っているのだから。

(——さ、帰ろうっと)

気を取り直したようにそう考えると、智美は立ち上がって再び歩き出す。ホリィの家は近いので、どうせなら一度家に帰って服を着替えて、自転車で行こうと思っていたのだ。

だが、家に帰ってみると、母が近所に出掛ける際に乗っていってしまったらしく、家のガレージには自転車の姿が無かった。あまりのタイミングの悪さにがっくり肩を落としつつも、とりあえず服を着替え、智美はしばらく本を読んだりしながら母の帰りを待つ。が、こんな日に限って母はなかなか戻ってこない。あまり時間が遅くなるのも嫌だったので、仕方なく智美は歩いてホリィの家を訪ねる事にした。

(あーあ、ほんと、何でこんな役目引き受けちゃったんだろ……)

無益な自問を発しつつ、智美は家を出る。この用事さえ済ませれば、後はもう自由なのだ。家に帰ったらご飯を食べてお風呂に入って本を読んで……それから、優子に電話してさっきのことを謝ろう、智美はそう思った。

(……そうだよね、やっぱり、私がうじうじしてたのがいけないんだよね。謝らなきゃ……)

謝る、と決めたら少し気分が楽になった。少し顔を上げ、早足でホリィの家へと急ぐ。彼女が住んでいるのは遠目にも立派な高級分譲マンションなので、地図と睨めっこしなくても迷わず辿《たど》り着《つ》く事ができた。

そして、智美がマンションの入り口に近づくと、

(……あれ?)

物凄く目立つ人物が、そこに立っていた。

今朝、智美と優子が学校に行く途中で見かけた、背の高い、純白のスーツに身を包んだ外国人。眼鏡をかけてマンションの上の方を見上げながら、社交ダンスのステップのように、妙に気取った感じというか、芝居がかったような印象の足取りで路上を往復している。

(……何してるんだろ?)

思わず、視線を向けてしまう智美。するとその外国人も、ちょっと不思議そうに自分を見つめている視線に気づいてか、智美の方に顔を向ける。

「…………」

その外国人は、しばらくしげしげと智美の事を見つめていた。小さめの眼鏡をかけ口ひげを生やしたいかにも外国人然としたその表情が、驚愕《きょうがく》というか、硬直というか、そんな感じの表情を浮かべて智美を注視してくる。

だが、その外国人はやがて気を取り直したように、ふるふるっと頭を振ると、にっこりと笑顔を浮かべ、智美に手を振ってきた。智美は苦笑でそれに応え、そそくさと前を通り過ぎる。

「英語で話しかけられませんように」、と内心で繰り返し祈りながら。

(え、えーと……)

バッグからプリント類を取り出すと、智美はズラリと並んだ郵便受けの中から、ホリィの部屋のものを探す。その背後で外国人は携帯電話を取り出して何やら興奮気味な声で話し出したが、無論智美には何を言っているのかさっぱり理解できない。

(あった、608号室……ここだね。ホリィさんも、ポストに名札くらい入れておいてくれればいいのに……)

ようやくお目当ての郵便受けを発見した智美は、手にしたプリントをそこへ押し込んだ。

その時だった。

「――そこのお嬢さん?」

不意に、背後から英語で話しかけられて、智美はびくっとしてしまった。「エクスキューズミー？」だったのでさすがの智美も意味は理解出来る。

智美が恐る恐る振り向くと、いつの間にか自分のすぐ後ろにその外国人は立っていた。眼鏡をかけたまま自分を見下ろし、親しみ易いのを通り越して薄気味悪いほどに愛想のいい笑顔を浮かべている。まるでホラー映画に出てくる不幸の前触れを告げる使者のような気味の悪さに、智美は思わず悲鳴を上げそうになってしまった。

「お嬢さんは、ホリィ・ブローニング嬢に、会いに来たのですかな？」

その外国人は、ゆっくりと、単語を文節ごとに切って発音しながら智美に問いかけてくる。他の誰とも間違えようのない、クラスメイトの名を。

智美は何も応えない。怖くて、応えられない。知らない男の人、それも物凄く背の高い外国人に英語で話しかけられたとなると、もうそれだけで泣きそうなほど怖くて、身体が震えてしまう。

だが、ホリィ・ブローニングという単語には、一瞬だけ反応してしまった。この外国人の口からその名前が出た時、一瞬だけ「え？」という表情を浮かべてしまったのだ。

それを見て、彼はにたあっと笑う。

「申し遅れました。私はグレッグ・マクギャリーと申します。ここにお住まいのホリィさんとは、旧知の間柄でしてね」

「…………」

何も応えない智美に、その外国人――グレッグは、確認するように問いかける。

「私の言ってることは、分かりますよね？　ゆっくりしゃべりさえすれば、日本の方々は存外英語を理解できるのだということを、私は存じておりますよ」

確かに、グレッグの言っている事はだいたい理解出来たが、智美はやはり何も応えなかった。

「ホリィ嬢は、すぐに来ますよ。私がいま、電話で呼びましたから。彼女はすぐ来ます。すぐにね」

グレッグは電話するジェスチャーを交えてそんな事を言ってくる。智美としては、そんな事はどうでもいいので、とにかくこの場から離れたかった。何でこの外国人は自分に話しかけてくるのだろう？　何でこの外国人はホリィ・ブローニングの事を知っているのだろう？　分からない。智美には何も分からない。ただ無性に怖かった。心細かった。


――心臓の鼓動が、恐怖と不安と緊張で張り裂けそうなほどに高鳴る。


「――沢村さん!?」

不意に、ホリィの絶叫が聞こえて、智美は弾《はじ》かれたようにその方向に視線を向けた。電子ロックされていたマンションの入り口が開く僅《わず》かな間さえももどかしげに、ホリィは全速力で智美の許へ駆け寄ってくる。

その姿を見て、グレッグは口笛を鳴らす。

「これはこれは！　お早いお出ましで！」

「あなたは……！」

憎々しげに吐き捨てると、ホリィは智美を背後にかばった。智美も思わずホリィの背中にしがみつく。背中に顔を押しつけると、ホリィの鼓動が感じられた。

――その鼓動は、不思議なほどに智美の心臓のそれと重なっていた。

「……この娘に、何をしたの……？」

「別に、何もしていませんよ。話しかけてはみたんですが、一言も応えてはもらえませんでした。本当ですよ？　指一本触れておりません。むしろ――」

グレッグはおどけた表情で帽子の鍔を下げると、声をひそめてホリィに問いかける。

「――彼女に何かしたがってるのは、貴女の方ではありませんか、ホリィ・ブローニング。何しろこのお嬢さん、似てますからなあ……『第四の騎士』に。瓜二《うりふた》つです」

「…………！」

ホリィの身体が強張《こわば》るのが、彼女の背中にしがみついている智美にははっきりと分かった。

グレッグはホリィの背後に隠れている智美を覗き込むように見つめながら、ぶるぶると身震いして見せる。

「初めて彼女を見た時、私は目を疑いましたね。死人が生き返ったかと思いましたよ！　ですが……よく見れば別人で、しかも貴女のお知り合いのようですね……。これは……これはまた、何とも面白い状況ではありませんか……！　何という悲喜劇的な巡り合わせでしょうか！　ねえ、ホリィ嬢⁉」

「黙りなさい……！」

ホリィは怒気を込めて呟き、わなわなと身を震わせる。

そして——何故だろう——ホリィにしがみつき、そのやり取りに耳を傾けながら、智美は不思議なことに気がついていた。

ホリィが現れてから、何故か智美は、グレッグの発している言葉を正確に理解している事に気がついたのだ。だが、突然英語が理解出来るようになった訳ではない。耳から聞こえる情報としては、相変わらず英語は理解できない部分が多い。

それでも、グレッグが何を言っているのか、分かる。

何か、自分の中に、言葉の壁を越えるほどの、共通項が打ち込まれたような感覚。

それが——

——ホリィの背中から、そこから伝わってくる鼓動から、智美の中に流れ込んでくる。

不安と、恐怖とで、パニックに陥っている智美の脳裏に、そうした感情さえも凌《しの》ぐ、何か熱い、自分を突き動かすような衝動がこみ上げてくるのだ。

……ホリィの心臓の、高鳴りを感じる。

彼女も不安なのだ。怯《おび》えている。恐怖を感じている。いまの智美には理屈抜きで――それが、分かる。

何とかしなければ。

何とかしなければ。

自分の中に、そんな風に思える強さがあった事が、智美には驚きだった。

だが、その強さは彼女の中に在って、彼女のモノではなかった。

――それは彼女の中にいま、突如として芽生えたモノなのだ。

ドクンと、大きく心臓が鼓動を刻む。ホリィと、智美の心臓が、同じリズムで。

その瞬間、智美の脳裏には中学時代の思い出が蘇《よみがえ》る。みんなからバカにされて、独り家に引きこもっていた情けない自分。

ドクンと、再び心臓が大きな鼓動を刻む。

その瞬間、昨日の出来事を思い出す。ずっと書き続けていた小説を、嘲笑され、さらし者にされ、その事に耐えきれなくて大切な夢をあっさりと諦めた自分。

ドクンと、三度、心臓が大きな鼓動を刻む。

その瞬間、智美が思い描いたのは過去ではなく、現在の状況だった。背の高い何だか怪しい雰囲気の外国人に絡まれ、ただ恐ろしくて、訳も分からないままホリィの背中に隠れている自分。

——悔しいと、思わない？


どこからか、そんな声が聞こえたような気がする。

聞こえるのか、感じるのか、その差はよく分からない。だが確かに、何かが、一定のリズムに乗せて、智美の胸中に呼びかけてくるような気がする。

（悔しいよ……。悔しいけど、でも、どうしようもないじゃない……）

智美はホリィの背中にぎゅっとしがみつきながら、内心の不可解な囁《ささや》きにそう応える。


——そうね、あなたは戦う前から負けているもの。

——その嘆き、その哀しみ、私には理解できるわ。

——私も、あなたと同じだから。勝てないの。最初から負けてるの。

——でもね、もしもあなたが、いまよりもっと強かったら……。

内心の妖しい囁きと共に、**心臓が、四度目の、大きな鼓動を刻む。**

——こんな気持ちも、味わえるのよ？

次の瞬間、智美の胸中にどろどろとした、灼熱《しゃくねつ》の溶岩の様な激情がこみ上げてきた。怒り、憎しみ、恨み、誇り、優越感、保護欲、希望——そして、それらが複雑に絡み合った——闘志。

それらは、すべて既知の感覚だった。だが、それでいて、必要な時ほど自分から遠くなってしまう、求めることすら諦めかけていた感情だった。立ち上がるための、立ち向かうための、屈しないための、そして戦うための意志だった。

そしてその感覚と共に、智美の胸中にどす黒い想念が渦巻き始める。

許さない。

みんな許さない。自分をバカにした連中を許さない。自分を脅かす存在を許さない。大切なモノを奪う者たちを許さない。もう負けたくない、もう他人には負けたくない、自分の弱さにも負けたくない。勝ちたい、戦って勝利したい。負けるくらいなら——相手を叩きのめし、傷つけ、その上に立ちたい。

それが智美自身の想いなのか、それとも、ホリィの心臓の鼓動を伝わってくる想いなのかは、判然としない。

だが——その燃えたぎるような想いは、一瞬で消えてしまう。

（————!?）

急激な感情の喪失感に、智美は戸惑う。

そして、すぐに思い知らされる。

自分が、やはり弱くて、情けない惨めな存在に過ぎないのだという事に。

そして、身体中を駆け巡る妖しい律動と共に、声が囁く。

——どう？　さっきの気持ち。悪くないでしょう？

——でも、あれはまだカタチになってないただの想い。

——だから、すぐに消えてしまう。裏付けのない、根拠のない想いだから。

——あの想いを持続するには、確固とした力が必要なの。

——それが、欲しいと思わない？

妖しい囁きと共に、智美は戦慄《せんりつ》を覚えた。

見透かされている。恐ろしいほどに、内心を見透かされている。

それだけに……何か嫌な予感がする。

智美が怯えながらそんな事を思うと、身体中を駆け巡る妖しい囁きには、含み笑いのようなリズムが加わった。

——そう……気づいたみたいね、これは取り引きなの。

——私はあなたに力をあげられる。

——あなたの中の断ち切れない想い……。

——あなたが裡《うち》に秘めた狂気を……戦うための力に変えてあげる。

——それが私の力。私を私たらしめたる、魔の力。

——それを、あなたに分けてあげる。

——その条件として私が提示する要求は、ただひとつ。

——私を、あなたの手で護って欲しいの。

——あなたと同じように、弱くて、情けなくて、いつも怯えていて、震えるだけの私を、護って欲しいの……。

理解出来なかった。

声の要求する内容が、智美には全く理解できなかった。

そもそも、この声の主は何者なのだろう？

いったい何から、誰を守れというのだろう？

だが、

――智美の内心の問いに応える声はなく、その代わりに、心臓は決断を迫るように、五度目の大きな鼓動を刻む。

その瞬間、一度目の鼓動から五度目の鼓動を刻むまでに感じたのとまったく同内容の声が、高速で何度も何度も智美の体内を駆け巡った。悔しい。護る。秘めた狂気。怒り。魔の力。負けている。確固とした力。最初から負けている。いつも怯えて。力に変えて――あまりにも速すぎて捉えきれない断片的な言葉の渦が、暴風雨のように胸中を吹き荒れる。

そして、その中で、瞬間的に感じる心の強さ、それに憧《あこが》れを感じたとき――。

声が聞こえた。

先程までのように、誘うように、妖しく囁く声ではなかった。

重々しく、何かを宣告するような、荘厳な響きが智美の全身を貫いた。

――汝《ナンジ》、我ガ騎士ト成レ

「――沢村さん……沢村さん⁉　どうしたの⁉　しっかりして、沢村さんッ⁉」

ホリィが悲痛な声音で自分を呼んでいるのが、内心ではなく、耳を通じて聞こえ、智美はハッとして顔を上げた。

そんな智美の表情を見て、ホリィは茫然《ぼうぜん》と呟く。

「まさか……貴女にも、聞こえたというの……？」

「……え？」

問い返す智美の短い声に応えたのは、ホリィではなかった。

「これは驚きました……信じられない《アンビリーバブル》……！　これが『騎士』が誕生する瞬間ですか！　なんという魔力……！　このグレッグの〈鑑定眼〉を以《もっ》てしても、このあまりにも膨大な魔力、その本質が鑑定不能です……！」

よろめきながら、眼鏡を外して目元を押さえると、グレッグは歓喜と驚愕がない交ぜになったような、内心の動揺を隠しきれない語調で呻く。それを見て、ホリィは弱々しく首を振る。現実から目を背けるように、認めたくない何かから逃れようとするかのように。

「嘘よ……この子が、沢村さんが私を護ろうとするはずがない……そんなはずがないもの……」

「おやおや、たったいま、目の前で起きたばかりの出来事すら受け入れられずに現実逃避ですか？　まあ、それは貴女の自由です。ですが、貴女から授かった私の能力、魔力の価値と真贋《しんがん》を見極める〈鑑定眼〉が捉えました。〈騎士〉でしかあり得ない、膨大な魔力の発生を。さてさて、これから忙しくなりそうです……」

グレッグはホリィと智美を舐めるように見回してから、満足げな口調でそう言った。

「――『第五の騎士』の誕生が確認された以上、我々としては、今後の事を仲間たちと慎重に討議しなければなりません。ですので、今すぐあなた達に対して何かアクションを起こすということはないでしょう。喜ばしいことではありませんか、ミズ・ブローニング。もう貴女は一人ではないのですから、孤独に震える日々も終わる事でしょう――この小さな〈騎士〉さまが命を落とされるまでの、短い間ではありますがな」

「この子を……沢村さんを死なせたりなんて、するものですか！」

「そうか、それでは――我々の〈女神〉としての使命を果たしてくださると、そういう事ですかな？」

「……！」

言葉を詰まらせるホリィに、グレッグは指を三本突き出すと、冷徹に告げた。

「――三日。三日だけ考える時間を差し上げましょう。私が帰国するまでに、じっくりと考えると良いですよ。そちらの――確かサワムラさんと仰《おっしゃ》る、その小さな『騎士』さまを死なせたくないのでしたら、ミズ・ブローニング。貴女の取るべき道はひとつしかないと思いますがね。それとも……もう一度、我々と戦ってみますかな？　いままでのように、『騎士』を矢面に立たせて……」

それを聞いて、ホリィは悔しげに身を震わせながら、視線を落とす。グレッグはぬっと首を伸ばしてホリィの背後に隠れた智美に声をかける。

「――それではお嬢さん、ご機嫌よう。私としましては、もうお嬢さんの前に姿を現さないで済む事を願いますよ。いたいけな少女が怯える姿を見るのは、どうも苦手でしてね」

その言葉を最後に、グレッグはゆっくりと智美たちの前から去って行った。だが、その後もしばらく智美はホリィの背中にしがみついていた。

「…………」

智美からは、ホリィの表情が見えない。もし見えていたら、思わず息を飲んだだろう。ホリィは、天井を見上げて、涙を堪えていた。やり場のない怒りと、哀しみを、声なき慟哭《どうこく》に変えて。

だが、やがて何かを吹っ切ったかのように、微かな笑みを浮かべると、

「……もう大丈夫よ、沢村さん」

そう言って、智美と向き直った。智美が初めて聞くホリィの優しい声、初めて見る優しい笑顔だった。

そんなホリィの態度にどうリアクションをすればいいか分からずにいる智美をよそに、ホリィは郵便受けに視線を向ける。そこには大きめな茶封筒が差し込まれていた。何気なくそれを手に取り、開封。そして——その時、ホリィは自分がどんな表情を浮かべたのか、自分では分からなかった。

そこに入っていたのは、学校から配られたプリント類。

そして、一冊の文庫。「荊の城」の、下巻。

『ホリィさんへ。身体の具合は、大丈夫ですか？　もしも本が読めるくらいには元気だったら、きっと、続きも読みたくなるだろうから、『荊の城』の下巻も入れておきますね。早く、元気になって下さい。沢村智美より』

智美からのメッセージと共に、その本が、封筒に入れられていた。クラス中が注視する中、冷徹な言葉で彼女を泣かせた自分に、彼女はこの本を届けに来てくれたのだ。そこに優しいメッセージまで添えて。

そんなことが、絶対に起こらないように、敢えて残酷なまでに彼女を傷つけたというのに。見るからに気弱で、明らかに傷ついていた彼女が、その残酷さを越えて、なおも自分に手を差し伸べようとしてくれていた。

それでは。

それでは――自分が、沢村智美を傷つけてきた行為は、いったい何だったのだ。

何のために、自分はいままで、人との交流を避け、そんな中でも優しくしようとしてくれていた彼女の優しさを拒んできたのだ。無意味だ。全て無意味に終わってしまった。そして、どうして彼女は、自分を泣かせたような相手のために、『騎士』となることを選んだのだろう。分からない、いや、恐らくは彼女自身、まだ分かっていないに違いない。

——あるいは、それだけが救いかもしれなかった。

彼女が総てを知る前に、終わらせるしかない。文字通り、終わりだ。何もかも。

ホリィはプリントを手に取ると、智美に向かって力無く微笑む。

「……これを、届けてくれたのね。ありがとう——いいえ、ごめんなさい。本当は、私なんかの所に、来たくなかったんでしょう?」

「ホリィ……さん……」

「怖い思いをさせて、ごめんなさい。私、ああいう人たちに絡まれているから、学校では極力みんなと交流を避けるようにしていたんだけど……」

ホリィは心から済まなそうにそう言った。智美は急に優しくなったホリィの態度に、言いようのない不安感を募らせる。それを敏感に感じ取ったのか、ホリィは真剣な表情で智美を見つめた。

「——大丈夫よ、沢村さんが心配しなきゃいけないようなことなんて、何もないの。さっきの怪しい男のことは、私の問題だから、私が自分で何とかするわ」

「だ、だけど、さっきの人……何だか……」

智美には何が何だか全然事情が分からないのだが、とにかく、さっきグレッグと名乗ったあの外国人が、ホリィに対して何らかの危害を加えようとしている気配だけは察していた。

ひょっとするとホリィは、何か智美には想像もつかないような、とてつもなく危険な事件に巻き込まれているのかもしれない。

その事を想うと——智美は、胸が締め付けられるようだ。

「本当に大丈夫よ。気を遣ってくれて、ありがとう……。この本も、大切に読ませて頂くわ。ちょうど、さっき上巻を読み終わったところだったから、凄く嬉しい」

何かを諦めたかのように、無気力な口調でそう言うと、ホリィはポケットから鍵を取り出し、電子ロックを開いてマンションの中へ戻ろうとする。

何か——言わないと。

離れて行くホリィの背中を見つめながら、智美はこみ上げる焦燥感と共にそう想った。ホリィの態度は明らかに不自然だ。さっきのグレッグとの一幕だって、どう見ても穏やかな雰囲気ではなかった。しかもグレッグは、智美の存在が何らかの形でホリィを追い詰める要因になっている事を匂わせていたのだ。

怖かった。何かが、智美とホリィの周囲で得体の知れない何かが進行していて、そしてこのまま手遅れになってしまいそうな、そんな不安感が智美を突き動かした。いてもたってもいられないほど——恐ろしかった。先程まで自分を包んでいた不思議な心強さが、ホリィと少し離れただけで急激に消え失せていく。

「——ま、待って、ホリィさん！」

智美が怯えたように叫ぶと、ホリィは足を止めた。

「ねえ……さっきの人、何なの？　大丈夫って、何がどう大丈夫なの……？」

「それは……ごめんなさい、答えるわけにはいかないの」

「ホリィさん！」

ヒステリックに叫ぶ智美に向き直ると、ホリィは淡々とした口調でこう言った。

「前に、私に同じ事を聞いた人たちは、みんな死んだのよ。それでも……聞きたい？」

その言葉に、智美は凍り付いた。

恐怖で強張った智美の表情を見て、ホリィは寂しげに笑う。


——ええ、聞かせてちょうだい。先生は、そんなのちっとも怖くないわ。


『第四の騎士』は、同じ言葉を聞いてもそう言って笑っていた。その優しさに溺《おぼ》れるようにして、ホリィは全てを話した。

そして、彼女はもう、還《かえ》らない。

「……心配しないで。沢村さんは、大丈夫だから」

ホリィは『第五の騎士』に向かって、もう一度言った。

それから思い出したように、

「昨日は……あんな酷い事を言ったりして、ごめんなさい」

そう付け足すと、今度こそマンションの中へと姿を消す。

それは、謝罪ではなかった。

一方的な、別れの言葉だった。

5

智美はしばらくその場で立ち尽くしていたが、やがて力無い足取りでマンションを後にした。やはり、昨日決めた通り、ホリィには関わらなければよかった。何だか意味も分からぬままに怖い思いをさせられた挙げ句に、ろくに説明もしてもらえないまま取り残されてしまった。少しくらい優しい言葉をかけてくれたって、何の説明もしてもらえなかったら不安はいや増すばかりだ。

（……私だって、何も好きでホリィさんにプリント届けたんじゃないのに……。何でこんな目に遭わなきゃいけないのよ……）

智美は今日の自分の行動を、心の底から後悔していた。早く家に帰ろうと思った。そして、部屋に籠《こ》もって思いっきり泣くのだ。惨めだったり怖かったり恥ずかしかったり悲しかったりする事ばかり続いて、もう限界だった。明日は親が何と言おうと学校を休もうと思った。もしかしたら明後日も休むかもしれない。人と会うのが怖かった。何を言っても何をやっても駄目な気がした。さっき、一瞬でも自分の中に強さを感じたのが嘘のようだ。

すっかり精神的な余裕を失っていた智美は、前方から自分に向かってずんずん近づいてくる人影にも、気づかなかった。だが、その人影はうつむきながら頼りない足取りで歩く智美を見つけると、嬉しそうに、小走りに駆け寄ってくる。

「――あー、いたいた。智美～」

いきなり、間近で自分の名前を呼ばれて、智美は驚いて顔を上げた。

そして目の前の人影を見ると、思わず目を瞠ってしまう。

優子だった。

まだ部活が終わってない時間なのに、そこには優子が立っていた。

「どうして……？」

茫然と呟く智美に、優子はあきれたようにため息をつく。

「……どうしてって……それ、訊《き》くかあ？　智美が心配だったからに決まってんじゃん」

「だって、部活……」

「あはは、結局サボッちゃったわ。でもひょっとして、それで正解だったか？」

そう言って、優子は真顔で智美の顔を覗き込む。

「智美、泣きそうな顔してるし。やっぱり、何かあったの？」

「ゆ、ゆうちゃん……」

智美は声を詰まらせると、やがて、その場でぼろぼろ泣き出してしまった。怖い思いをして、不安になっている時に優しい言葉をかけられてしまい、張りつめていた気持ちが一気に崩れてしまった。

優子はそんな智美の頭にぽんっと手を乗せると、しばらくの間、くしゃくしゃと感触を楽しむように髪をもてあそぶ。

そして、

「ったく、世話の焼ける……」

言葉とは裏腹に、どこか優しい口調で、そう呟くのだった。

近くの公園に行って、ベンチに腰掛けて少し気持ちを落ち着かせると、智美はぽつぽつと優子に昨日からの出来事を話した。

自分が小説を書いていたこと。それがネットでさらし者扱いをされてしまったこと。ホリィの家で怖い外国人にからまれたこと……。

「……そりゃ、ツイてないねえ……」

優子はたこ焼きを食べながら、智美が思い悩んで不安がっていたことを、そんな一言であっさりと片づけてしまう。

いつもそうだ。優子は智美の背負った心の重荷を、一瞬で軽くしてくれる。こんなことならもっと早く言えば良かった。どうして悩んでいる時に限って想像出来なくなってしまうのだろう、ただ話すだけで、こんなにも心が軽くなるということが。

「……うん、でも、もういいよ」

智美は力無く笑う。

「小説は、もう書かなければいいし。ホリィさんにも、これからはあんまし近づかないようにするよ。何だか……私が、少し無防備だったのかも」

「うむ、ていうかマジであいつがそんな事言ったんなら、何か犯罪とか絡んでるかもしれないじゃん……。現にあいつの周りで人が死んでる訳だから」

「あんまり、考えたくないけどね……」

それから、二人は少し沈黙する。続けづらい会話になってしまったし、二人とも、しばらくたこ焼きを食べていたのだ。

「……それにしても」

優子はたこ焼きを食べ終わると、近くのゴミ箱に容器を投げ捨てた。

「智美が書いた小説っていうのは、読みたいなー。どんなの書いてんの？　今度見せてよ」

「ぜ、絶対にイヤ。恥ずかしいもん。それにもう、全部消しちゃったし……」

「もったいないなあ。ていうか、何で私にそういうこと秘密にしてるかな。なんかさー」

ベンチから立ち上がると、優子は少しむっとした表情で智美に問いかける。

「私は智美のこと、友達だと思ってるんだけど、それは私の錯覚か？　何か変に遠慮するし、何か秘密多いし、実は私って智美に嫌われてんの？」

「そ、そんな事ないよ！　私は、ゆうちゃんしか友達いなくて、ゆうちゃんに嫌われたくなかったから、私なりに精一杯だったんだよ⁉」

智美が力一杯否定すると、優子は少し困ったように笑う。

「おいおい精一杯って……私との友情は苦行かよ……。私は、智美といると和むんだけどなあ」

「苦行なんかじゃないよ。私だって楽しいし、もう馴れたし……」

「あははは、そっか、もう馴れたか――ってこら馴れたとは何だ馴れたとは」

優子は智美の頭をぐりぐりする。智美は笑いながら悲鳴を上げ、二人はひとしきりじゃれあった。他愛もない会話を交わし、いつの間にか普段と変わらない雰囲気が戻っていた。

時間が、あっという間に過ぎて行った。

そして、長々と話し、少し話し疲れ、辺りも暗くなってくると、優子はうーんと満足げに伸びをする。

「――んー、そんじゃそろそろ帰るかな。何か、久々に沢山しゃべったねー」

「そうだね、暗くなってきたし……帰ろうか。ごめんね、部活、今日も休ませちゃって」

「あははは、気にしないでいいっつーの。一日や二日サボったくらいで、私の腕は鈍ったりしないもん」

「そんな事言ってサボってばっかりだと、そのうちヘタクソになっちゃうかもしれないよ？」

智美がからかうようにそう言うと、優子は公園内のバスケットゴールに目を向けて、ニヤッと笑った。

「ほほー、言ってくれるじゃないの。んじゃ、ちと私の実力を見せてあげよっか。智美、ちょっとゴール下に立ってくれる？」

「……え？」

「いいからいいから、早く早く」

少し弾んだ口調で、優子は自分のスポーツバッグからバスケットボールを取り出す。智美はそれを見て、取り敢えずゴール下に駆け寄った。

「――この辺でいい？」

「おーけー。んじゃ、今からフリースロー連続十本決めるから、ボール落ちたらこっちにパスしてね」

「れ、連続十本？」

驚いて聞き返す智美に、優子はバスケットゴールの正面に移動しながら余裕の口調で応える。

「……ま、暗くなってきたしー。いまは制服だしー、そんくらいでしょ」

そう言いながら二、三回、ボールの感触を確かめるように地面にバウンドさせると、優子は真剣な表情でボールを構える。背筋がピンと伸びて、脇がしっかりと閉まって、いかにもバスケをやり込んでいる人間の構えだ。

そして、一投目。ボールは吸い込まれるようにしてリングの中心をくぐる。

「わー、本当に入った！」

「……一本くらい当然じゃん。これでも、中学時代はウチの地区でも注目の選手だったんだから」

「へえー、でも凄い凄い」

智美は優子にボールをパスすると、ぱちぱち拍手した。そして、二投目、三投目、四、五、六……と、優子は次々にフリースローを決めてゆく。

「本当に凄いね……！　何だか、かっこいい！」

「あははは、知ってる知ってる」

笑いながら七投目を投げ、見事にリングをくぐらせると、優子は少し真剣な口調でこんな事を言った。

「……でもさ、あと四センチ背が高かったら、もっと格好良かったかな、って今でも時々思うんだよね」

「……え？」

短い問いかけを発する智美に、優子はボールを構え、ゴールに視線を向けたまま応える。

「私さ、中学の時は、いまよりもっと気合い入った、物凄い熱血バスケ少女だったんだよね。

何故なら、バスケで高校の推薦入学もらうつもりだったから。受験勉強したくなかったし。そりゃもう必死で練習したわけさ」

そして、シュートを放つ。八投目のフリースローもあっさりと決まり、優子は智美からボールを受け取ると、何度か地面にバウンドさせながら言葉を続ける。

「で、一応、三年の時にバスケのセレクションを受けたんだけどさ……落ちた。後で聞いたら、一七〇センチ以下の子は、みんな落ちてた。その代わり、すっごい下手くそな子でも、背が一七五くらいありゃ受かってるんだよね。要するに、身長が一七〇を越えてないと、初めから評価のラインには立たせてもらえないわけだ。しかも、一七〇大きく越えてりゃもう無条件で合格。そりゃねーだろって感じ」

そこで言葉を切ると、優子はボールを投げる。

放物線を描いて、九投目のフリースローが鮮やかに決まった。

「…………」

「智美は、やっぱ背が低いの気にしてんのかもしれないし、私もまあ、智美よりは背が高いわけだから本当のところ、智美の気持ちはよく分かんないけどさ――」

優子はそこで言葉を切ると、パスくれ、という風にくいくいと手招きをする。話に聴き入っていた智美は慌ててボールを拾った。

「――身長が四センチ足りないだけで、自分が三年間流した汗は全部パアかよって思った時は、私もそれなりに荒れたね。酒に溺れ、ギャンブルに走り……」

「……それ、いまとどこが違うの……？」

「当時は溺れてて、いまは嗜《たしな》んでおるのじゃよ。節度の違いかな」

智美からパスを受け取り、優子は十投目を投げる態勢に入る。

「でもさー、智美――」

真剣な表情でゴールを見据えながら、優子が問いかけてくる。

「――智美から見れば、私ってバスケ上手でしょ？　つーか、はっきり言って『ゆうちゃんって天才！』とか思わない？」

「うん……思う。ゆうちゃん、凄いよ」

智美は素直に頷く。

「――だよね。私も、そう思うんだわ」

優子は十投目を投げた。

智美は期待を込めてゴールを見つめる。

だが、ボールはリングの縁に当たってしまい、惜しくも外れてしまった。

優子は残念そうに舌打ちする。

「あー、外れたか。しまらないなー」

「ううん、何か凄いモノを見ちゃった気がするよ。格好良かったよー！」

「あははは、知ってる知ってる。自覚ありあり」

「どうせだから、もう一回投げて決めちゃえばいいのに」

「いいのいいの、ま、その分、いつかとっておきの場面でズバッと決めてやるわけよ。その一瞬のために練習をするわけだ」

「……うん、ごめんね、練習サボらせちゃって……」

「いや、だから、そうじゃなくて……」

優子はボールをバッグにしまいながら苦笑した。

「要するにさ、私は高校の推薦取れるほどには才能に恵まれてないってことなんだけど、でもその程度の腕前でバスケを続けてる自分っていうのを、恥ずかしいとは思わないってゆーか、少なくとも智美が見て凄いって思ってくれるなら、やっぱ私は凄いわけだ。今の学校じゃ、まずインターハイには行けないし、大学の推薦も取れないと思うけど」

「………」

「うーむ、何だか微妙に言いたい事がズレてきた気がするけど……つまり、あれだよ、バスケ素人の智美の前で、腕前自慢しても仕方がないって思うかもしんないけど――何か巧《うま》く言えないけど……」

「……ん、無理に言わなくてもいいよ。何となく、ゆうちゃんが私に言おうとしてくれたこと、分かったような気がするから、大丈夫」

「……あ、そう？」

「何となくだけどね」

智美はそういって、にっこり笑う。優子としてはもうちょっと格好いい台詞《せりふ》で決めたかったのだが、智美には何となく伝わったらしいし、とにかく笑ってくれたので良しとする事にした。

部活の方は、優子が一年部員を煽るような形で上級生との対決姿勢を固めていたにも拘わらずサボってしまったので、明日から少し面倒な事になるかもしれないが……。

（……ま、いいか）

軽く考えると、優子は智美に手を振る。

「んじゃ、またね。ていうか、家に帰ったら久々にメッセでもしない？」

「うん、分かった。それじゃ、九時くらいになったらネット繋ぐね」

「OK、じゃねー」

二人はお互いに笑顔で別れ、それぞれの家へと向かう。

……後にして思えば、この時には全てが手遅れだった。

すでに五番目の騎士は生まれ、最強の騎士たる彼女の力は、これから始まる全ての悲劇を結ぶ糸となっていた。


——かくて、災禍の夜の帳《とばり》が落ちる。

entering and beginning of the nightmareworld
it is called "calamity knight"

ECLIPSE

沢村智美《さわむらともみ》は後に思い出す。悔恨《かいこん》と共に、幾度となく回顧する。

自分が、ただの自分でいられた、最後の時間を。

櫻井優子《さくらいゆうこ》とネットで語り合う約束をした時間は夜の九時。それがあまりにも楽しみだったので、帰宅すると食事と入浴を早々に済ませ、自室に籠もるとすぐにパソコンの電源を入れ、画面に映る時刻をずっと眺めていたのだ。七時四十五分くらいから、ずっと。

(早く九時にならないかな……)

画面の前で我知らず微笑を浮かべながら、智美はそんな事を考えていた。

午後八時十七分まで。

※

雪村和彦《ゆきむらかずひこ》が自宅に帰ると、そこには我が物顔でソファに腰を下ろしてくつろぐ、全身白ずくめの衣装に身を包んだ忌まわしい知人が待ち受けていた。その知人はテーブルの上にヴィンテージ物のワインを数本並べ、衛星放送でテニスの試合を見ながら歓声を上げている。

（遠慮も何もあったものではないな……）

雪村は眼前の男を見ながら露骨に眉を顰《ひそ》めた。眼前の人物は、留守中に勝手に上がり込んで、くつろいでくれていて構わないほどに友好的な存在ではない。むしろ雪村は自分の婚約者であった琴吹古都子を死に至らしめたあの呪《のろ》われた少女、ホリィ・ブローニングに次いで眼前の男を憎んでいるのだ。ホリィに向ける怨恨《えんこん》の念があまりにも強すぎるので感覚が麻痺《まひ》しているが、この男こそが、結果として彼の恋人を死に至らしめた張本人と言っても過言ではないのだから。

それなのに、雪村が彼と、彼が属する組織と交流を持っているのは、「現状においては利害が一致している」という、ただそれだけの理由に過ぎない。お互いの目的が達成されれば、すぐにでも縁を切りたいと思っている。逆に言えば、そんな連中と接触してでも、雪村はホリィ・ブローニングという少女をこの世から抹殺してやりたいと思っている。

最大の憎悪を向ける存在を駆除するために、その次に憎むべき存在と結託する――恐らく他者には理解し得ないであろう、前提からして倒錯した、すでに自分でも明晰《めいせき》な論理を構築出来ない、病的なほどに狂おしい熱い情動に依《よ》って、雪村和彦という男は行動している。ただ、内面の論理は病的でも、達成すべき目的だけは明確なのだ。そのために、利用できる連中は利用する――。

……雪村がグレッグ・マクギャリーという怪しい外国人と交流する理由を、無理矢理言葉にすれば、そのようなものになるだろうか。ただし、そんな簡単な言葉で的確に雪村の内心を表現することは不可能だった。事がホリィ・ブローニングに関連したものになると、雪村自身ですら自分の感情を制御することも理解することも出来なくなるのだから。ただヤツを消し去りたい、苦しめたいという感情以外は。自身でも理解できない心理構造から目を背けるべく、雪村は努めて平静を装う。装い続けた結果、彼は端から見ている分には常に落ち着いていて、理性的であるように見えるだろう。その事を、彼は自覚してもいた。

「——随分と優雅にくつろいでくれているじゃないか、グレッグ。それに聞いたところによれば、うちの学校にまで足を運んだそうじゃないか。あれほど目立つ行動は避けてくれと言ったにも拘わらず……。そこまでしたからには、何か収穫はあったんだろうな？」

雪村は冷蔵庫を開け、自分もビールを取り出しながら訊ねる。会話を楽しむ気分ではないので、重要な用件はずばり訊かなければならない。

そして、グレッグはテレビを眺めながらも雪村の問いに大きく頷くのだった。

「ええ、それはもちろん、これ以上は無いというくらいの収穫がありましたとも！　最高だ！　何と言っても『第五の騎士』が誕生する瞬間に立ち会えたのですからな！　これで、後はシャラポワがこのタイブレークを制してくれれば言うこと無しなのですが……」

「テニスはどうでもいい。収穫があったということは、やはり僕が見込んだ彼女が『騎士』に選ばれたのか？」

「彼女！　おおそうですとも！　ミスター雪村、貴方《あなた》がお膳立《ぜんだ》てを整えていてくれたのでしょう？　貴方の仰る通り、『第四の騎士』にそっくりなお嬢さんでしたな。背が低く、眼鏡をかけているところなどは特に！」

　それだけならば、日本人女性の多くに共通する二点を特徴として挙げると、グレッグは楽しげに笑う。

「そうか、それでお前達はこれからどうするんだ？」

「それなんですが――」

　グレッグは帽子の鐔《つば》をつまみ、瞳の前まで下ろすと、少し真剣な口調になった。

「――我々の次なる行動は『当初の予定通り』、ということになりました。つまり当面の間、この状況を静観する事で決定というわけですな。正直なところ、私たち《サーティスクリーマーズ》は『第三の騎士』と『第四の騎士』との戦いで、隠密行動《おんみつこうどう》が可能で、なおかつ戦闘能力に秀でている仲間を既に何人も失ってしまっているのです。無論、単純な戦闘能力だけならば強力な仲間たちはまだまだ残っているのですが、そのような面々がこの地で大闘争を巻き起こすのは貴方も困るでしょうし、我々としても避けたい。それだけにこれから先、何としてでもホリィ・ブローニング嬢に『女神』としての自覚を取り戻して頂き、既に存在する『災禍の心臓』を発動させる道を選ぶのか、それとも新たな女神を捜し出し、そこに新たな『災禍の心臓』を宿す方向で事態を収拾するかは、我々の間でも意見が分かれているところなのですよ。また、私が〈鑑定〉しましたところ『第五の騎士』の戦闘力は、『第四の騎士』を大きく凌ぐ可能性があります……。なので、迂闊《うかつ》な手出しは出来ません。『災禍の心臓』が、あと一押しで発動するのが分かっているだけに、悩むところではありますがな……」

「あの沢村智美が……古都子を凌ぐだと？」

意外そうに問い返す雪村に、グレッグは大きく頷く。

「そうです、私が『女神』から授けられた能力は〈鑑定〉、ありとあらゆる物質や概念の真贋《しんがん》を見抜く能力ですので、実際の戦闘能力に関しては不明瞭《ふめいりょう》な部分が大きいのは否めませんが——彼女が『第五の騎士』として目覚めた瞬間、明らかに『第四の騎士』を遥《はる》かに上回る魔力の胎動を感じました。もちろん、三番目は言うに及ばずです。とはいえ、考えようによっては、その強さが逆に好都合なのですよ。魔力とは、人間の負の感情をその源泉とする魔力……それが膨大であればあるほど、自我を支え切れずに自滅するのはまず間違いありません。そして、愛しい騎士の死はそれだけで『災禍の心臓』を発動へ向けて追い詰めてくれる……。最強にして最後の騎士——貴方の予言通り、ということになりますな」

「最後の騎士とは思ったが……最強、となるとさすがに予想外だな……」

雪村は呟《つぶや》き、ビールを少し飲む。

（あの沢村智美が、最強の騎士か……）

彼女の戦う姿が見たいな、と雪村は内心で強く思った。かつて、彼は「第四の騎士」と化したかつての恋人が、その能力を発動した姿を目の当たりにした事がある。その美しさは、鮮烈だった。それは「騎士」というよりは「女神」と形容すべき、壮麗《そうれい》で一部の隙《すき》もない完璧《かんぺき》な美そのものの結晶であり、まさに人界に舞い降りた天上への誘い手・戦乙女《ワルキューレ》の如《ごと》く、一目で雪村の魂を奪い去ってしまった。身長や容姿に関する劣等感を裡に秘めていた恋人が、内心に秘めていた狂おしいほどの「美」への憧憬《どうけい》。それが「第四の騎士」の容姿にそのまま反映されているかのようだった。

グレッグはかつてその事について、雪村にこう説明している。「災禍の心臓」は、心に秘めたもっとも強い狂気に根ざした能力を発現させるのだと。

そして、沢村智美もまた、かつての恋人によく似ている。彼女が自身の身長に根深いコンプレックスを持っているのは、背の高い自分が横に並んだだけで見せる暗い表情からも明らかだ。ならば――酷似した容姿と、それに付随《ふずい》した同じ悩みとを抱く彼女らは、『騎士』としての能力も、似ているのだろうか?

もしそうならば、見てみたい。

災禍の心臓を守るべくこの世に顕現する、『第五の騎士』の姿を。

「……五番目の彼女が、どんな能力を行使するのかは、まだ分からないのか?」

智美が古都子に似ているが故に固執する、しかし似ているだけで歴《れっき》とした別人であるという事実に落胆と嫌悪を募らせる。そんな雪村の屈折した心理が、智美がこれから発現させるであろう『騎士』としての姿に、好悪の入り交じった複雑な好奇心をかき立てる。

だが、グレッグは雪村の発した言葉に眉を顰《しか》めると、質問に対して返答するのではなく、不審気な口調でこう問い返してくるのだった。

「五番目の能力がどんなものか、ですと……?」

そう言って、被《かぶ》っていたシルクハットをそっとテーブルの上に置くと、グレッグはそれまでの作り物めいた丁寧さを捨てた。

「こちらも、ようやく本題に入れそうですな——ミスター雪村、『五番目の能力』を、知ってどうするおつもりなのです？　その返答次第によっては——この場で即、あなたを殺します」

「ほう……僕を殺すか。日本に活動拠点を持たない君たち『慟哭の三十人衆』とやらが、その後どうやって『心臓』との接点を確保するつもりかは知らないが……それもいいだろう。ただし、君らも既に分かっているだろうが、仮に僕を殺せば君らはその時点でもう終わりだ。……ホリィ・ブローニングの近辺で、また新たな犠牲者が出た場合、日本の警察が不審を抱かないという可能性は極めて低いぞ？　なにしろ僕は、彼女のクラス担任なのだからな」

「それは確かに、不都合な状況ではあります。ですが——私とて、その程度の現状認識を持たずにこのような会話をしている訳ではないのですよ。必要とあらば、不要な存在を実力で排除できる。それが我らの最大の強みなのですからな」

雪村とグレッグの視線が、互いの眼鏡のレンズ越しに緊張感を孕《はら》んで絡み合う。グレッグのこのような態度は意外であった。雪村にとって、彼らは日本において非常に限定された活動しか出来ない集団だったからだ。

――『慟哭の三十人衆』。

自らをそのように称する、グレッグや、ホリィ・ブローニングの体内に宿る存在を含めた異能者集団の全容を、雪村は総て知っている訳ではない。組織の「目」として日本を訪れるグレッグはその多くを語らないし、グレッグ以外に日本を訪れた者たちは皆『騎士』によって倒されている。だが、決して多くはない彼らとの接触の中で、雪村は確証はないもののいくつかの断片的な情報を掴んでいた。

ひとつは、彼らが非常に強力な戦闘集団であるということである。組織の構成員一人一人が、それぞれに個性の異なる、人知を越えた「魔力」を有し、ある者は触れただけで物質を塵《ちり》と化し、ある者は対象に押し当てた掌《てのひら》から数トンもの重圧を発して目標を破壊、もしくは殺害する。税関に阻まれることもなく堂々と他国を訪れることが可能で、凶器の特定がほぼ不可能であるがゆえに、殺人事件として立件されることもない、究極の暗殺集団。それが『慟哭の三十人衆』である。恐らくは『騎士』以外のいかなる者も、個人レベルで彼らの来襲から身を守る術はない。

だが、その戦闘能力とは裏腹に、彼ら全体をひとつの「組織」として捉えたとき、その存在は意外なほどに脆弱《ぜいじゃく》に見えた。「三十人衆」を名乗っていることからも分かるように、組織の構成員は決して多くないらしく、異能者たちの個人的なネットワークで辛うじて結ばれているような印象が強い。資金的にも潤沢な訳ではないらしく、日本にも常に少数の人員しか派遣してこない。そんな彼らを結ぶのは、唯一彼らが『女神』と呼称する偶像的な少女の存在だったらしいのだが、崇拝対象に対するあまりにもストイックな忠誠心は、彼らから社会的な影響力を持とうという野心を奪ってしまったようだ。

すなわち、『慟哭の三十人衆』とは、殺人や破壊活動などを行う非合法な存在でありながら、その活動を支えるだけの財力、組織力、そして政治的影響力といったものが、致命的なまでに欠落している集団なのだ。そして、それゆえに、彼らが国内外の警察や軍隊が本格的に介入してくるような事態を恐れているのだという事を、雪村は既に看破していた。『第三の騎士』が死んだ際に、日本のマスコミで大きく報道される事件に発展してしまったのは、彼らにとって痛恨の失策だっただろう。

彼らの究極的な目的は「世界の滅亡」という、狂信的集団の掲げるものとしてはさして新鮮味のないものらしいのだが、果たして彼らが何故にそれを望み、如何にしてそれを達成しようとしているのか、雪村は知らない。知ろうという気もない。だが、彼らがその目的を達成する過程において、当面の課題としていることだけは極めて重要視していた。

——それは、ホリィ・ブローニングの左胸に眠る心臓の奪取である。

もしも、それが昨年秋の段階で達成されていれば、雪村の恋人は死なずに済んだはずだ。今年の春の段階でも、ホリィが迫り来る敵に対して『騎士』による応戦などという最悪の決断を下さなければ、やはり恋人は死なずに済んだのだ。

しかし、戦闘集団として極めて高い能力を持つはずの彼らは、ホリィの殺害に失敗した。

そして、雪村の恋人はもう、二度と還らない。

ホリィ・ブローニングは、その死を越えて生き残った。両親を死なせ、親戚《しんせき》を死なせ、担任を死なせて、ホリィはいまも生き続けている。彼らの屍《しかばね》を踏み越えて。そしてこれからも、彼女はやはり同じようにして生き続けるつもりなのだろう。それは今日、『第五の騎士』が誕生した事からも明らかだ。

雪村にとって、そんなホリィの姿は異常者以外の何者でもなかった。ホリィには人間らしい感情がないのだろうか。どうして、平気でいられるというのだ。親しい人たちを次々と死なせて、これからも死なせようとして、どうして平然と暮らしてゆけるのだろう？　たった一人、最愛の恋人を失っただけで、雪村の世界は無味乾燥な孤独と絶望のみが支配する空間と化してしまったというのに。

あの少女が異常なのか、それとも異常なのは自分か？

その答えは、お互いが死なせた人数を数えれば小学生にだって分かるはずだ。ホリィ・ブローニングは四人——騎士を使役して殺害した敵も含めれば、二十人以上の人間を死に至らしめている。対して、雪村は誰も殺していない。人を殺したいなどと、思ったことさえなかった。ホリィ・ブローニングに、恋人が殺されるまでは——。

出来ることならば、あの呪われた少女はこの手で殺してやりたい。だが、それと引き替えに自分が殺人者として法の裁きを受ける気など、雪村には微塵《みじん》もなかった。雪村はホリィとは違うのだ、自分の手を血で染めてまで、目的を達しようなどとは思わない。

だからこそ、彼は手を貸すのだ。

個々人としては圧倒的な能力を有しながらも、社会的には極めて非力な、異国から訪れる『慟哭者《スクリーマー》』たちに。

「……もう一度だけお訊ねしましょう、『騎士』としての能力に関する質問は、単純な疑問であり、それを手に入れて利用しようという意志はないのですね?」

グレッグは瞳に尋常ならざる光を宿してそう訊ねてきた。恐らく、彼が先ほど言及していた能力、〈鑑定眼〉で、雪村の返答の真贋を見極めようとしているのだろう。その事を敏感に察し、雪村は真剣な表情で頷いた。

「ああ、純粋な質問だ。五番目の彼女が、どんな能力を有しているのか、ここまで君らに協力してきた過程で素朴な興味を持ったに過ぎない」

「……『騎士』の能力を利用して、我々と対立するつもりもない、と?」

「何なんだそれは、冗談じゃない……」

雪村が苦々しく吐き捨てると、グレッグはなおもしばらくの間、値踏みするようにその表情を見守っていた。

だが、

「——あの部屋に、あります」

やがて、グレッグは施錠された雪村の寝室を指で示した。

「あの部屋から、『第五の騎士』が獲得した魔の力を感じます。あなたの誠意に応えるべく、こちらもより正確な表現でお応えするならば、なんと、あの部屋には五番目の能力の、ほぼ全てが揃《そろ》っているのです！　そう、貴方があの部屋に隠している、五番目の〈何か〉が——扉越しにでも、私のハートに激しく揺さぶりをかけてくるのですよ！　いっそあのドアの鍵を破壊して、部屋の中を確認しようかと、何度思ったことか！　ですが……恐ろしくて手が出せませんでした。ワインを飲み、テレビに没頭することで懸命にあの部屋から意識を逸《そ》らす以外に何も出来ませんでした。私の能力は所詮《しょせん》、物事の真贋を見抜くだけの〈鑑定〉に過ぎません——戦闘能力の高い『騎士』の能力を目の当たりにした時、果たして適切に対処できるかどうか、確証がなかったのですよ……！　だから、私はまず、〈遠隔視〉で魔力の性質を見抜ける仲間と連絡を取り、その上でミスター雪村、貴方の真意を問うためにここで待っていたのです。貴方の行動は、私たちにとっても不審でしたからね。いくら恋人の復讐《ふくしゅう》のためとはいえ、『第五の騎士』を生み出すまでに、貴方は我々に対して奇妙なまでに協力的だった……。ですが、それが『騎士』の能力を得るためだったとしたら？　すべて説明がつきますな？　最強にして、最後の騎士の力、その力を独占するつもりだったとしたら……」

「僕の部屋に、彼女の能力の全てがあるだと？　しかも、それを僕が独占するつもりだった？……バカバカしい、不確定要素が多すぎて、論ずるに値しない可能性だ」

雪村は予期せぬグレッグの言葉に、やや焦り気味にそう応える。だが、グレッグはソファからゆらりと立ち上がり、語気を荒げてなおも言い募る。

「そう、普通ならば不確定要素が多すぎる。しかし、そう言う一方で、貴方は事実として現在、の状況を完璧に整えてみせたのではないですか！　不確定要素と仰るなら、その不確定要素をここまでの形で結集させたこと、それらを全て偶然で片付けられることの方が、我々としては納得の出来ないことなのですよ！　しかし、あなたの言葉に虚偽がないことは、私の能力で見極めさせて頂きました——だからこそ、それが……それが信じられない！　貴方は、何という状況を作り上げてしまったのですか⁉　狂気を糧に生きる我々と比較してさえ、あなたは尋常ではない、クレイジーにもほどがあります！　ミスター雪村、本当に、本当に知らなかったのですか？　ことによると、貴方はとんでもない爆弾を抱え込んでいるのかもしれないのですぞ？　しかも、五番目の産み落とした魔はここに在るだけで全部ではないのです。まだ複数の場所に、原爆にも匹敵する凶悪なエネルギーの塊が散乱しているのですよ！　この部屋から感じられる魔があまりにも濃すぎて感覚がぼやけますが……他の場所からも、確かに同質のモノを感じます。だからこそ我々は、当面の間、彼女に手を出さない事に決めたのですよ。彼女は……危険過ぎる……。今までの『騎士』は、一度に複数の能力を発動させる事が出来ませんでしたが……五番目の彼女は、違うようですな」

いつになく真剣な口調のグレッグに、雪村は思わず息を飲む。

――本当に、そこに、あるのか。

雪村は恐る恐る自室のドアを見つめる。『災禍の心臓』に力を授けられた五番目の騎士の力が、沢村智美の産み出した魔の結晶が、そこにあるという。

思わず、ごくりと喉が鳴り、表情が強張った。

たった独りで、数度に渡って『慟哭者』たちの来襲を退けた『第四の騎士』。それを凌ぐという力が、ドア一枚を隔てて、すぐそこに。

グレッグはさらに続ける。

「……あるいは、考えたくない事態ですが、『災禍の心臓』も学習してきたという事かもしれません。あの心臓には、世界を呪うための未熟な自我が植え付けられておりますからな。より強力で、より安定し、より状況に適応した『騎士』を生み出すようになった……いままでの経過からして、あながち考えられない事態ではありません。そうした諸々の可能性を考慮する意味もあって、当面は放置して様子を見る、という結論に至ったという訳です。そして恐らくそれが最善の選択でしょう。強大な魔力ほど、それを御するのは困難ですからな。いくら最強の

『騎士』とはいえ、ここまで桁外《けたはず》れの魔力を長期間制御し続けることなんて出来るはずがない。まだまだいくつかの不確定要素はあるにせよ、このまま貴方が『第五の騎士』の能力を保有し続け、現在の状態が続けば、高確率で彼女は自滅、我々の勝利は揺るぎない」

「自滅は構わないが……何にせよ、そんな危険物が僕の部屋に存在するというのは困るな。何とか出来ないのか？」

雪村がそう言うと、グレッグはシルクハットをかぶり直し、小さな眼鏡の奥の瞳をわざとらしく指さし、不気味に微笑む。

「――そうでしょう、そうでしょうとも。貴方のその不安、ごもっともですよ。でしたら、あの部屋の鍵を開けて頂けますかな？　果たしてどんな性質の魔なのか、この私の能力で『鑑定』して差し上げますよ。物体や概念に関するありとあらゆる〈真贋〉を見抜き、識別できる、この私の〈鑑定眼《ディスクリミネント》〉の能力で。なーに、心配はご無用ですよ。現状では五番目の騎士の能力は極めて安定しております。ドアを開けた瞬間に大爆発！　……ということもないでしょう。それくらいは、ドア越しにも鑑定済です」

その申し出に、雪村は一瞬だけ躊躇《ちゅうちょ》した。

最強の『騎士』の力。

それが一体どんなモノなのかは分からないが、本当に手に入れられれば、今後、この怪しい連中と対峙《たいじ》していく中で、極めて有効な切り札となる可能性がある。雪村は狂信的な暗殺集団である彼らと、深く関わり過ぎている自分を自覚している。彼らがホリィ・ブローニングに拘り、日本での活動を続ける間は大丈夫だろうが、グレッグは先程、「別の女神を捜す」という発言をしていた。それはすなわち、彼らがホリィ・ブローニングの殺害を諦める、という可能性を示唆しているのではなかろうか。そのような展開を迎えた時、彼らが雪村をそのまま生かしておくという保証はない。それを思えばいざという時の切り札は手許に残しておきたいところだ。そして——グレッグが雪村のそうした心理を踏まえた上で、『騎士』の力を押さえておこうとしているのは明白だった。

雪村は自分の命を惜しいとは思わない。グレッグたち『慟哭の三十人衆』が世界を滅ぼそうというならそれもいいだろう。だが、ホリィ・ブローニングが死ぬのを見届けるまでは絶対に死ぬつもりはなかった。それだけが、恋人の去ったこの世界に、雪村が踏みとどまっている理由なのだから。

「どうしました？　早く鍵を開けて頂きたいのですが？」

やや声を低くして、グレッグは行動を促すように声をかけてくる。雪村の心に一瞬過《よ》ぎった迷いを見透かすかのように。そして結局、雪村はその言葉に従うことにした。扱い切れないかもしれない『騎士』の力とやらを抱え込むのは不安であったし、彼らがその力を得て、ホリィ・ブローニングの殺害に成功してくれれば、もうこの世に未練などないのだ。

くれてやる、そんなもの——雪村は内心で吐き捨てながら、グレッグに頷いてみせた。

「……分かった。いま開ける——さっさと確認してくれ」

背広のポケットからキーホルダーを取り出すと、自室のドアに鍵を差し込み、ゆっくりと回す。

そして、グレッグと共に寝室へと足を踏み入れる。

部屋中に貼られた大小様々な、「四番目の騎士」と呼ばれた、かつての恋人の写真が、二人を笑顔で迎える。壁、天井、家具の上、ベッドの脇、比喩《ひゆ》や誇張なしに、足で踏んでしまう可能性がある場所以外の、ほとんどの場所が写真で埋め尽くされている。写真の中の変わらぬ笑顔が、室内に立ち入った二人を、満面の笑みで迎える。そして、第四の騎士の写真が貼られた僅かな隙間《すきま》を埋めるように何枚か貼られた、「五番目の騎士」、沢村智美の写真もまた、緊張気味な笑みを浮かべて二人を見つめていた。

グレッグはそんな室内を見回し、神妙な面持ちで呟く。

「……この部屋は、高純度の慟哭で満たされておりますな。それに……刻がほとんど流れていない。あなたの刻は、この部屋で止まったままだ。いや、多少の変化はあったようですが……それも焼け石に水というところですかな——」

「知った風な口を利くな！」

激しい口調で独白を遮る雪村に、ふう、と肩をすくめてみせると、グレッグはあらためて、何かを探すような、求めるような視線で室内を観察する。

その視線が、やがて雪村が枕元《まくらもと》に並べていた、五体の人形の上で釘付《くぎづ》けになった。

「何と、これは……!?」

グレッグは眼鏡の奥で瞳を見開くと、よろめくように後ずさる。

――沢村智美が作った、フェルト生地の五体の人形が、眼鏡の表面に浮かぶ。

「何という……何ということだ……！　信じられません！　こんなモノが――五つもあるなんて!?　冗談じゃない、こんなの『騎士』の範疇《はんちゅう》を越えています、こ、これではまるで――」

譫言《うわごと》のように呟きながら、グレッグはごくりと息を飲んだ。

「――もうひとつの、『災禍の心臓』ではありませんか……」

自分の発したその言葉によってさらなる驚愕《きょうがく》を喚起させられたように、グレッグは茫然とその場に立ち尽くす。そんなグレッグと、彼の視線の先に在るモノを見比べながら、雪村はやや拍子抜けしたような表情を浮かべていた。

（……こんな、こんなくだらないものが、最強の『騎士』の力だと……？）

枕元に歩み寄り、何気なく人形の一つを手に取ると、雪村は思わず含み笑いを浮かべる。

（……いや、そうか、なるほどな。分かるような気はするよ、沢村……。これは君が想いを込めた、君の狂気の結晶だものな。そういうことか――）

「しかし……これで納得できました。あれだけの膨大な魔力が、何故こうも安定した状態で保たれているのかが少し疑問だったのですが……なるほど、複数の人形に呪を込めていたのですね……。古典的だが、魔を制御する技法としては効果的です……」

雪村の背後から、グレッグが小さく呟きながら歩み寄ってくる。そして、雪村の傍らに立つと、同じように人形の一体を手に取り、さらに丹念に人形を調べ始めた。

——黒色のフェルト生地で身体を形成され、その両腕の先端は凶悪な印象のかぎ爪を備え、兜《かぶと》のように厳《いか》めしい印象の赤い頭部を持ち、その後頭部には毛糸であしらわれたドレッドヘアのように波打つ無数の触手が犇めくという、奇怪な魔獣を象った人形を。

そして、

「……ミスター雪村、これは使えます……」

眼鏡をずらし、人形を頭上にかざして真剣な眼差しで見つめながら、グレッグは熱い口調で囁く。

「——これがあれば、私でも『騎士』になれる……。この人形は『幻像封体《マテリアル・マーブル》』なのです、それは、特定の狂気に呼応し、それを魔力として発動させるための呪具。それは、秘めたる狂気の扉を開く、禁断の鍵……」

「鍵……？」

不可解なグレッグの言葉に、雪村は不審げな呟きで応じる。グレッグは雪村の口調や表情には目もくれず、手にした人形を注視しながら、憑《つ》かれたようにこう言った。

「……そうとも。そうですとも……。試しに、この鍵たる人形を使って、最強の『騎士』が封じられた扉を開いてみようではありませんか」

「お、おい、ちょっと待て、それは危険物なんだろう？」

雪村は慌てて制止しようとするが、グレッグはその言葉を意識的にか、無意識にか、受け流した。彼はいま、ただただ自分の手にした人形としか向き合っていなかった。不気味な怪物を象《かたど》った人形を、慈《いつく》しむように、愛情すら感じさせる繊細な手つきで撫《な》でながら、グレッグは自分が「鑑定した」逸品の価値を自分自身で確かめていくかのように呟く。

「……恐らく、これは彼女にとってかけがえのない夢や希望に充ち満ちた幻想の一部だったのでしょう……。この人形には、その生い立ち、その能力、その人格……全てが過剰なまでの詳細さで設定されている。この現実世界では何の役にも立たない個性と設定、ただ己の幻想世界を構築するための一部でしかない存在。そうであることを、他ならぬ彼女自身が理解していながら、その上でなおこの人形たちに生命を吹き込もうと慈愛を注ぎ続けたのでしょう。我が子同然の愛情を、この人形たちに抱いていたのでしょう。……だが、それが一瞬にして瓦解《がかい》したのです。その理由までは私には分からない。ただ確実なのは、深い深い愛情によって形作られたこの人形たちが、いまの彼女にとって見るのも忌まわしい、思い出すのも汚らわしい嫌悪の対象と化しているということです。かつて抱いていた愛情、それを反転させるほどの出来事、その結果としての呪怨……。だが、かつて愛したものを、人はそう簡単に忘れられない！　我が子に等しい愛情を込めし者たちを、忘却できる創造者《クリエイター》などいない！　ゆえに、彼女の愛は不滅、たとえ愛情が呪怨に変わろうとも！　その呪怨こそが魔の力へと転じ、この人形たちの力となっている！　そして彼女は望んでいる！　いまだに望んでいる！　この者たちが他者に認められる事を！　この人形たちが、血肉を持った存在として認められる事を！　この人形たちが、その身に宿した能力で他者を畏怖《いふ》させ、圧倒することを！　彼女は切望している！　私には、それが見える……。ああ、彼女の想いまでもが、手に取るように見えますとも、ならば、ならば……！」

次第に、熱を帯びてゆくグレッグの言葉。自分に言い聞かせるような呟きは、いつしか彼自身ではない、他の何かに引きずられるような歪みを生じてゆく。そして、額には汗を浮かべ、口許をひくひくと震わせ、その表情は傍目にも明らかに理性を欠いてゆく。

「そうとも……私だって、そんな能力なら喉から手が出るほど欲しい……ただ真贋を見極めるだけではない、戦うための力——私には分かる、私とお前は同じだ、そうですとも……」

「な、何を言ってるんだ、グレッグ——?」

グレッグの様子にただならぬ変化を感じた雪村は、さりげなく手を伸ばし、人形を奪おうとした。人形が何かの原因だという確信があったわけではないが、これを手にしてからグレッグの態度が急におかしくなったのは事実だ。雪村の理解を超えた、収拾不能な事態に陥る前に、何かしなければならないと思ったのだ。

だが、

「——触るなッ！　これは私のモノだ、私が手に入れた力だ、誰にも渡しはしない！」

その動きに気づいたグレッグはそう叫ぶと、猛然と雪村を突き飛ばすと、小さな人形を庇《かば》うようにひしと胸に抱く。

「——これがあれば、私だって『騎士』と戦える……そうですとも、様子見だけで帰国するなどという手はない、倒せばいい、この能力で、あの小さな『騎士』を倒して、その死体を女神としての自覚を失ったあの少女の前に突きつけてあげましょう……私が、この私が……！」

その言葉と共に、

——グレッグは大きく口を開くと、手にした人形をごくりと飲み込んだ。

次の瞬間、
防音加工を施された壁越しに、近隣の住民は微かな叫びを聞いた。
雪村和彦の喉から迸《ほとばし》った、凄まじい絶叫を。

※

……沢村。
これが、君の夢か？
これが、君の抱いた幻想なのか？
呪われた心臓の、呪われた声に応えてまで、君が実現したかったものが、これなのか？
こんな忌まわしいモノを、君はその裡に秘めていたというのか？
古都子によく似たその姿で、古都子と同じ能力を用いて、君が生み出したモノが——。
……いいだろう、それなら、見届けてやるよ。
君の狂気が行き着く果てまで、付き合ってやろう。
君はどうやって立ち向かうのかな？　どんな姿で、どんな力で。
それを思うと、この呪われた夜も少しは楽しめそうな気がしてくる……。
さあ、案内してやるよ、グレッグ。お前が求める敵、『第五の騎士』の許へ。
いや、いまのお前はその名で呼ぶべきではないのか？
教えてやろう、お前の名を。
最強の霊騎士にして、「セレファイスの五鬼将」が一人。
——汝の名は、雷破のグリカルス。

※

五月一八日。午後、八時十八分。

後になって、思い出す。

その日時こそ、彼女が彼女でいられた最後の時間だった。

「……う、あ……⁉」

沢村智美は、突如、心臓を鷲づかみにされるかのような、激しい動悸《どうき》を覚えて、パソコンの前で左胸を押さえながら呻き声を上げていた。

――契約ヲ履行セヨ。

どくんと、激痛を伴う激しい動悸と共に、何者かが智美の全身に訴える。突如として体を襲った激しい苦痛に耐えかねて、智美は心臓を押さえてパソコンデスクに突っ伏して呻《うめ》き、やがては卓上の本やマウスやキーボードなどを床に散乱させてしまうほど激しくもがき出し、遂には、あまりにも激しく身を捩《よじ》らせて椅子《いす》から転げ落ちてしまう。叩《たた》きつけられるように落下し、床の上で苦痛に喘《あえ》ぎながら、突如として乱れ、狂い出した呼吸を整えようと懸命に喉と口許を震わせる。

だが、それは叶《かな》わなかった。

——契約ヲ履行セヨ。危険ヲ排除セヨ。外敵ヲ迎撃セヨ。我、「災禍の心臓」ハ、契約ニ則《ノット》ッテ、「騎士」タル汝ニ命ズル。


心臓を起点として、智美の身体中を駆け巡る何者かの声。

その声が、命ずる。

その命令に対し、反論は許されない。反論はおろか、その声に応える以外の行動は呼吸すらも許さぬと言わんばかりの苦痛が、智美から心と身体の自由を奪う。

呼吸が出来なければ、脳に酸素が届かなければ、人は死に至る。死に至らないまでも、酸素の欠乏は、思考を困難にし、意識の混濁を招く。激痛を伴う心臓の動悸が、智美の思考から冷静な判断力を奪ってゆく。

心臓が、痛い。心臓が脳と並んで、人体を即死させ得る急所なのだと、まざまざと認識させられる強烈な苦痛が、全身を駆け巡り、恐怖となって智美の身体を支配する。

息が出来ない。突然の呼吸困難に、息を吸うことも吐くことも出来ない。息を吸って、そして吐きたいというただそれだけの行動が出来ない。空気は、喉の中に存在するのに、それを吸うことも吐くことも出来ない。左手で胸元を押さえ、右手で喉を掴み、必死にもがき、涙を流しながらこの状態から逃れたいと願うが、意識は急速に遠のき、ただ苦痛と恐怖だけが思考の全てと化す。

そんな智美の体内を、なおも何者かの声が駆け巡る。

——契約ヲ履行セヨ。汝ニハ、ソノタメノ能力ヲ与エテアルハズ。我ヲ我タラシメ、汝ヲ『騎士』タラシメタル、魔の力ガ。

思考する力を奪われ。

苦痛のみに支配され。

ただ心臓から響く命令だけが体内を駆け巡る言葉となった時。もがき、苦しむ中、椅子から転げ落ちた時に、卓上から共に転げ落ちたとおぼしき、黒い騎士の人形を視覚に捉え、無意識のうちにそれを手にした時。

禁断の扉は、開いた。

彼女の肉体は、ただその状態から逃れるために、活動を開始した。

「……分かった」

自分が、その時、そう呟いたことを、彼女は知らない。彼女が彼女でいられた時間はすでに終わっているのだから。

いまは、彼女が彼女でなくなってゆく過程。沢村智美としての脆弱な自我が瓦解し、その認識が瓦礫《がれき》と化した精神の奥底から、より強靭《きょうじん》な、より現状に適応した、別の人格へと再構築されてゆく段階。その人格が有する強靭な意志は、心臓から伝わってくる命令に対応する意識を有していた。心身を激しく苛《さいな》む絶対的な苦痛の中で、なお自分の意志を貫き、他者に対して向き合うだけの勇壮さを備えていた。

その人格に備わった力強い意志に突き動かされ、ついさっきまで心臓の痛みにのたうつことしか出来なかったはずの「沢村智美」の肉体が、ゆっくりと立ち上がる。まるで、何事も無かったかのように、悠然と。

それと同時に、心臓から激しい苦痛と共に発せられていた、「契約ヲ履行セヨ」という命令のような声が、不意に途絶えた。

命令を発する必要性が、消失したからだろう。

「沢村智美」には必要な命令も。

いま、彼女の肉体を支配する人格には不要なものだった。

「沢村智美」では向き合えない現実も。

いま、彼女の心に備わった意志ならば、迷いのない瞳で見据える事が可能だった。

更新されてゆく。上書きされてゆく。蓄積されてゆく。

苦痛を超えて、立ち上がるために——闘志が。

恐怖を超えて、立ち向かうために——勇気が。

迫り来る脅威に、屈しないために——武力が。

いま、自分に、何が必要なのか。いま、自分は、何を成さねばならないのか。

誰かに教わることもなく、「沢村智美」の肉体を支配した人格は、自らに欠けている要素を把握し、そして精神を再構成してゆく。

自分がいま置かれている状況は、直感的に理解していた。自分は、守るべきものを守るために、この地にて受肉したのだと。そして、この地には、自分が守るべきものを脅かそうとする敵が存在するということも。

そして、それゆえに、これから自分が直面しなければならない現実も。

沢村智美以上の明晰さで、彼女の深奥から呼び起こされた人格は、急速に理解を深めていった。この肉体の持ち主が、この状況を生み出した根源が、どのような経緯で、どのような状況に対応するために、「自分」を呼び起こしたのかを。

「……契約は、果たす。案ずるな、『災禍の心臓』よ」

沢村智美の肉体から、彼女とはまるで異なる性質の凛《りん》とした声音が、厳《おごそ》かに宣言する。そこにはいない何者かに向かって。

そして、

「……敵は、近いな」

小さな黒い騎士の人形を摑んだ右手で、心臓の脈打つ左胸にそっと触れ、そこから感じられる「迫り来る危機」を直感的に感じ取ると、沢村智美の肉体は、眼鏡の奥で鋭く瞳を細め、これから自分が赴かねばならぬ場所を再確認するかのように、二階に存在する自室の窓を見据えるのだった。

だがその時。


——家に帰ったら、久々にメッセでもしない？

不意に、脳裏をよぎる、誰かの声。いや、誰かとなど自分を誤魔化《ごまか》すまでもない、その声の主は、大切な——。

「……済まない」

心臓が発する激痛で呼気すら奪われる苦悶を味わった時でさえ、それを乗り越えた人格が、不意に、沈痛な面持ちでそう呟く。まるで、己が肉体の痛みよりも、その声の主との誓いを破ることの方が、よほど苦しいことであるかのように。

だが、それは一瞬のことだった。

「——その約束は、果たせそうもない」

窓辺に歩み寄り、自分に言い聞かせるようにそう呟いて小さく頷くと、沢村智美の肉体は、おもむろに窓を開き、床を蹴って夜の路上へと跳躍した。

※

異形が、夜を征《ゆ》く。

その総身に、汚濁《おだく》に満ちた殺意を漲《みなぎ》らせながら。

異形が、夜を征く。

東京都の西部、多摩地区。

眠らない街と称される都心部とは対照的に、眠るための街と呼ばれる、閑静な住宅街。駅から離れると街灯はほとんどなく、日が沈めば都下とは思えぬ深い闇《やみ》が視界を遮《さえぎ》る。夜の闇は犯罪や事故の発生確率を上昇させる。そのため、人口密度の高さにも拘わらず、東京都西部の夜道は人通りが少なくなる。

ゆえに、いま、路上を歩く怪異なる存在を目撃したものは、一人しかいない。

夜の闇に溶け込むような――漆黒の異形。

爬虫類《はちゅうるい》を思わせる生態的な艶《つや》やかさと弾力性を感じさせる外皮の内に圧倒的な膂力《りょりょく》を感じさせる筋肉と骨格を内包した、体長二メートルを越す二足歩行の巨体が、その両足と長い尻尾《しっぽ》で、路上に敷設されたアスファルトをなぞり、踏みしめながらゆっくりと歩いていた。全体的に黒色を基調とした巨体の中で、闇の中にその存在が完全に埋没するのを拒むように――いや、あるいは、夜の闇の中でこそ不気味な存在感が際立つようにか、胴体から脚部にかけて、黒色の体軀《たいく》の随所に走る白いメッシュのような表皮の紋様と、そこだけが甲殻類を思わせる見目にも硬質な兜の如き、真紅の頭部。その後頭部では、まるで装飾を補うかのように、ドレッドヘアのように伸びる無数の触手が絶え間なく、うねり、くねり、さながら一本一本が意志を持つかのように絶え間なく、かつ不規則に踊り狂っている。さらに両手両足の先端には刃物さながらの鋭利さを感じさせる鉤爪《かぎづめ》が突き出ており、その異形が、破壊と殺戮《さつりく》の使徒であることを言外に、そして雄弁に物語っていた。

その後ろ姿を、少し離れた場所に停められた車の中から、雪村和彦が見守っていた。

見届けねばならなかった。

あの異形――数十分前までは、グレッグ・マクギャリーという外国人であったはずの男が、現実世界にあり得ざる怪物となり果ててまで、これから成し遂げんとする行為を。

覚醒《かくせい》を遂げたばかりの、「第五の騎士」の抹殺を。

沢村智美の、殺害を。

胸中を、渦巻く。かつての恋人に似た少女に対する執着が、かつての恋人の模造品に対する嫌悪が、ホリィ・ブローニングが保身のために身代わりとして選んだ少女が、ホリィ・ブローニング抹殺のために心ならずも交流を持った狂信的テロリストが、眼前で怪物へと変貌を遂げた人間という超常現象が、どれほど嘆き哀しみ足掻《あが》き藻掻《もが》いても帰らない恋人が——雪村和彦の胸中で、何一つとして解決しないまま荒れ狂う様々な愛憎、疑問、激情が、これから始まる出来事によって、どのような形にしろ、幾ばくかは整理され、状況を変えてくれるはずなのだ。

だから、雪村は正気を保てているかいないかの確証もないままハンドルを操り、あの異形をこの地まで、沢村智美の自宅周辺まで導いたのだ。自身でも理性を保っているかどうか判別できない異常な状況下でも、彼はまったく危うげない運転でここまでやってきた。意識ではなく、身体が覚えるほどに幾度もここへと通った成果だろう、沢村智美宅の、二階にある彼女の部屋がはっきりと見える位置に車を停めて、雪村は異形の怪物となり果てたグレッグと、智美の自宅とを交互に注視する。

そして、目を見張った。

「……沢村……⁉」

不意に、智美の自室の窓が開き、そこから智美が姿を現したのだ。しかも窓を開くと同時に、軽やかな動作で数メートルの高さを舞い上がるかのように跳躍。月を背景に膝を抱え込んだ体勢でくるりと一回転すると、風に踊る落葉の如く重量を感じさせないままに地面に着地。そこから身を起こし、跳躍の際にややずれたのか、かけていた眼鏡の位置を少し直すと、路上に迫り来る異形の存在に向き直った。

明確な殺意を発散しながら、接近してくる怪物に。

まるでそれを待ち受けていたかのような平静さで。

逃げもせず、隠れもせず。悲鳴を上げることも、取り乱すこともなく。

雪村和彦が見守る「沢村智美」は、彼女自身も含め、あらゆる意味で異常な状況の中、全く動じた様子もなく、ただ悠然と漆黒の異形を見据え、歩を進めてゆく。

そんな智美に、異形と化したその肉体から、グレッグ・マクギャリーが声をかけた。

「……これはこれは、驚きましたな。この私の姿を見ても逃げ出すことなく歩み寄ってくるとは……気弱そうなお嬢さんかと思いきや、随分勇敢な決断を下したものですね。それとも、『逃げ出す暇もなかった』、というのが正直なところですかな？」

「――逃げるなどという選択肢は、最初から存在しない」

決然たる清冽《せいれつ》な声音が、夜気を切り裂く。

問う声は英語、応える声は日本語。だが、言語を超えた両者の共通項は、会話を成立させていた。

「不本意な状況、不快な経緯ではあるが……『騎士』として一度《ひとたび》約定を結んだ以上、私は私の使命を果たす」

智美の口から、本来の彼女の声とは性質が違う、ある種の気高さを伴った声が、異形と化したグレッグに向けて臆する事無く発せられる。

両者の会話は、離れた場所で、しかも車中から見守る雪村には聞こえない。

だが、至近で会話しているグレッグは違った。彼は、肉体レベルで変貌を遂げている自分を差し置いて、智美の発した声に、驚きを隠そうとしなかった。

何故なら、彼は知っているのだ。

智美の口から発せられる声。それと同じ声を持つ、別の人物を。

「その声……!? 貴女は、いったい……?」

掠《かす》れるような声で怪物が発するその問いを、智美は冷ややかに受け流す。

「会話を楽しみに来たのではなかろう、『慟哭者《スクリーマー》』。それとも——セレファイス軍、五鬼将が一人、雷破のグリカルスと呼ぶべきか?」

「どちらでも構いませんよ、好きにお呼びなさい。それに、貴女の言う通り、私は会話を楽しみにきた訳ではありません……」

そう言って、力を蓄えるかのように、黒色の巨体をぐっと屈《かが》ませると、後頭部で触手を不気味に蠢《うごめ》かせながら、黒色の異形は鉤爪のついた両腕を胸の前で交差する。

——同時に、その丸太の如き双腕に、夜の闇を切り裂くような雷光が蓄積されてゆく。

バチバチと唸《うな》りを上げる雷を纏った両腕を誇示するかのように突き出すと、漆黒の異形は総身を震わせながら、万感の想いを込めて智美に告げる。

「ええ、そうですとも……！　私は、貴女を打倒するためにここに来たのです！　貴女が生み出したこの力で！　最強にして最後の『騎士』たる、この『雷破のグリカルス』の力で！」

「——ならば、私はその忌まわしき力に、全身全霊で立ち向かおう。『彼女』を『彼女』たらしめ、私をこの地に現界するに至らしめた、魔の力を以て」

そう言って。

智美はゆっくりと右手を上げ、左胸の前に掲げる。その左手には、掌中に黒い騎士人形をしっかりと握りしめながら。

そして、左胸の前に掲げた右手で、すうっと水平に、空を薙《な》ぐ。

その瞬間、彼女を取り巻く周囲の空気がぐにゃりと歪む。

彼女個人の変化としてはあまりにも絶大な変貌が、周囲の空間をも巻き込んで、この世の理を越えた事象を呼び起こす。

空を薙いだ智美の右手、その先端から瞬く間に、黒鉄色の装甲が展開、彼女の存在を徹底的に塗り潰すが如き勢いで全身を包み込む。装甲は瞬く間に厳めしくも堅牢《けんろう》な重甲冑を形成し、つま先から頭部に至るまで、彼女の全身に着装される。と同時に、その装甲の内側で彼女の体格が目に見えて変化。体長二メートルを超える眼前の異形には及ばずとも、具足から兜の頭頂部までを含めればその身長は一八〇に迫るのではないかと思われる。さらにはまるで最初から身につけていたかのように、空を薙いだ腕の動作を受けて背後で揺れるマント、腰に帯びた長大な剣——その威容は、まさしく敵がそう呼称した通り、「騎士」としか形容し得ないものだった。

そして、全身が装甲で覆われながらも、唯一、面当てを上げた兜の正面では、その素顔が闇の中ですら輝きを放つかのように神々しく浮かび上がる。異形の敵を前にしながらも、揺るぎない決意と、明確な戦意とが見て取れる鋭い眼光、黒色の装備を纏ってこそその美しさが映えるようにと、名匠が磨き抜いたかのような白皙《はくせき》の美貌。兜の背面からは蜂蜜色の金髪を一本の太い三つ編みに結い上げた髪が覗き、その姿は神話にて語り継がれる月と狩猟の女神《アルテミス》が如き壮麗さで見る者を圧倒し、魅了する。装備のみならず、その容姿、その風格までもが、「沢村智美」とはかけ離れた存在へと変貌を遂げている——。

其《そ》は、夢想にして武装。

其は、呪詛《じゅそ》にして重装。

「――行くぞ、『慟哭者』」

先ほどまで「沢村智美」だった闇色の騎士は、対話を打ち切るかのようにそう言い放つと、腰の長剣に手をかけた。

それを見て、赤頭の異形は猛々《たけだけ》しく咆哮《ほうこう》する。

「――望むところです、『災禍の騎士』！　貴女が望み、創造し、願ったこの能力で――この世から消え去りなさい！」

その言葉と共に、異形と化したグレッグは両腕でこれ見よがしに蓄積していた電撃を、薙ぎ払うかのような豪快な動作に乗せて、一気に解き放つ！　両腕から放たれた二条の電撃は、双頭の蛇のようにそれぞれが獲物を狙う殺意を感じさせる軌跡を描きながら、まさしく迅雷の素早さで「黒騎士」と化した智美を襲う！

「――ッ！」

それを見た黒騎士は、僅かに表情を引き締めると、柄に手をかけていた剣を神速の鞘走り《さやばし》で抜刀する。鈍色《にびいろ》の光沢を放つ無骨な刀身が虚空を疾ったその瞬間。

――荒れ狂う二条の迅雷は、黒騎士の振るった長剣によって切り裂かれていた。

剛剣一閃《いっせん》。

高速で迫り、神速で切り裂かれた二条の雷撃は、黒騎士の眼前で街路に爆《は》ぜる。四散した雷撃を受けた街路の塀が、地面のアスファルトが、瞬時に砕かれ、沸騰し、異臭と白煙を放つ。ブロック塀を沸騰させるということは、グレッグが放った雷撃は少なく見積もっても摂氏二千度近いことになる。それは鉄を溶かし、岩石を蒸発させる超高温。事実上、地球上のありとあらゆる物質を融解させ得る膨大な熱量を、黒騎士は無造作に振り払ってみせたのだ。

目の前で霧散する雷撃を見つめながら、グレッグは信じられないように呟く。

「バ、バカな、剣で、雷撃を切り裂くとは……⁉　そんな事、出来る訳が――！」

異形の口から音声として、遠くから見守る雪村の内心で、同時に発せられる驚愕の呻き。

グレッグの放った攻撃は雷撃、いわば電流だ。そして黒騎士が振るったのは金属の剣。物理法則に則って考えるならば、絶縁体である空気中に放たれた電流は、導体である金属の剣に吸い込まれて、それを手にした人間を感電させるはずなのだ。にも拘わらず、黒騎士の剣は雷撃を断ち切った――。

人が異形と化し、現実の理を魔の力が超える――グレッグと黒騎士の攻防は、その初手から常人の立ち入る領域を遙かに逸脱した地点に到達していた。

だが雷撃はおろか驚愕に震える猶予すらも断ち切らんとするかの如く、黒騎士はその身を烈風と化し、更なる斬撃《ざんげき》の嵐を浴びせるのだった。

肩から下腹へと切り下ろす、袈裟懸《けさが》けの斬撃。その手応えを確かめる間もなく刃を返すと、次の瞬間には豪快に振り払う横薙ぎの一閃が疾り、グレッグの腹筋を抉り、吹き飛ばすように切り裂いていった。かと思えば、その直後にはもう黒騎士は剣を構え直しており、一直線に相手の喉を狙う直突きを繰り出そうとしている――。

黒騎士は手にした長大な剣を、視覚的に捉えるのが困難な速度で、絶え間なく振るい続ける。金属塊の大重量を叩き付ける事に主眼を置かれた西洋風の長剣を、まるで竹刀のように軽々と扱う、異常なまでの腕力と持久力とを裏付ける剣撃の暴風雨。異形の怪物と化したグレッグの巨体も、その尋常ならざる猛攻の前には為す術《すべ》がない。剛性と弾性を兼ね備えた質感を持つ黒色の皮膚が、黒騎士の振るう一閃ごとに、深々と切り裂かれてゆく。紫色の血潮が散り、路面を染め抜いてゆく。

対する黒騎士は、顔色ひとつ変えず、呼吸すらも乱さず、ただ淡々と攻撃対象を見据えつつ、猛攻を繰り出し続けている。

「じょ、冗談ではない……！　な、何だというのです、これは……⁉」

絶え間ない剣撃から逃れようと、グレッグは大きく地面を蹴って黒騎士と距離を取ろうとする。

だが、黒騎士はその動作を許さなかった。

地面を蹴って距離を取ろうとするグレッグの動きと寸分違わぬ速度とタイミングで、黒騎士も、また地面を蹴って跳躍。距離を取るどころか、一気に間合いを詰めて、更なる攻撃態勢に移ろうとする。

それも、先ほどまでの烈風が如き猛攻とは違う。

頭上で高々と、大きく剣を振りかぶり、渾身《こんしん》の力を込めて打ち下ろす、必殺の一撃を繰り出す態勢に構えたのだ。

「……な……!?」

異形と化し、甲殻化した頭部の中で、グレッグの双眸《そうぼう》が恐怖に見開かれる。黒騎士はそれを冷徹に見据えながら、

「――死ね」

その言葉に込められた意志を、一瞬たりとも疑う事を許さず、手にした剣を無慈悲に振り下ろすのだった。

To be continued

あとがき

ＧＡ文庫読者の皆様、初めまして、業界での立ち位置がいまいち定まらない流浪の物書き、高瀬彼方です。今回、「カラミティナイト　―オルタナティブ―」という物語をひっさげてこのレーベルに参加させて頂くことになりました。願わくば、作品共々、こちらで末永くご愛顧頂けると嬉しいです。


ところで、最初に申し上げておかなければならない事があります。

この物語は、私が執筆したものではありますが、思想書やエッセイではなく、あくまでも小説である――ということです。

もちろん、「え、そんなの見れば分かるよ?」という方々がほとんどだと思います。ですが、本書はわりとこってりと悪役の心情描写を書き込んでいるため、「こんな悪意に満ちた文章を書くってことは、作者も同じことを考えてるに違いない。お前の書いた悪意なんて、お前自身にも当てはまるのに」みたいな誤解を受けそうな気がするのです。というか、そういう誤解を受けそうなくらいの勢いで書いたつもりなので妙に理解のあるリアクションをされても寂しいというか。書いてて気づいた、私って難儀な性格だ。

ともあれ、いまさらながら、たとえ虚構の中であろうとも、人の悪意を書くというのは結構勇気がいることなのだなあ、と思う今日この頃です。小説とは作者が頭の中で考えた事柄を使って物語を構成するものですから、書かれた文章がすなわち作者の意図であると単純な誤解をされてしまうのもある程度は仕方がない。それに、作者の思想や理念が強く反映される作品というのも多いでしょう。私も自身の伝えたいテーマを託して書くシーンというものが、皆無という訳ではありません。

ですが、隅から隅まで、全部が全部そうだと思われては、ちと困るなーというのも事実でありまして。だいいち、それでは作者である私が困る以前に、読者である皆様が困ると思うのですよ。

その理由は実に単純、全てが作者丸出しの小説なんて、つまらないからです。

たとえば、私は作中で次のように書いたとしましょう。

※

本屋さんに立ち寄ろうとして、智美はふと思った。

（……そうだ、私はこれから帰宅して、録画が溜まってる仮面ライダーを視聴しなければならないわ。だって私は仮面ライダーが大好きなんですもの。中でもお気に入りのライダーは電王。個性豊かな登場人物、先の見えない展開、変身のバリエーションも豊富で戦闘シーンはわくわくするし……。もちろん、私の中では龍騎も捨てがたいけど、あえて順位付けするなら、電王、龍騎、それからクウガって感じかしら……。そうだわ、今度ゆうちゃんと一番好きなライダーについてとことん語り明かそうっと。この世に特撮嫌いな人なんているはずないから、きっと夜が明けるまで話題が尽きないわね。ふふふ)

※

……どうです?

自分で書いておきながら何ですが……読んでて白けません? これ、明らかに「読書好きな普通の女子高生」の思考じゃないですよね? ていうか露骨に「作者の趣味語り」って感じますよね? そして作者はよっぽど仮面ライダー電王が好きに違いないぜふふんとか思うに違いないのです。でも、私が本当に一番好きな仮面ライダーはファイズなんですよ——って、うおう、書けば書くほど読者には全く興味がなさそうだ!

え、ええと、話を本筋に戻しまして。

要するに何が言いたいのかと申しますと、「作者が思っていることと、作中に登場するキャラクターの思考や意志は、同一のものではない」ということです。

ましてや、悪役の登場シーンで描写される悪意に満ちた記述などは論外です。私は殺人願望もないし世界を滅ぼしたいとも思っておりません。愛猫と一緒に平穏に暮らして行きたいだけの小市民です。また、この作品で扱う悪意は誰よりもまず、私自身に跳ね返ってくるものだということは、自覚の上で書きました。

我ながら、アホな作風だなーと思います。

でも、そんなアホが一人くらい居てもいいんじゃないかとも思うのですよ。だってほら、その証拠に、この本がこうして形になってあなたの手に（えー?）。

……何だか自分で振った話題のくせにまとまったようなまとまらないような内容で恐縮ですが、そんな不器用さというか朴訥さが今時貴重。田舎のお婆ちゃんとかには愛されるっぽいキャラ。都会の若いお姉さんには見向きもされない芸風だと気づいた時には手遅れ。ならば仕方ない、そろそろまとめに入っちゃいましょう。

【今回の結論】

田舎のお婆ちゃんのような暖かさで本作品を応援して下さい。

例：「まあ、彼方ちゃんがこんな本を出せるようになるなんて……立派になったんだねえ……」

そんな感じで！（ええええー？）

それでは最後に、各方面に謝辞を。

まずは、イラストのひびき玲音さん、本書に素敵なイラストを添えて下さって本当にありがとうございました。まさか本当にひびきさんに描いて頂けると思わなかったので、いまでも驚きが抜けきらない状態です。今後とも、何とぞよろしくお願い致します（ぺこり）。

そして担当編集Kさん、ダメダメな作家の原稿を刊行まで持って行って下さって本当にありがとうございました。Kさんが引き起こしてくれた数々の奇跡の結果が、本書となって読者に届くのであって、作者である私はむしろその妨害にしかなってないという本末転倒。以後は、改善いたしたいと思います――って書いてて気づいたんですが、来月この本の二巻が発売ですね……。え、えーと、改善は、三巻以降じゃダメでしょうか……？

それから、長谷敏司氏、浅井ラボ氏。多忙な中、自信を喪失していた私の原稿を読み、アドバイスを下さってありがとうございました。いや、ほんとうに、あのときご協力頂けなかったら自没にしていまでも形に出来なかったんじゃないかと。御礼の気持ちを込めて、今度ラーメンでも奢ります（安っ）。

そして最後に、この本を待ち続けて下さった全ての読者の皆様に、最大の感謝を。

オルタナティブ――「既存のものに取って替わる、新しいもの」の副題を冠してこの物語をお届けできる日が来た最大の要因は、皆様の声援があってのことです。本当にありがとうございました。

……と、長々と謝辞を連ねさせて頂きましたが、本書はまだまだ始まったばかり。

錯綜する想いの行き着く果てを描き終えるまで、どうかお付き合い下さいませ。

二〇〇八年　十二月　七日　高瀬彼方

ファンレター、作品の感想を
お待ちしています

〈あて先〉

〒107－0052
東京都港区赤坂4－13－13
ソフトバンク クリエイティブ（株）
GA文庫編集部 気付

「高瀬彼方先生」係
「ひびき玲音先生」係

http://ga.sbcr.jp/